国に
最強
の
バ
張ったら
平和
になりすぎ
追放
されました。
バリア魔法で始める
魔族領主
III
CK
illustration
トモゼロ
JN080794

CONTENTS

KUNI NI SAIKYO NO
BARRIER O HATTARA
HEIWA NI NARISUGITE
TSUIHO SAREMASHITA. {III}

第一章

異世界勇者最強とか
バリア魔法の前で
同じこと言えんの？

一話――ときにバリア魔法より空を求める

緑豊かな土地は、いつだって人の心を癒す。そこが未知の土地で、全く見知らぬ植生や生物がいようとも。グエェ！　と先ほど人ならざる者の叫び声が聞こえてきたが、あの甲高い声は、巨大な爬虫類が足の指を木の根っこに引っ掛けた時にあげた悲鳴に違いない。それでもギリギリ楽しい。それが緑豊かな土地の力である。そう、俺は今エルフの土地にやってきている。伝説は今や伝説ではなくなった。エルフの土地は、このただのバリア魔法使いのものになってしまったのだった。

エルフの島の視察中に、ベルーガが少女のように楽しそうに走り出した。俺よりもはしゃいでいるのが、この白い髪の美しい魔族の女性だ。ベルーガの美しさに比べたら、この森の絶景も大したことはないのかもしれない。大木の間に差し込む光の中、駆けていくベルーガの姿は名画のようにずっと見ていたくなるものだった。

振り返って俺に呼びかける。何事かと思えば、前を指差しながら、満面の笑みで言う。

「シールド様！　フェニックスです！　フェニックスですよ！」

少女が綺麗な小鳥を見つけた時のようにテンションを舞い上がらせて、ベルーガがその生物の後を追う。

まあ、生態系も一応調査の対象項目なのでいいか。

本当はエルフ米の視察途中だったけど……。

視線をあげると、空では優雅に赤い鳥が羽ばたいていた。

見た目は小さいが、その鳥が飛んだあとには美しい赤くキラキラとした粒子が残っている。

「綺麗な鳥だな」

俺はそのくらいにしか思っていないが、ベルーガのテンションの上がり具合を見るに、それだけではないのかもしれない。

後を追った。

しばらくした後、大木の上にとどまり、木の実をついばむフェニックスがいた。

静かに藪に身をひそめるベルーガに倣って、同じ動きをする。

「フェニックスは気高き生物です。綺麗な環境を好み、穏やかに暮らします。エルフの島にいるとは知りませんでした」

魔獣使いのベルーガだ。みんなが知りえないような生態をよく知っている。

「力で従えてもいいですが、長く信頼関係を築くなら他の方法がいいです。フェニックスは使役する者に翼を与えます。飛べないシールド様に最適の神獣ですね！」

……暗に、お前は飛行魔法も使えないポンコツって言われてない？

いや、言われてないか。

そこら辺はコンプレックスがあるので、敏感になってしまう。

「何か美しいものを持っていませんか？　宝石なんかを好むのですが……エルフの島は森自体が美しいですから、もしかしたら手懐けるのは難しいかもしれません……」

この美しい島で心満たされちゃっているフェニックスは、簡単な貢物では心がなびかないらしい。

それってさあ、フェニックスちゃんは高嶺の花ってコト!?

俺に口説き落とせるだろうか。

美しいもの……。

アクセサリー類は身に着けていないし、来ている服も安物だ。武器も持っていない。

俺の持っているものは……何も持ってねー。

水筒と軽食だけぶら下げて視察に来ている。

領主らしくない自分の装備の少なさに驚きつつ、魔法を使って小さなキューブを作り上げた。

唯一使えるバリア魔法で作られたキューブ。

あのダークエルフの天才イデアでさえ、傷一つつけられなかった俺のバリア魔法で作られた代物だ。

三年間絶対に壊れることのないキューブと断言しておこう。

「こんなものしかない」

ベルーガに見せてみた。

「いいかもしれません！　少し試してみましょう」

ベルーガの手ほどきを一通り受けて、その通りにしてみた。

フェニックスは大木の上にいるので、近づくために幹をよじ登る。目を合わせてはいけないらしい。頭が高いと処されるのだろうか。姫様は大変気難しい。

ったく、木に登るのは意外と体力を使う。飛行魔法が使える天才たちはいいなぁ！

警戒されないように枝まで近づき、俺はフェニックスにバリア魔法で作り上げたキューブを差し出した。まだ視線を合わせてはいけないらしい。

はじめは置かれたキューブに見向きもしないフェニックスだったが、次第にその美しい立方体に興味を持ち始め、くちばしで突《つつ》き、足でもいじっている。

そして、目がハートマークに染まる！

俺はその瞬間を見逃さなかった。

こいつ、バリア魔法の美しさに気づいちまったか。一度気づいたら最後、一生バリア魔法の虜になること間違いない。バリア魔法っていいんだよなー。ペラペラペラ――。

そういえば、美しいものが大好きなコンブちゃんも認めたバリア魔法だ。フェニックスが気に入るのも納得がいく。

「一緒に来るか？」

共に来れば、バリア魔法で作られた物質なんて毎日のように作ってやれる。

フェニックスは木の実の最後の一口を食べて、差し出した俺の腕に飛び乗ってきた。

肩に乗っかり、頬をスリスリしてくる。

バリア魔法で買収完了。現金なやつめ。でもかわいい。

ベルーガが魔獣をかわいがる理由が少しわかる。これは愛くるしいな。

用事も済んで、木の幹から飛び降りようとしたとき、背中に炎の翼が生えた。

「おやっ？」

なんだ、これは。

少し高い木だったが、飛び降りても上手に着地できると思っていた。

それなのに、背中に炎の翼が。

ベルーガが先程、翼を授けると言っていたのがこれか。

試しに飛んでみると、いつもと落下速度が違う。ふわりとベルーガの前で着地できた。

翼をもっと上手に扱えば、空を飛ぶことも夢ではないかも!?

「ベルーガ！　見たか、今の！」

「はい、流石シールド様です！」

パチパチパチと可愛らしい笑顔で拍手を送ってくれるベルーガの称賛がとてもうれしい。

着地と共に背中の炎の翼も消えたが、フェニックスがいる限り今後も使えそうだった。

「うおおおおおおおお。俺も空を飛べるぞおおおおお」

「流石シールド様!!」

拍手しながら、どこまでも褒めてくれるベルーガだった。きっと将来は素敵なお嫁さんになるに違いない。

エルフの島で思わぬ収穫を得つつ、エルフ米の視察も終えた。

思っていた以上に、エルフの島は豊かな土壌だったのだ。

イデアが手を加えて城を建築した街以外は、畑や森といった自然に囲まれた素晴らしい環境を維持している。

城では現在、部下のファンサを代表においてエルフの島を統治して貰っている。

大きな問題はなく、エルフ側にも不満はなかった。

むしろ、今のところ戦いに敗れて良かったというのが大半のエルフの意見らしい。イデアの支配から解放され、エルフはようやく本来の森と共に生きる生活に戻れたのだ。支配の時代には耳を塞ぎたくなるようなこともあったらしい。権力者が一つ間違えると恐ろしいことになるいい例である。

俺の領地になった今、彼らには昔の自由を取り戻して貰いたい。

エルフは知識も豊富らしいから、いずれは人間との交流を経て我々に知識を授けて欲しいものだ。それらは時間をかけてやっていくとして、今はエルフ米が先だ。エルフ米はかなり美味しい。その見た目の美しさも相まって、必ず大きな需要を生むものとなる。あと、俺も安定して食べたい。

現在交易所でもっとも高値のついているウライ国の茶葉を超えるものだとみている。

しかし、大量生産を始めるとエルフの生活を脅かしそうで怖い。

バランスが大事になってくるが、うーむ、なんとも難しい。

イデアの使っていた城に戻り、ファンサとベルーガに俺の考えを話した。

エルフ米を大陸に流したいが、エルフの生活を変えるようなことはしたくないと思っていることを。

ファンサから助言を貰えた。

「エルフ米は北で食べられている米とは品種からして違います」

「そうなのか？」

てっきりエルフの島で育ったからあれだけ栄養価と旨みがあると思っていた。品種からして違ったのか。それならいろいろとあのうまさや見た目に納得がいく部分がある。

「苗をミライエで育てればよろしいかと。気候的にも問題ないはずです」

「それはいいかもしれない」

「ただし、エルフの島で育ったものほどは美味しくならないはずです。すべての面で劣るというわけではなさそうですが、間違いなく劣化商品として扱われると思われます」

それは困る。

それではエルフ米を育てる意味がなくなってしまいそうだ。

「エルフの島は流石です。森も土壌も全てエルフが長年育ててきたのでしょう。シールド様があまり手を加えたくないという気持ち、私も理解できます」

エルフの生活のための政策方針だったが、直にこの島に来て、その気持ちはより一層高まっている。

自然と守りたい気持ちになるんだよな。ここの美しさは。

ファンサもベルーガも理解してくれているようで、なんだか嬉しい。

「エルフの島で育ったエルフ米を差別化すればよいかと。エルフの島で採れたものはブランド化され、高い取引価格で安定することになりそうです」

品質に差が生じるなら、それが現実的な方法になるだろう。

エルフ米は、毎年余りが出るらしい。

エルフは金銭を持たない者も多いので、物々交換が盛んだ。

大陸の珍しい植物を送ってやれば喜ばれるだろう。

取引内容は追々詰めていくとして、今のところこの方針で進めるとしよう。

「ありがとう、ファンサ。それで行く」

流石アザゼルに代わる人材だ。アザゼルはミライエに残しているので、非常に頼りになる。すぐにアイデアをくれる辺りは、本当にアザゼルみたいだ。

「微力ながら力になれたこと、光栄に思います」

ファンサは冷徹な表情をしたメイド服の魔族だ。

ベルーガも知り合った頃は堅苦しかったが、それとはまた異質。機械のような冷徹さを感じる。ベルーガに言わせれば、表情を読み取るのは難しいが、ファンサもここの生活を気に入っているらしい。

エルフの島の統治者に選んで貰えて嬉しかったと裏で漏らしていたが、任命したときにも表情は一切動いていなかった。

少し苦手な魔族と思っていた時期もあるが、裏情報をベルーガがいつも届けてくれるので素顔を知れて安心した。

「シールド様の施策はエルフの反感を買わないどころか、また日に日に名声が高まりそうですね」

エルフにはまだ首を刎ねる死の領主だとばれていないらしい。このまま隠そうと思う。

「予言の人……というのがいるらしく、その人間が領主様と名声を二分しているのが気がかりなくらいですね、現状は。ですが、これも時間の問題でしょう」

「まーた変なのがいるな」

ミライエに入った時もそんなのがいた。あれはオリヴィエが犯人だと判明したが、今度は一体どこのどいつだ。

今後エルフに変な影響を与えそうなら首を刎ねるが、今は放置でいいか。

「さて、エルフ米をミライエで育てる計画を立てるとしよう」

「エルフの中にも人間の世界に興味を持っている者がいるようです。連れていかれては？　なかなかに見どころのある方たちです」

ほう。面白い。

千年生きるエルフの英知を分けて貰えるならなんとも助かる。いずれ授けてくれれば助かる程度にしか思っていなかったが、さっそくチャンスが来たか。

しかし、エルフは欲にまみれるとダークエルフに堕ちるんだろ？

人間の汚れた世界を見せるのが不安だ……。


ファンサは城にて書類仕事をこなしていた。エルフの島にあまり多くの規律は必要ないが、それでも仕事は多い。眼鏡をかけた珍しい魔族である彼女は、黙々と自らに与えられた仕事をこなす。

もともとイデアが私室として使用していた広い執務室内、どれほどいたのか忘れる程ファンサはずっと仕事をしていた。集中力の鬼である彼女が仕事を止めるきっかけになったのは、デスクの上に紅茶が置かれたことだった。

「ベルーガ様」

「ファンサ、お疲れ様です」

魔族に序列はない。しかし、まとめ役であるアザゼルには皆従うし、ベルーガも別格の魔族として皆に尊敬されていた。ファンサもそれは同じで、彼女に対して敬称を使う。命令されれば、それがシールドの害にならない限り従うだろう。明確な上下関係はないにしろ、ファンサは彼女を上司のように思っている。

「その仕事っぷり、シールド様が喜んでいますよ」

「ありがたいことです。それだけの恩恵を受けていますので。魔族にこれほどの平穏が訪れたのはいつ以来でしょうか」

「そうね。おそらく初めてじゃないかしら」

「ベルーガ様でも経験がないのですね。本当に掛け替えのないお方ですね。シールド様は」

「ふふっ。なんだか私まで嬉しくなる言葉です」

ベルーガがシールドを慕っていることは、ファンサも当然知っている。彼女を気遣って、シールドを誉めたわけではない。

ファンサは今、本気でシールドを慕っている。

はじめこそ、多くの魔族と同じように心の中に小さな反感を持っていた。なぜ魔族が、バリア魔法しか使えない人間に従うのかと。

しかし、それは時間と共に解消されていった。魔族の中にはシールドの圧倒的な力にほれ込んでいる者もいる。というより、力への信仰が強い魔族はその方が多い。ファンサはその点において、異端だ。

シールドがアザゼルより、もしかしたら黄金のドラゴンであるフェイよりも強いと知っても心は動かなかった。

ファンサの心を動かしたのは、シールドの領主としての器の大きさだった。統治する者として根幹の部分にぶれがない。常に領民を思いやり、動くその姿勢に感銘を受けていた。それと人材の使いどころがうまい。

ファンサ自身、いろんなことが得意だが、特に得意なのが事務処理だ。そこに配置され、責任ある仕事を任せて貰えることに喜びを感じていた。今のファンサは、やろうと思えばエルフ島のルールを作り替えることすら可能だ。小さな政策の変更など、ファンサの小細工でいくらでも誤魔化せる。それ程までに大きな権限を与えられていた。

もちろんそんなつもりは毛頭ない。それで得られる小さな利益よりも、仕事を任せて貰える、信頼を勝ち得ている今の喜びの方が遥かに大きい。

どこまでも自分は日陰者だなと少し自虐するが、それでもいいと、最近は強く思えている。

「どうしたの？　ぼーっとして」

「いえ、少し自分の境遇を考えていただけです」

「もしかして、不満あり？　あるなら、相談に乗るし、シールド様に改善して貰った方が」

「いえ！」

慌てて否定する。ファンサには珍しく、表情を崩し、大きな身振り手振りを加えて。

「私は今の境遇にとても満足しています。幸せすぎて、なんだか変になりそうなくらいです」

「仕事ばっかりなのに、変わった魔族ね」

ベルーガは仕事終わりに魔族と触れ合ったりして休息をとっている。そもそもシールドと一緒に働けることに幸せを感じているので、ストレスなどないのだが、それでも自分の時間というのは大事だと考えている。

「できればずっと仕事していたいです」

「ええ……。だから今日も八時間ぶっ通しで仕事してたのね」

「八時間経っていましたか。あと十時間くらいいけますね」

「ええ……」

ドン引きのベルーガである。

「そのペースなら、予定よりも早く終わりそうね。暇になったら何するの？」

「暇？」

その言葉が、ファンサは理解できなかった。戦乱の時代も、アザゼルに指示を受けていたときも、暇などなかった。何か終わればまた何か起きるからだ。ミライエでもそうして忙しくしていた。

「だってあなたは今ここの責任者よ。つまりトップ。仕事が全部終われば、暇になっちゃうわよ。周りがあなたを手伝うことはあっても、あなたが部下を手伝う訳にはいかない」

「えーと」

今度はファンサが固まる番だ。

暇ができることなど考えていなかった。魔族の中ではそれほど長生きではないが、それでも人間より遥かに長く生きてきた。それなのに、今まで暇を経験したことがない。

「何をしたらいいのでしょうか？」

「私に聞かれても……。趣味はないのですか?」

「趣味」

その言葉の意味を思い出すのに一瞬苦労した程だった。

「趣味とは何をしたらいいのでしょうか?」

「好きなこととかかな。私は魔獣とのふれあいになるのかな。なにか興味ありそうなこととかありますか?」

少し間を置いて、考える。そういえば、ミライエにいた時、夕食を酒場で済ませたことがあった。別に酒を飲みたかったわけではない。そこから綺麗な歌声が聞こえたからだった。

「歌、でしょうか」

「いいですね！　それを趣味にしちゃいましょう」

「歌ですか」

ファンサの趣味が決まった。趣味など決めるものではないが、きっちりしたい彼女はそう決めることにしたのだ。

「今の平和が続く限り、私は趣味を歌にします」

「ふふっ。なんかファンサさんらしいですね」

「はい。目指すはあの方ですね」

酒場で聞いた美しい歌を思い出す。後に魔族一の歌姫として知られるファンサの、歌手魔生が始まった瞬間であった。

二話――バリア魔法もエルフ島が好き

予定通り、特別な才能を持ち、人間の世界に興味を持った美しいエルフが俺の前に通される。

「エルフのハリエットです」

戦士のエヴァンも推す逸材。エヴァンとリリアーネはエルフの島が安定したら、その座から降りて統治者を他に明け渡す気でいると聞いている。

俺もずっとファンサに任せるつもりはなく、いずれはエルフの島にはエルフの統治者を置きたいと考えている。それが一番エルフの生活を守ることになりそうだからだ。

その人材が彼女、ハリエットか。


人間の世界を広く学ばせて、統治者としての器量を大きくしたいらしい。

とてもいいことではないだろうか。

しっかりと育ってくれれば、俺としても助かる。

「まだまだ若輩者ですが、よっよろしくお願いします！」

周りの期待とは裏腹に、ハリエットは少し危うげな雰囲気だ。

大丈夫か？


見た目も十五歳くらいの少女だ。

まだ少し幼さの残る容姿で、白銀の髪の毛はポニーテールにしており、爽やかな印象を与える。エルフ特有の白くてきめ細かい肌が健康そうな印象を底上げしてくれる。

いくら期待のエルフと言っても、若すぎないか？

聞けば、魔法の才能が飛びぬけているにもかかわらず、若すぎる故に先のイデアとの内乱にも駆り出されなかったとのこと。

「まだ三十年しか生きておらず、知らないことばかりですが、しっかり学ばせて下さい！」

ぶっ！

飲んでいた紅茶を吹き出した。

こ、これだから長命種族は……。

俺より全然長く生きてるじゃないか。それで知らないことばかりなら、俺は無知の中の無知。エルフから見たら、俺なんて幼子程度の知識しかないのかもしれない。

「人間の世界は思っているよりも欲に塗れているぞ。大丈夫か？」

ハリエットに確認した。

欲におぼれたエルフはダークエルフになってしまう。

ハリエットが第二のイデアになったら困るのだ。

「はい。私、純粋に知識とご飯にしか興味がないので！」

知識を得て何かをしたいわけではなく、単純に知識が目的なのか。俺にはわからない感覚だが、いかにもエルフらしい。

その高尚な知識とご飯が並ぶ……。ミライエには美味しいものがたくさんあるから、そこは安心して欲しい。彼女の希望は通るだろう。

俺のお気に入りであるコックのローソンがまた忙しくなりそうだ。

ハリエットには仕事を与えて、ミライエにて人間の世界を学んで貰おうと思う。

エルフの島の視察を一旦終えて、俺はベルーガとハリエットを伴って領地に戻った。

船で戻る途中、特殊な海流に乗らないとエルフの島まで辿り着けないことを面倒に思い、橋でも作ろうかと考えた。

サマルトリアの交易路から真っすぐ伸びるエルフの島へと続く長い橋である。

もちろん、今は資金的にそんなに余裕がないので、やるとしたら俺のバリア魔法で作る。

うーん、あとで距離を測って、無理がなさそうならやってみるとしよう。

俺と一部の者だけが使える特殊な橋を用意しようじゃないか。完成図を想像してワクワクする。

ミライエに戻ってから、さっそくエルフ米の栽培に取り掛かる。

ハリエットの教えてくれた土地条件に合う場所を見繕う。

「ファーマスで良さそうだな」

ルミエスから見て南西方角に進んでいくと、ファーマスという地域がある。

ミライエ最大の穀倉地帯である。

栽培条件を満たしているので、この地に決定する。

ここはミライエの食料生産を支えている大事な土地だ。

古い農家が多くあり、あまり手を加えていない土地でもある。

しかし、日に日に人が増えるミライエの現状を鑑みるに、食料調達の方法を増やしておかねば。

現状はだんだんと足りなくなってきた食料を、ミナントとウライ国から輸入している。

ウライ国は小麦が安く、ミナントは海産物が安く手に入るし、二国からの輸入品はミライエのものと比べて質も高い。

ミナントには先日よりショッギョという切り札が出てきて、あのダンジョンからは他にも多くの海産物が採れ始めた。それが領内に浸透するまでもう少しかかりそうだが、大きな食料源となっている。

しかし、小麦はウライ国に頼りっぱなしだ。

なにせ、ファーマスで採れる小麦の量はあまり多くなく、しかもウライ国の方が安くてうまい。市場に並ぶと価格と品質の両方で負けているのが現状である。

そのため、ファーマスでの小麦の買い取り価格は徐々に落ち、ちょうど新しい穀物がないか求め始めていたところだ。

「エルフ米はこの地に合いますね。むしろ、好ましい環境です」

既に決めてはいたが、現地に来て最終的に可能か判断していく。

ハリエットの評価は上々だった。

このファーマスの土地は、平地が広がり、一見住みやすそうだが、開発など行われず穀倉地帯になっている。

というのも、ここは高温多湿で知られる。

真夏のジメジメした暑さは非常に息苦しく、汗が常に体にまとわりつく感じがする。体がべとべとして過ごし辛い上、衣服もかびやすい。

更に、昼夜の寒暖差が激しく、家畜も育て辛いときている。

この地は基本的に、人が住むには適していない条件が揃いに揃ってしまい、それで豊かな平地なのに人が住むことなく穀倉地帯になっている。

交易路から外れているのもあるが、今となってはそれでよかったと思う。

だって、エルフ米をたくさん育てられそうだから！

「ふむふむ、シールド様。私にこの地を任せてください。責任を持ってエルフ米をお届けします」

ハリエットが自信に満ちた顔で名乗りを上げてくれた。

彼女に任せて大丈夫か考えたが、エルフのエヴァンとリリアーネだけでなく、実はファンサも彼女を認めていた。

短い間でファンサに認められたなら、信じてみてもいいかもしれない。

いきなり都会を知るより、こんな穀倉地帯で学ぶ方がエルフ的にも良いだろう。三十年生きているのにまだ幼さの残る彼女には、しばらくここでのんびりエルフ米を育てて貰おうか。麦わら帽子の似合いそうな美少女だ。それだけで田舎に置いておく価値がある！


さて、そうと決まれば首を挿《す》げ替えるか。

このファーマスの土地管理を任せている男は、以前ベルーガチェックにてどちらも可の評価を受けた。

既得権にうるさく、謎の垣根を作るそのやり方は効率が悪くて俺は反対だった。

しかし、長年この土地に根付くそのやり方を尊重して、これまでは泳がせてきた。

ミライエは大きく変わり、古いやり方を変えるときが来た。

現管理者にクビ宣告に行く。

「いままでお疲れ。褒美として土地を与えるからお前も農業に手を出したらどうだ?」

ちょうどエルフ米を育てる農家が欲しかったのだが、クビを宣告しに行ったら態度が変わってしまった。

俺を罵倒し始め、暴力に訴える脅しまでする。まったく、先の戦争に勝ったばかりだというのに、暴力に出る選択は驚きである。

「これは駄目ですね」

ベルーガセンサーにも引っかかってしまった。センサーなしでもわかるレベルだった。

今まではグレーだったというのに。

クビ宣告をしておいた。

クビにした後、いろいろと調べてみると出てくる、出てくる。既得権からかなりの不正な金を得ていたらしい。

うーん、ベルーガのセンサーは俺に悪意があるかを判断できるだけなので、不正をしているかはわからない。

こんな簡単に出てくるなら、ミライエにはまだまだこういう部分があるんだろうなぁ。

良い領地にしたいのだが、難しいな。こういうところは特に。

無能はやはり積極的にクビにしていくか!

久々に死の領主の血が騒ぎ出しそうだ。

首を挿げ替えたので、ファーマスに新しいルールを作り上げていく。

今までのやり方ではあまりに効率が悪い。

土地を全て買い上げて、農業をやめるものはこの地から去るように伝えた。

かなりの高値で買い取ったので、他の土地に移っても豊かな生活ができるはずだ。

しかし、驚いたことにほとんどがこの地に残った。俺の統治下は居心地がいいんだと。

ミライエの土地を離れる必要はないし、ここは人が住むにはきつい土地だ。他にいくらでもいい土地があることも伝えたが、去ったのは農業を引退して息子夫婦と共に住みたいと言っていた老夫婦だけだった。

まとまった金が手に入ったと、逆に感謝されてしまった。

やり方を変えて、土地も取り上げた形になったが、恨みを買うどころかむしろ好評でとても助かる。

これもやはり聖なるバリアのおかげだな。あの安心感があるから、死の領主でも俺の名声は落ちない。やはりバリア魔法最強か？

ちなみに、資金はコーンウェル商会の悪徳姉妹から出ている。サマルトリアの一等地を買い叩かれたが、買い叩かれても破格のお金が舞い込んでいる。

買い上げた土地は、全てミライエのものとなったので、改革がやりやすくなった。

今まで個人でやっていたものが、全てミライエの管理下で動くことになったので、土地の利用も最大効率化できそうだ。

農家はミライエで雇う形にし、それぞれ区画を任せる。

給料を払うが、多く働き多く収穫できた者にはボーナスを用意するつもりだ。

怠け者は容赦なくクビにすることも伝えておく。ニッコリと伝えたので、みんな素直に頷いていた。死の領主の力ではないと思う!

一週間ほどこの地で過ごし、改革を行っている最中に、この地の水はかなり綺麗だということがわかった。

森に磨かれた豊かな地下水は綺麗なだけでなく、ミネラルを豊富に含んでいた。

やはりエルフ米には最適な土地だな。

しかし、水質は一律ではなく、ところどころ汚れていた。

均一な農作物を作り上げる必要があるので、水の汚れているところにはバリア魔法を張っておいた。

バリア魔法を通過する水はろ過されて、不純物が取り除かれる。

不純物は次第に溜まっていくので、取り除く人員も確保しておく。

水問題はこれで解決だ。むしろ、水はファーマスの武器になるほど綺麗である。

「さて、エルグランドとミラーを呼び寄せるぞ」

土地を大きく変えるなら、あの二人に限る。

「シールド様、お呼びいただき光栄です！」

「おいっすー」

「こらっ！」

既にとても仲良くなったミラーとエルグランドは、二人の特徴を表すような挨拶をしてきた。

軍人出身のミラーは姿勢を正して敬礼までしてあいさつをしてくれる。

それに比べてエルグランドは片手をあげて気軽すぎる挨拶だった。

俺としてはエルグランドもこの地に馴染んでくれたんだなって思えて嬉しかったのだが、ミラーが許さない。

「シールド様の前では礼儀正しくしてください」

「お、おう……。シールド様、おいっすです」

「よろしい」

よろしいか？

まあ、いいや。

エルグランドは少しどんくさいところがあるので、補佐にミラーをつけている。

二人はずっとサマルトリアの街で山を切り拓いてくれたので、しばらく休暇を取らせていた。

発展していくサマルトリアの街を楽しませていたのだが、ここにきてまた大仕事だ。

「エルフ米を作る予定だが、長いこと使われていない土が多い。深く耕して欲しい」

エルフ米の水田を作るために、土を柔らかくしておきたい。

土魔法を使えるエルグランドと、その力を制御できるミラーのコンビが大事になってくる。

「お任せください！　今回も計画通りに進めたいと思います」

ミラーがいるなら大丈夫だろう。

計画書を渡して、さっそく取り掛かって貰う。

二人に休暇の間何をしていたのか聞いてみると、筋トレをしていたらしい。

はい？

俺は自分の耳を疑った。

しかし、聞き間違いではなかったらしく、二人は確かに体を鍛え続けていた。

休暇が苦手なんだとさ。

サマルトリアの街には娯楽施設もでき始めているのだが、そもそも休暇という概念がいままでなかった二人は日々体を鍛えることで時間をつぶしていた。

ようやく招集がかかり、この地にやってこられたのは嬉しかったらしい。

「事故を起こしたから、干されたのかと心配しておりました」

土砂崩れと雪崩が起きた事故のことか。俺がバリア魔法で物理反射したからなんとかなったものの、確かにあれは大きな事故になりかけていた。

まあ、あれは本当に人為的なミスというより条件がいろいろ揃ってしまった結果だ。

全く責めてはいない。

二人には交易路を拓いた特別報酬を与え、休暇中も給料を支給していたのだが、そんな勘違いをさせていたとは。

怠け者は困るが、働き者すぎっていうのも少し扱い辛いものなんだと、このときはじめて知った。

そんな二人には最適の土地になるだろう。

なにせ、ファーマスは広く、耕して欲しい土地は無限かと錯覚するほど広がっている。

エルフの島はファンサに、ミライエはアザゼルに任せて動いているので、俺はしばらくこの地に専念できそうだ。

しかし、この土地本当に住みにくい!!

湿気がすごい!

エルフの島で味わった涼やかで、過ごしやすい環境とは雲泥の差だ。

常にジメジメしており、蒸し暑い。夜は異常に寒くて体の芯から凍える。

異常気象だ。これはもはや災害である。

「改善せねば！　眠れん！」

体がべとべとして眠れない。体調を崩しそうだ。

日中は俺もエルフ米の苗を植えている。

いずれはもっと効率化したいのだが、今は手探り状態なので一つ一つ丁寧に水田に植えていっている。

領主の俺がやることじゃないと言われたのだが、案外楽しいのでやってしまう。

こういう単純作業は結構好きだったりする。

昔のバリア魔法修行時代を思い出す。

何度も何度もバリア魔法を使って、強さを磨き上げたあの単純作業の日々を。

そんな楽しい記憶も、気候のせいで次第にきつくなってくる。働いているときはそう気にならないが、仕事が終わると汗を大量にかいているのがわかる。

それに加えてこの土地特有の湿気が襲い掛かり、不快感がマックスである。

解決策を考え、仮住まいしている家にバリア魔法を張っておいた。

このバリアは水だけを防ぐ。

バリア魔法が湿気に効くか考えたことなどなかったが、取り敢えず試してみた。効果は二、三日で出始める。

「かっ、快適やあああ！」

ファーマスの土地に来る前は知らなかったこと。湿気がないだけでこれだけ快適なのか！

水気を防ぎすぎて逆に乾燥気味になっているが、それでも快適すぎる！

外で感じていた蒸し暑さなどなかったかのように、室内は快適である。

この土地に馴染んでいる人たちはそう気にならないらしいが、俺たち開拓組はとても苦しんでいた。

効果があるとわかったので、希望した全員の家にこの湿気を防ぐバリアを張っていく。

ミラーとエルグランド、そしてハリエットには涙ながらに感謝された。

ごめんな。今まで辛かったよな。ジメジメだったよな。

きつい戦地で生き残った戦友のごとく、俺たちは熱い抱擁を交わした。

それだけこの地の湿気は凄かったのだ。さようなら、ジメジメ。

一つ解決したが、まだある。次は夜の冷え込みだ。

北の国に比べたらそれほど寒くないのかもしれないが、寒暖差でとても寒く感じてしまう。

俺は苗を植えている間にも、ずっと〝あれ〟を探していた。

そして見つけてしまったのだ。

「お、お宝やあ」

湿気で頭をやられて変なテンションになっているが、ぎりぎり頭は正常に働いている。

エルグランドを呼び寄せて、地面に四角い穴を掘らせた。

深さは一メートルほどで、広さは縦横十メートルくらい。

〝あれ〟の量からしてこのくらいの大きさがちょうどいいだろう。

ファーマスは、地下水が豊富な土地だ。

絶対にあると思っていたが、温泉が湧いていた。

水温もちょうどいい。

土魔法で掘ってできたこの空間を安定させるために、バリアでケースを作り、すっぽりと嵌めてみた。

できてしまった。

簡易バリアケースの温泉である。

俺たちが入るだけなので、余計な装飾はいらない。バリア魔法くらいのシンプルさがちょうどいい。

この温泉は俺たち開拓組だけでなく、ファーマスに住む人全員に人気だった。

あまりの人気具合に人が入りきらなかったので、新しく源泉を見つけておいた。

何か所か同じものを作り上げて、ようやく温泉パンク状態が解消された。

これで夜の冷えも解消される。

エルフ米には最高の環境だったファーマスは、バリア魔法の補助によって働く者にも徐々に快適な土地へと変わっていった。

田植えが終わり、日々育っていく稲を見るのはとても快適だった。

そんな穏やかな日々を過ごしていると、ベルーガが知らせを持ってやってくる。

「シールド様、たまには戻ってきて貰わねば困ります」

アザゼルに任せているので何も問題はなさそうだが、そうだったのか?

「皆、シールド様に会いたがっております」

「お、おう……」

とても照れくさいじゃないか。そんなことを言われたら。

「それもありますが、今回はこれです」

受け取った手紙は、ミナントからのものだった。

俺にミナントの首都まで来て欲しいとのことだった。無理そうなら、こちらから出向くとも書いてある。

エルフ米も、サマルトリアの街も順調だ。

ミナントの首都のことも気になっていたし、行ってみようと思う。

「ベルーガ、一緒に来い」

「はい！」

嬉しそうにベルーガが返事した。ベルーガに久々に会えて、俺も嬉しい限りだ。

ここはハリエットたちに任せて、俺は久々にこのジメジメした土地を脱した。

バリア魔法で除湿した家と温泉がなければ、戦地から逃げ出した兵士としてカウントされていたかもしれない。それほどにここはきつい。

改めて土地を眺め、美味しいエルフ米のための環境ができたことに満足しておいた。

今回もバリア魔法に助けられて、俺は気分よくこの地を去れる。

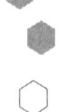

「さむっ！」

倒した熊の毛皮を羽織っているものの、それでも慣れない雪国にオリヴィエは困惑していた。

船でエルフ島からミライエに戻っていたはずなのに、気づいたら白銀の雪世界にいた。

「ミライエって雪が降るのね……」

そんなわけはなかった。

ミライエは滅多に雪が降らないし、積もりもしない。

ここは北のイリアスの中でも、最北の精霊が住まうことで知られる土地だった。

しばらく人を見ていなかったが、ランプを持って移動する人を見かける。

「もし！　ここがどこだか教えて欲しいのですが」

ミライエだということはわかっているつもりだったが、一応聞いてみる。

「ここは北の果てアルカ山脈の麓。……その毛皮は。もしや、神獣狩りの戦士ですかな?」

「いえ、違います」

また変なことに巻き込まれそうだったので、オリヴィエは全力で逃げだす。

思えば、今の村人は獣人だった。

とんでもない場所に来てしまったことに気づいたオリヴィエは、雪に足を取られながらこの場から逃げ出す。

「なんでこんなところにいるのよ!?」

シールドとは当分会えそうにない。

三話 ―― バリア魔法は他国でも役に立つ

フェニックスの翼を上手く使いたかったが、空を飛ぶことは結構技術がいるので、翼の操作をミスするたびに俺は上空から地面へと叩きつけられた。

「大丈夫ですか!?　シールド様」

心配してくれるベルーガがグリフィンに乗って近寄ってくる。

バリア魔法で衝撃を殺したので、ダメージはないが、この墜落で五度目となる。

魔法で飛べる人たちいいなーとか思っていた時期が僕にもありました。そんなに簡単じゃなかったみたいです！

それでも繰り返しているうちに慣れてきた。そのころには、ミナントの首都パーレルへと辿り着いた。

流石は大国ヘレナに続いて発展している国の首都だ。

人の数がミライエとは比べ物にならない。

サマルトリアの街に人が集まりつつあるし、現領主の街ルミエスにも人は多いが、都市パーレルはその何倍もの規模を誇る。

流石に領主になって一年も経っていない俺が作り上げた街より、はるかに大きいのは仕方ない。

それでも少し悔しさはあった。

パーレルはミナントを象徴する港町であり、南の主要な交易路が通っている街だ。

ミライエとは対極に位置し、地図ではミナントの右上端にミライエが、ミナントの左下端にパーレルがある。南の海に広く面した土地で、西にヘレナ国と接する国境もある。

海の覇権を握ってきた国の中で、最も海を活かしてきた都市でもあった。

白い家が多いこの土地の景観を楽しみながら、露店の焼き魚をいくつか買って食べてみた。

どれも今朝魚市場から買い付けたものばかりらしく、新鮮で旨みがある。

素直にうまい！

「ベルーガ、まだ食べられるか？」

「もちろんです」

ベルーガはあまり大食いではない。むしろ、小食寄りだ。

先ほどから魚の大半をグリフィンに譲っており、かわいがっているグリフィンが美味しそうに食べている顔を見て喜んでいた。

ミナント側から、グリフィンで城に乗り入れていいと許可を貰っているので、こうして街中でも連れまわしている。

人でごった返しているが、聡明なグリフィンは大きな体を器用に動かして人との接触を避けていた。

考えてみたら、馬もそこら辺を走っている。グリフィンが上手く立ち回れるのも不思議ではない。

すっかりとミナントの食を気に入った俺は、この都市で学べることは学んでいこうと意気込んで、更に街を見て回った。

というより、飯がうまくて食べ歩いていた。

「お腹いっぱいだ。城に行く前に少し休んでおこう」

「そうですね」

海岸に浮かぶ多くの船から積み荷が降ろされる光景を見ていく。

この地で扱われる代物が気になって見ていたが、流石に品目が多い。どれが主要なものかわからない程多く流れ込んでくる。

巨大な交易所を持ち、大国へレナとの貿易も盛んで、海からはイリアスとウライ国からの輸入品が大量にやってくる。

ここが大陸有数の都市になった理由は、立地面がやはり大きい。

西に大国ヘレナがあり、大陸中央のドラゴンの森の脅威もなく発展してきたのだろう。


「船が止まらないぞ！」

ゆったりとした時間を過ごしていると、あたりが騒がしくなってきた。

多くの視線が集まる先を見ると、海から巨大なガレオン船が迫ってきていた。

止まる様子はなく、このままでは人が多くいる港に衝突しそうだ。

「逃げろ！」

誰かが叫ぶと同時に、辺りがパニックに包まれる。

逃げ遅れた少女が港で転んでいた。

ベルーガが少女をかばい、体を起こしてあげた。

「大丈夫？　落ち着いて避難できそう？」

少女は首を横に振った。恐怖に呑まれて脚が動かないらしい。

「ベルーガ、そこで待っていろ」

「はい、シールド様」

港に停泊している船に飛び乗り、逃げ惑う人の隙間を縫って前に進み出た。

巨大なガレオン船はどういうわけか止まりそうにない。

『バリア』


巨大なガレオン船の進路をふさぐように、巨大なバリアを張っておいた。

バリアに迫り、衝突したガレオン船の船首がぽきりと簡単に折れる。船の本体もバリアにぶつかり、大量の木くずをばらまきながら崩壊していく。

船の三分の一が壊れたくらいで、勢いを失って止まる。事は済んだ。

バリア魔法を解除しておいた。


港は守ったが、これだけ立派な船を壊してしまった。

どこかの金持ち商会の船っぽいし、修理費を請求されでもしたらたまったものじゃない。

「逃げるぞ、ベルーガ」

「は、はいっ！」

急ぎベルーガの元に戻って、走って逃げることにした。

「ありがとう、おねーちゃん、おにーちゃん！」

後ろから聞こえる少女の声。振り返って手を振って、俺たちは逃げ出した。

他に用事もないので、そろそろ城へと足を運ぶ。

グリフィンを城の者に預けて、俺とベルーガだけが内部へと通される。

既に日が沈みかけていたこともあり、先に風呂に入らせてもらった。

国王とガブリエルの話し合いは、食事の席でということになった。

風呂から上がり、食堂へと通されて俺は目を疑う。

そこには要人が三十名ほど待機しており、何よりテーブルに並んだ大量の御馳走が見える。

既に街で満腹になるまで食べ歩いたなんて言い出せる雰囲気ではない。

げぷっ。おっと、まずい！


「シールド様、こちらへ」

声をかけてきたのはガブリエルだった。

国でも相変わらず露出の多い服を身にまとっており、胸元を露出した彼女が俺の腕をぎゅっと抱え込む。

「ずっとお会いしたかったのですよ？　もっと会いにきてくださいな。仕事以外でも」

ち、近い！

腕に非常にありがたい感触を感じながら、席へと通された。


白い髪とボリュームたっぷりの白ひげを蓄えた上座に座る男の隣に座らされた。

ベルーガはガブリエルの隣で、他の臣下と対等な列に座る。

「ようこそ、私がミナントの代表、ユアマイです。ほほっ、よろしく」

隣に座った白ひげの気さくなおじ様が国王のユアマイだった。

ミナントはもともと商人が集って作り上げた国であり、その系譜で今も代表を名乗るが、俺からしたら国王という方が、馴染みがある。

握手には丁寧に応じた。

ぎゅっと握るその手には力が籠っており、肉厚で体温が高い。

「強い握手は信頼の証です」

とのことだ。

「皆の者、時代の寵児《ちょうじ》であられるシールド様がやってこられたぞ」

ユアマイの言葉に乗じて、席に並んだ重臣たちが場を盛り上げるように拍手をし、持て囃すように声を上げた。

ヘレナ国でもウライ国でも味わえなかった独特の雰囲気だ。

やはり起源が商人なだけあって、他人をもてなす心が染みついているのかもしれない。

裏を読み取れば、相手の機嫌をとるのはただですから！　とか思っていそうだ。

「先ほどのガレオン船の件は助かりました。シールド様がいなければ、どれほどの被害が出ていたことか」

「あら、ばれていたか」

「ほほっ、商人は情報が命ですからな」

しかし、伝えられたのは感謝だけで、賠償などはないらしい。

少し心配していたんだ。あれだけ立派な船を潰しちゃったからな。

むしろ、後日あの商会からお礼があるかもしれないとのこと。港に被害がなかったことの方がありがたいらしい。その際には素直に受け取って欲しいと伝えられた。

それは構わないが、商人というやつはとことん無償の善意を嫌うらしい。借り貸しはなしにしたいんだと。


この流れに乗ってと言わんばかりに、本題に入った。

食事の席で大事な話をするのも、文化の違いを感じる。

先ほどからやたらうまい酒を並べていたのは、上機嫌になった俺からいい条件を引き出そうという魂胆か？

どこまでも合理的な商人のやり方は嫌いではない。

「ほほっ、実はですな。ここに集う我がミナント連合の重鎮たちの総意で、ミライエの独立を認めようという話になっている」

「独立を？」

それって、つまり……。

「自治領ではなく、ミライエを一つの国として認めるということか？」

「そういうことですな」

なんのメリットが？

ついつい彼らの思考に流されて、俺も損得で考えてしまう。

もしかして、あれのことだろうか？

ミライエを発つ前、アザゼルから急ぎの知らせが入っていた。

おそらくあれと関係している。

「ほほっ、領土を完全に渡すことで、シールド様に恩を売っておこうというわけです」

そういうこと、素直に白状するんだな。

実際、恩を感じているので作戦としては成功だ。

あの土地は正式に俺のものになるんだ。嬉しくないわけがない。

先に恩を売って、後々回収する算段なのだろうが、おそらく回収するのはあれだろうな。

「実はですな。ヘレナ国に不穏な動きがありまして」

「騎士団長カラサリスか」

「!?」

このキーワードにユアマイが驚いていた。

彼らしか知りえない情報だと思っていたのだろう。

実は俺もアザゼルから聞いていた。

俺を追放した騎士団長カラサリスが、牢獄から解き放たれて復権したらしい。

「流石シールド様。では、話が早い」

大国ヘレナの聖なるバリアが消えてしまい、大陸の情勢が大きく揺れ動いている。

それを看過できないヘレナ国が、いよいよ大きな一手に出ようとしていた。

「騎士団長カラサリスはギフト持ちの人物。異世界勇者を召喚するギフトですな。……ヘレナ国は異世界勇者を召喚し、大陸に動乱を起こすつもりでいる」

異世界勇者。物騒なワードが出てきたものだ。

騎士団長カラサリスが特殊なギフトを所持していることは、宮廷魔法師時代から知っていた。

しかし、バリア魔法以外に興味のなかった俺はその詳細を知らない。

ギフトは魔法とはまた違うものだ。

ミライエ正規軍に所属するオリバーも特異な能力を持ち、過去の偉人を己の体に憑依させる力を持っている。


それってさあ、幽霊がこの世界にいるってコト!?

そういうのは怖いので、あまり考えないようにしている。

幽霊ってバリア魔法もすり抜けそうだから、本当に怖い。もうマヂ無理。。。　バリア張ろ。。。


魔法でギフトのようなことはできない。

幽霊の存在すら証明できないのに、オリバーは確かにその力を使えている。

先人たちが説明できなかった特異な能力をギフトと呼んでいるわけだ。

そして、三百年前にも存在が確認されているギフト持ちが今の時代にもいる。異世界勇者を召喚する能力を持つ者、それが騎士団長カラサリスである。

異世界勇者と、それを召喚するギフト持ちは切っても切れない関係だ。

ヘレナ国にてアザゼルの駒となっている騎士から、知らせが入っている。

大罪を犯したはずのカラサリスが、その能力を必要とされて復権してしまったのだ。

私欲のためにバリア魔法使いである俺を追放した男が、返り咲こうとするヘレナ国の意思によって牢獄から出された。

「異世界勇者を召喚して、大国ヘレナを維持したいのでしょう」

大国ヘレナの姿は見かけだけ。中身が徐々に形骸化していることを、上層部と聡い人間は気づきつつある。

聖なるバリアがあった三年で溜めこんだものも多くあるが、それも次第に消えていくことだろう。

その恐怖に耐えきれなかったヘレナ王が禁断の一手に出る。

あるものを使うのは当然かもしれないが、まさかこの平和な時代に異世界勇者を召喚するとは……。


三百年前、最強ドラゴンのフェイと魔族の連合軍を打ち破ったのが異世界勇者。異世界勇者がいなければ世界が滅んでいたかもしれない。そういう時代に召喚するのは頷けるが、まさか自国の利益のために呼び寄せるとは。そういえば、フェイやアザゼルが世界に喧嘩を売った理由を知らないが、今では何か理由があったのだろうと思える。フェイは規格外の存在だが、むやみやたらに破壊を好む者ではない。アザゼルを始めとした魔族が力を貸している時点で、やはり正当な理由があると思われる。いつかそれを聞いてみたいものだ。

「異世界勇者の力をチラつかせて、外交で優位に立ちたいと？」

「そうでしょうな。ほほっ、実際怖くて譲歩してしまいそうです」

恐ろしい話だ。

領地を接しているからこそ、ミナントとしては余計に心配になるのだろう。

イデアに勝ったばかりだというのに、次は異世界勇者。相手の力が未知数である以上、俺としても自信を失ってしまいそうだ。

圧倒的な力を完封したばかりのバリア魔法だが、相手はフェイとアザゼルを退けた異世界勇者だ。

流石に恐ろしくなってくる。

「三百年以上前にも、異世界勇者の存在は確認されております。異世界勇者固有の力は毎度変わります。先代異世界勇者の力は封印魔法でした」

封印魔法……。

なるほど。それは知らなかった。

てっきり規格外の力の持ち主で、オリヴィエの如くあらゆる魔法を使いこなすものと思い込んでいた。そういう訳ではないらしい。

異世界勇者は万能ではない。しかし、力は間違いなく絶大だ。

封印魔法に特化していたから、あのアザゼルたちでさえ封印されていた。

戦いこそ自身の力によって勝ったが、戦争のダメージで異世界勇者も死んだと聞いている。たしかアザゼルが片腕を切り落として、それが致命傷となったとか。戦後、異世界勇者は故郷に戻れずに死んだと歴史書に記されている。

悲しい最期だ。

俺たちには馴染みの深いこの世界も、異世界勇者にとっては故郷から遥か離れた知らない土地なのだ。戦争には勝ったが、幸せな最期ではなかったのではないか、そんな気がした。

「今度は、どんな魔法を使う異世界勇者が来るんだろうな」

「それも気になりますが、何より恐れないといけないことがあります。歴代異世界勇者は決まって、とある魔法を使いこなすのです」

「それは、なんだ？」

そこは勉強不足だ。

というか、軽く戦いの資料にしか目を通していないので、詳細はほとんど知らない。

気になるのは、アザゼルとフェイの部分のみだったからな。

この二人つえー!!　うおおおお!!　みたいな感じで歴史書に目を通していた。歴史を読み解くというよりは、伝記を楽しんでいるようだった。

「異世界勇者はそれぞれ別の力を持つのですが、同時に必ず一つだけ同じ魔法を使います。それが『聖剣の魔法』。斬りたいと思ったものを必ず斬る、魔法で作られた剣です」

「なにそれ」

おいおい、俺のバリア魔法とぶつかり合ったらどうなってしまうんだ!?

最強の剣と最強の盾がぶつかり合ったら、それはどちらが勝ってしまうんだ？

俺が感じた疑問を、皆感じているらしい。

全員が俺に注目しているのは、そういう訳か。

俺にだってわからんぞ、結果なんて。ていうか、普通に負けそう……。

「イデアとの闘いは聞き及んでおります。流石シールド様です。圧倒的な勝ちっぷり、お見事です」

「どうも」

確かにあれは良い勝ちだった。

作戦もうまく行き、戦後処理もうまく行った。

おかげでエルフの島を手に入れ、エルフ米も手に入った。

今後も、エルフの生活を変えてしまわない程度に、あの豊かな島を活用していきたい。

「ほほっ。我らが貸した軍など要りませんでしたな。けれど、あれでもかなり準備に費用が掛かっていましてなぁ。まあ、お金などまた稼げばいいことです。大事なのは、友情。ミライエが困ったときには、いつだって力を貸しますとも」

ユアマイは終始笑顔で、上機嫌に話し続ける。

そこに繋がるのかぁ。

「ね？　シールド様」

ね、ってなんだ。おっさんの、そんな可愛い反応求めていないぞ。

笑顔で見つめるユアマイの求めている答えはわかっている。

異世界勇者の牙が向くとしたら、隣接しているミナントの可能性が高い。

一度力を貸したんだ、もしものことがあればお前も力を貸せということだろう。

「……わかりました。いざというときは、力を貸しましょう」

面倒だが、こう答える他ないだろう。

なにせ今領内で大量にお金を消費していて、ミナントに払うお金なんてない。

異世界勇者は恐ろしいが、今金を要求されるのも非常に恐ろしい。

俺がこういう返答をするのも読んでいたんだろうな。きっと財政状況も筒抜けに違いない。そんなに金を持っていないことがばれてしまっている。

「ほほっ、やはりいつの時代も大事なのは友情ですな！」

よく言うよ。根っからの商人であるミナントの人間にもっともふさわしくない言葉だ。

いや、友好な関係は金を生み出すから、まんざらでもないのかもしれない。

「すみませんな、我々はこういう交渉しかできないのです。弱者である我らをお許しください」

そっと謝罪された。

「いや、そういうスタイルは嫌いじゃない」

むしろ感心しているくらいだ。

貸した恩はいずれでかくして返して貰う。

俺もいずれは使ってみようと思う一手だ。

「とはいえ、ヘレナ国がすぐに動くということはありません。異世界勇者の教育と訓練もありますし、本当にそういう強硬手段に出るとも限りませぬ」

それもそうだ。

そして、この話を受けたのは、実はミライエにもメリットがあるからだ。

騎士団長カラサリスが関わっている案件。

隣接しているミナントが危機を感じるのは当然だが、その牙が向くのはミナントに決まったわけではない。

むしろ、カラサリスは俺のことを恨んでいるだろう。

牙がミライエに向いてもなんら不思議ではない。

その際には、俺も友情理論を使わせて貰おう。

ユアマイに微笑みかけた。俺たちずっ友だよね？　ニッコリ。

「な、なんだか不気味な笑顔ですな」

「ソンナコトナイヨー」

棒読みなセリフが出てしまった。

話し合いを終え、その後は美味しい料理に手を伸ばす。

お腹は膨れていたが、上機嫌な体はミナントの海の幸を盛大に食らった。

これから迫る危機について話し合いをしつつ、更には独立の話もできた。

大きな収穫を得て、ミナントへの旅路を終える。

四話 ―― 異世界勇者の目覚め

鞍馬《くらま》ひじりが目を覚ますと、自分の知っている世界と違う場所にいた。

今日も変わらない日常が始まるものと思っていた。

しかし、彼女の目の前にはローブに身を包んだ魔法使いと、目つきのきつい成人男性がいた。

金髪で顎髭を蓄えた筋肉質の男が、ひじりを見下ろす。

「よくぞ召喚に応じてくれた。異世界勇者よ」

男がしゃがんで、座り込んだひじりの顔を覗き込む。

大きめのラウンド眼鏡の位置を調整して、ひじりは言葉の意味を訊ねた。

「異世界勇者?」

何を言われているのかわからなかった。

それに、なんだかこの人は信用ならない。そんな直感が働く。

目の前で話す男の言語を知らないはずなのに、理解できてしまう。なんとも不思議な感覚だった。

不安ばかり先行してしまい、頭と体が思うように働かない。

ここは知らない世界で、周りは知らない人ばかり。まだ十六歳のひじりには、少しばかり負担の大きい状況だった。

「なにも不安に思うことはない。我々は味方だ。必要なものは、言ってくれればすぐにでも用意する。不自由はない」

「あの!」

ひじりに欲しいものなどない。唯一の望みは……。

「何もいりません。家に帰してください」

それだけだった。暖かい我が家に帰りたい。それ以上の望みはない。

しかし、返答は無情にも望んだものと真逆だった。

「それはできない。異世界勇者を呼び寄せることはできるが、元の世界に送る魔法もギフトもないのだ」

「そんな……」

あまりに身勝手な発言に、ひじりはショックを受ける。しかし、カラサリスの迫力に文句も言えない。文句を言ったところで、どうにもならないことは理解しているが、それでも言い返せない自分が少しだけ情けなかった。

異世界勇者として召喚された強大な力を持つひじりだが、その力を自覚していない彼女は、今は恐怖に怯えるしかないただの少女なのだ。


「落ち込む必要はない。ここは大陸最大の国、ヘレナの王城である。そなたが仕事をこなせば、前の世界よりも遥かにいい生活が望めるだろう」

そんなものはいらないと既に言っているが、カラサリスには通じていないみたいだった。

「富も名声も、男も力も、ここでは全てが手に入る。元の世界に未練など残りようもないほどにな。そして、そなたにやって欲しい仕事はただ一つ」

「仕事?」

不思議な力のせいで、わざわざ違う世界まで呼び出されたのだ。用事があるのは当然だった。

しかし、ただの女子高生でしかない自分に一体何ができるというのか。

得意なことは絵を描くこと。あとは将棋と競馬とＢＬ……。それは秘密の趣味だ。

「魔族と手を組み、世界を破滅に導こうとしている男がいる。その男を殺すのが、そなたの仕事だ」

虫を殺すのだって戸惑うというのに、いきなり人を殺せと言われてしまった。

あまりの価値観の違いに、ひじりは言葉を失う。

やはり自分はまずい世界に来てしまったのではないか。しかも、悪い人たちに利用されているのでは？　そんな思考が過る。

できません、そう一言伝えようとしたが、やはり恐怖で言葉が出てこない。

カラサリスの発する空気感は、否応なしにこちらの同意を求めてくる。

「そなたには偉大な力がある。その男に対抗できる唯一の力だと思っていい」

なぜ自分が知りもしない人間を殺さなければならないのか。

この世界がどうなろうが知ったこっちゃない。

縁もゆかりも、義理も義務もない。

ただ呼び出されて、仕事を押し付けられただけである。

帰りたい。帰って競馬中継が見たい。BL本を読みたい……。またも秘密の趣味が頭を過った。

「しばらく訓練がいるだろう。自らの力を理解し、制御できるまでに数か月を要する。仕事が終われば、そなたの望むものをなんでも用意しよう。金でも地位でも、それこそ、望むものはなんでもな」

なんでも、という言葉が気になった。

わずかに見えた希望に、ひじりが食いつく。

「……家に帰りたい。その方法を、探すのを手伝って貰うことはできますか？」

カラサリスに向けられた質問は、一度否定された内容だった。

戻す手立てはない。

先ほどそう言われたにもかかわらず、ひじりはそれを望んだ。実際、それ以外に望みなどない。

愛する家族のいる日本に帰りたい、それだけが彼女の望みだ。

真面目な父と、料理上手な母、大画面のＴＶに映る競馬中継。自室のペンタブ。ベッドの下に隠したＢＬ本。望んだものが全てあるあの家に帰りたい。

返事ができない。カラサリスはその手段を知らないし、ないと思っているからだ。

しばらくの沈黙は、不可能という答えそのものだったが、今度は敢えて言及しなかった。

「よかろう。あの男を葬った後、そなたの国に戻れる方法を、国を挙げて探し求める。それで良いか？」

わずかに見えた希望に、ひじりの瞳孔が開く。

こちらに呼び出せたのだ。戻せないわけがない。手段があると思う方が普通だ。カラサリスは希望を残してやることにした。その方が操縦しやすいと判断して。

「わかりました。……私、やります」

「良い心がけだ。正義は我らにある。存分に力を発揮するが良い」

「はい」

ひじりは少しだけ決心がついた。

まやかしの希望かもしれないが、それでも帰れるかもしれない。そのわずかな希望が見えただけでも良かったのだ。

今はそれが、心の支えになってくれている。人は、希望がなければ立てない生き物だ。

少女の心を見抜いたカラサリスの勝ちだった。

ひじりが真に求めるものを見抜いたカラサリスは、今後も元の世界に戻れる可能性があることを示唆しながら、飼い殺しにしようと決めていた。

異世界勇者を召喚することが大事なのではない。

首輪を嵌めて、その力を上手に利用することこそが大事なのだ。

カラサリスは完全に復権したわけではない。

偉大なギフトがあった故、仕事を与えられたにすぎない。大国へレナの覇権を取り戻すべく、利用されているのはカラサリスも同じだった。

失敗すればまたあの暗い牢獄行きである。誰よりも切羽詰まっている状態だ。

同じ罪で投獄されたはずのエレインは、恋人関係にあった王太子の懇願により修道院送りになっている。贅沢は許されないが、それでも衣食住には困らない生活だ。

牢獄行きがかかっているカラサリスとは天と地程の差である。

それに、まことしやかに囁かれる噂では、すっかり改心したエレインは今や修道院で重宝される人材になっているらしい。修道院を訪ねる人々に愛され、同僚からも尊敬される人物に。

ミライエに行って何があったか知らないが、改心するとしたら何かが起きたのだろう。しかし、カラサリスは信じていない。

（どうせ演技だろう）

あの計算高い女が、そう簡単に変われるはずがないと信じて疑わない。

実際、エレインはすっかり変わってしまったのだが、王城から遠く離れた修道院にいるエレインの近況を実際に見る手立てはない。まだ闇の中でもがき続けるカラサリスは、エレインも同類だと信じ込んでいる。

「殺す相手の名前を教えてください」

初めて、異世界勇者から話を進めた。いい兆候だった。ひじりの瞳に強い光が灯っている。

希望が見えた人間は強い。

それは自分も同じだとカラサリスは思う。

なんとか牢獄から脱し、復権する機会を与えられた。地獄に垂らされた一本の手綱をしっかりと摑み、それを絶対に離すわけにはいかない。

手綱を摑もうとする人間は他にもいるが、自分さえ上れればいい。

そのためには全てを踏み台にするつもりだ。

目の前の異世界勇者でさえも。

「そなたが殺す相手は、シールド・レイアレス。元ヘレナ国宮廷魔法師にして、裏切りのバリア魔法使い」

「シールド・レイアレス……」

「そうだ。その名を忘れるな。魔族を率いて、大陸に災いを齎《もたら》す者の名だ。シールド・レイアレスを殺せば、そなたの名はこの世界に、未来永劫残るだろう」

それともう一つ付け加える。少女はこちらを欲しているからだ。

「やつの元には元宮廷魔法師のオリヴィエもいる。魔族とエルフの魔法も研究しているとか。……その中に、元の世界に戻れる魔法があるかもしれないな」

可能性をチラつかせる。

ギフトで呼び寄せた以上、戻るためにはギフトと近い力を追い求める必要があるが、そんなことはどうだっていい。

魔法に詳しくない異世界勇者にはこの程度の希望で十分だ。

可能性があることが大事なのだ。

可能性とはいい言葉だ。

実際はなくとも、ないと証明されない限りずっと使い続けることができる。

案外簡単に異世界勇者を手懐けられる気がして、カラサリスはにやりと笑いを漏らした。

「勝った後に全てを奪え。勝者にのみ、権利がある」

「……はい」

異世界勇者の訓練と、洗脳が始まる。

五話 ―― バリア魔法は信仰の対象に

そういえば、こいつがいた。

俺の前に跪いているのは、お洒落イキリ坊主頭のゲーマグである。

もともとヘレナ国の宮廷魔法師で、派手なアクセサリーを身に纏う気取った男だった。

俺のことを見下し、襲撃までしてきたのだが、フェイに敗れて以降はミライエのために働いて貰っている。

すっかり従順になってきたから、自由を与えてやってもいいと思っていた頃に、ゲーマグは最もやってはならないことをしでかした。

そう、エルフとの戦争前に敵に寝返ったのだ。

こいつからしたらミライエに思い入れがないのも無理はないかもしれないが、あの大きな戦いの前に寝返る行動はあまりにも印象が悪い。

おそらくミライエで最も嫌われ者となってしまったゲーマグは、しゅんとした様子で引きずり出されている。厳しい折檻を受けたのだろう。

周りがゲーマグに向ける視線は、虫けらを見るがごとくひどいものだ。自業自得なので仕方ない。

「俺のことを嫌っているから信じられないかもしれないが、もうすぐ解放してやる予定だったんだ。魔族から、お前の働きぶりを聞いていたからな」

光魔法で宮廷魔法師をやっていた男だ。

弱いはずがなく、ダンジョン関連の仕事ではかなり役に立っていると報告を受けていた。

「ヘレナ国に帰るもよし、ミライエに住むもよし。そう思っていたのにな……」

しかし、今となってはそんな未来はあり得なくなっている。

「魔族からだけでなく、軍の人間からもお前の首を刎ねるように言われている。部下たちが珍しく強い要請をしてきている」

「ひぃっ、ゆ、許してくれ！」

裏切り者に容赦がないのは世界共通だ。ミライエでもこの男への風当たりは強い。

しかし、ゲーマグは実際役に立つ。そして、ちょうどいいダンジョンも見つかった。

「よし、三年ダンジョンで鉱石を掘り続けてこい。お前にしかできない仕事だ」

炭鉱として活用できそうなダンジョンが見つかっている。

中は不衛生で、暗く、そして魔物が溢れている。

かなり珍しい魔石やら鉱石が採れるのだが、危なさゆえに諦めていたところだ。

魔物に対処できる人材は、魔族にも軍にもいるが、そんな大事な人材をあんな炭鉱もどきのダンジョンに送り出せない。

しかし、ここに使い捨て同然にして良い有能な男がいるではないか!!

「そんなきついとこ、体がもたねーよ！」

「じゃあ、今死ぬか？」

にっこりと笑った俺の顔を見て、ゲーマグはうなだれた。

「それだけのことをしたんだ、理解しているよな？」

「うっうぅ……」

諦めがついたらしい。

しぶしぶ仕事を承諾して、連行されていく。

全く、感謝して欲しいものだ。

全員が首を刎ねるように言った中、俺だけがゲーマグを許したのだ。

本当はもう死んでいるところを、三年働いたら自由にしてやると約束した。

こんな恩赦を貰って、なぜあいつはうなだれているのか。

この領地は先代の法を引き継いでおり、大きく変えていない。

不都合になりそうなところを何か所か撤廃しているだけだ。

法に照らし合わせても、ゲーマグの罪は重いはずだが、明確に当てはまる法がなかったので新しく作っておいた。

敵への寝返りは極刑

よかったな、ゲーマグ。この法が明文化される前に寝返っておいて。法があれば、俺でもかばいきれなかった。法は秩序を保つために大事なものだ。

ルールや法ってものがあまり好きではない俺も、これの大切さは理解している。あまり増やしたくないが、人というのは制御しなければすぐにバカをしでかしたりする。

領内に移り住んできた大物商会のバカ息子が暴力事件を起こしておいて、金に物言わせて被害者を黙らせた事件があった。

領内を騒がせた事件だったので、わざわざ俺が出向いた。

一度チャンスを与えたんだ。今から出頭するなら法に則って処罰すると。

しかし、拒否された。

それどころか、舐め腐った態度だった。

我が領地は税金が安く、商売がしやすい。

交易路を整えているのも、サマルトリアの街を作り上げたのも全ては領民が暮らしやすいようにという配慮だ。

負担の少ない税金は、次第に大物商人たちを育て上げ、大きな金を抱える連中が出始めている。

このバカ息子もその一族の人間だった。

勘違いした人間には、もちろんあの結末が待っている。

俺がニッコリ笑っているうちに素直に応じて欲しかったが、バカ息子はゲーマグと同じ炭鉱作業行き。かばった商会は財産没収の上、領内から追い出しておいた。

首を刎ねなかっただけ感謝して欲しいものだ。

軍を増強しており、先の戦争でもエルフに圧勝した俺の実力があっても、未だにこんな勘違いした連中がのさばっている。

きつい処罰は見せしめの意味もあるが、いつになったら学ぶのか。

商人たちに力を持たせすぎたか？

金は力だ。そのうちまた勘違いするやつが出てこないように、定期的に間引いておこう。

そんな怖いことを考えつつ、もう一つの問題にも対処していく。

領内は豊かで、生活が安定している。

人々の心も穏やかなので、変な宗教などできはしないだろうと安心していたが、最近になって急速的に信者を増やしている宗教がある。

我が領地は信仰の自由も認めており、他人に信仰を押し付けない限り活動も許可している。変なものだと規制したいのだが、新興の宗教を『バリア教』というらしい。


……うん。

なんとも扱いの難しそうな宗教だ。

実際にミライエはバリア魔法の恩恵で発展しているわけだし、そのバリア魔法は俺が使っているものだ。

急速に勢力を拡大している教えなのは頷ける。

信仰の自由は認めているが、過激な連中だったらどうしようという不安もある。一度活動を認めた以上、禁止する気はない。する意味もないし、悪い噂も聞こえてこないので放置しようと思っていた。そう思っていたが、教祖様が直々に会いに来た。興味があったので、通してみる。悪意センサーにも引っかかっていない。

「バリア教の教祖、エリンと申します」

どんな人が来るのかと思っていたが、凄く真面目そうなまともな人が来て驚いた。

シンプルな白いセットアップの服を着こんだだけで、怪しげなブレスレットも、変な杖もない。

清潔な服を着た、清々しい印象の若い女性だ。

「領主様、私のような者のためにわざわざ時間を取っていただき、感謝しております」

あっ、しかもめっちゃ礼儀正しい。

すんごいまとも！　逆にやりづらい！

「いや、領民と接するのも領主の仕事だと思っている。気にしないでくれ」

「ありがたきお言葉。感謝いたします」

ウライ国から運ばれたお茶を出してあげた。

物珍しい香りに、彼女は戸惑いながらお茶を飲む。


「あっ、おいしい……」

サマルトリアの北の交易路を通ってやってくるこのお茶は、品質が保たれていて美味しいんだ。

庶民が簡単に買える値段ではないので、こういう場でくらい存分に飲んだらいい。

美味しそうにお茶を飲む彼女は、少し上機嫌になったのがわかる。

「領主様に会いに来たのは、ちゃんと説明しておきたかったからなのです」

こちらからふる前に、理由を話してくれるのは助かる。

実際興味があるから、一度聞き出すと止まらなくなりそうだった。

「バリア教のことをか?」

「はい、変な教えではなく、きちんとした教えなのだということを」

「ほう」

興味深い。長い話になるとのことで、俺もお茶を飲みながら聞いた。

彼女は長い間病弱な体だったらしい。まともに体が動かず、書物ばかり読む日々だったとのこと。

そんな日々に突如終わりが来た。領主が変わったと聞いてから数か月後、空に聖なるバリアが誕生した。ヘレナ国にあると聞いていたバリア魔法だ。知識では知っていたが、あの日見た光景を今でも明瞭に覚えているらしい。

感動が忘れられないんだと。

その日以来、体調がみるみるうちに回復し、病弱だった過去の自分を忘れ去れるくらいに活動的になった。今では女性ながらに力仕事もこなせるらしい。昔を知る人からは奇跡だと思われているとか。そんな彼女は、バリアこそがこの世界に必要なものと信じて止まず、『バリア教』を立ち上げた。バリアこそがこの世の救いであり、世界の真実だという教えに賛同する人々が集い、バリア教は急速に勢力を拡大していく。

「バリアは一、バリアは全」

よくわからないことを言っている。

……良い話っぽいけど、彼女からは時々狂信者っぽい熱量を感じる。少し怖い。

「バリアは始まりであり、バリアは終わりでもあるのです。わかりますよね、シールド様なら！」

「……はい」

同意しておいた。怖いから。

領内公認の宗教にして欲しい訳じゃないらしい。

病弱な彼女はどこへ行ってしまったのか、アクティブなエリンは実は今日、布教しに来たのだ。

バリア魔法の使い手である俺にバリア教を布教、である。単純にそれだけが目的だった。

なんとも活動的で素晴らしい。こういう人は基本的に好きだが、少し怖い。

「悪いが、俺は特定のものに肩入れするつもりはない。全て平等に受け入れるつもりだ」

丁寧にお断りしておいた。

残念がる様子を少し見せたものの、エリンはおとなしく引き下がる。

「また来月、バリア魔法の素晴らしさを語りに来ます」

バリア魔法の素晴らしさは俺が誰よりも知っているのだが、まあいいだろう。また来るように伝えて、彼女を送り出す。俺がバリア魔法を使うたびに人が救われるらしいから、今後もバリア魔法をどんどん使うように言われた。

……やはりバリア魔法最強か？

{ 第二章 }

戦いが始まる前にバリアを張れ！

六話――バリア魔法を踏み越えていけ

ヘレナ国から、エルフ島を渡すように通達が来た。

あまりにも突飛な話で驚いている。

イデアとの闘いのことが伝わっていて、エルフの島が俺のものになっていることも大陸では知られていた。そしてミライエ独立の件も、獣人の国イリアスとウライ国は承認してくれている。そんな中、ヘレナ国だけが断固として反対しており、脅迫めいた文書も届いていた。

それに続き、今回のこの要求である。

大陸の西にあるヘレナ国が、東に拠点を持てるのは大きなメリットだ。

しかし、こんなあほらしい要求に応じるわけもなく、適当に破って暖炉に放り入れた。

良く燃える、燃える。燃え盛る炎が室内を暖めてくれる。

「ふざけた連中ですね。何か制裁でも加えましょうか」

制裁!?

大国ヘレナに制裁を!?

アザゼルの発言には流石に驚いた。

ヘレナ国は自らの立場を理解していないようだが、ミライエってそこまでの強国だったの!?　国のトップである俺が一番驚いている。

「まあ、平和的にいこう。このくらいの無礼、以前の襲撃に比べたらましだ」

そう、ヘレナ国とは襲撃や暗殺、誘拐もされかけた間柄だ。

今更関係性が悪くなることもない。だって、信頼は底辺だから。

終わっているものをこれ以上どうしたって、既に終わっている。

それに、ヘレナ国が急にまたこんな態度をとる理由もわかっている。

一つは異世界勇者の存在だろうな。

やはり恐ろしい力の持ち主みたいで、潜り込ませているアザゼルの手駒から定期的に報告が入っている。聖剣の魔法を使う異世界勇者の力は、三百年前と同じらしく、その力を安定して使いこなせるようになってきているとのことだ。

異世界勇者の名前を出すと、フェイとアザゼルでさえ顔色が悪くなる。


「あれは、嫌じゃ！　お主のバリア魔法でなんとかせい」

とフェイに丸投げされる始末だ。

「あの力は、シールド様でなければどうしようもないかと」

アザゼルもお手上げ案件である。

イデアには勝ったが、異世界勇者の力は未だにどのくらいか推し量れない。

もしかしたら、史上初めてバリア魔法が壊される日が来るのかもしれない。

それに、異世界勇者の力はそれだけではない。

毎度違う魔法を使いこなすことでも知られているので、逐一その情報も得ないといけない。此度は一体、どれ程恐ろしい固有魔法を使うのだろうか。脅威になりうる存在なので、常に新鮮な情報が必要だ。そういった背景もあり、ヘレナ国は強気になっている。

脅威はあるものの、ミライエは順風満帆だ。交易所を通して、世界中にエルフ米が流れたのだ。ヘレナ国とは商売をしていないが、ウライ国の茶葉よりもはるかに高値が付いていることで一気にその名を広めている。当然知られていることだろう。

ウライ国のお茶はうまいんだ。

それよりも価値の高いエルフ米は一体どれほどのものなんだ!?　という評判でさらにエルフ米の需要が高まっている。今は量こそ少ないが、いずれはもう少し増えるはずだ。

米を食べる北のイリアスでの需要が特に高まっているらしい。これは生産するだけ売れる。

エルフはイデアからの支配を脱し、これまでの強制労働から解き放たれている。

好きに時間を使う昔の生活に戻るように伝えているが、人間世界との距離がぐっと縮まった今、エルフもこちらに強い興味を持ち始めている。

エルフ米を高値で買い取ってくれるとわかった今、彼らも少しずつ生産量を増やし、たまったお金でミライエを訪れていた。そういうわけで近頃、ミライエでは魔族だけでなくエルフの姿も頻繁に見られる。それに加えて、サマルトリアの街には獣人も頻繁に訪れるので、本当に国際色豊かな領地になってしまった。

土地こそ小さいが、小国とは言えない国になりつつある。そう言っていいだろう。

この地にやってくるエルフも、そして魔族も、ミライエの人間も、みんな口を揃えてウライ国のお茶はうまいと言う。

ボマーの遺産がなくなったおかげだが、ここまで人気だと早めに対策を打たなければならない。

エルフの島で茶葉を育てたらうまいのだろうか……。

少し気になった。

……絶対にうまいはずだ。

今度使われていない土地を開拓して、少し借りられないか相談してみようと思う。

エルフの作り上げた土壌は素晴らしいが、人の手が入るとダメになる可能性があるからな。慎重にいかないと。

なんとかウライ国の茶葉に対抗する手段を考えなければ。

その最有力候補となるのが、ミライエ産のエルフ米だ。

試作品ができたので、夕食に食べてみたのだが、純粋なるエルフ米とは違う食感で、こちらの方が、粒がしっかりしている。

甘みはあちらの方が強いが、これは本当に違う品種と言っていい。

普通にうまいし、差別化して売り出せそうだ。

交易所に並ぶのは少し先になりそうだが、純粋なエルフ米と違い大量に生産できる。我が領地の名産品になれる逸品だ。少しずつミライエの魅力が増えているようでうれしい。

サマルトリアの街が順調に発展していく中、とうとう城の建設にも取り掛かった。

場所はサマルトリアの東の端っこに決まった。

城から釣り糸を垂らして、海で釣りをするという俺の夢が……!!

そういう訳ではない。

交易路のすぐ北、もともとボマーの遺産があったウライ国側の土地だ。

俺がエルフの島まで橋をつなごうとしているポイントにある。

立地が非常によく、いろいろ話し合った結果ここしかないと決まった。

もしかしたら、俺の釣りをしたいという希望を汲んでくれたのかもしれない。

みんな、優しすぎないか？

いよいよ建設が始まったので、俺もあれを実行していく。


「橋、架けるか」


エルフがこれだけ人間の世界に興味を持っていたなんて知らなかった。

ならば、その架け橋となろうじゃないか。

実際に橋を架けるとなると一体どれだけの期間と人が必要になるだろうか。

いずれは数百年間使える橋を建設したいものだが、まずは手軽なのにする。

『バリア——一枚板』

馬車が二台は余裕で通れるくらいの足場をバリア魔法で作り上げる。

それをサマルトリアの陸地から置いていき、次々に同じサイズのバリア魔法を作る。

初めは人が通れるくらいでいいと思っていたが、どうせ労力は同じなので幅は広くとっておいた。

バリア魔法どうしをくっつけて、後はこれをエルフの島まで延々と続けるだけだ。

何十日にも及ぶ仕事だと思われたが、フェニックスの翼で飛びながら作ったら一週間とかからず出来上がってしまった。

　バリア魔法って消費魔力が少ないんだ、本当に！

　なんどか試走して貰い、穴がないことも確認した。

　一度にこれだけ長いバリア魔法を作ると魔力が枯渇してしまいそうだが、くっつける要領でコツコツ作り上げたから疲労自体はあまりない。

　城の建設が全く進んでいないというのに、橋だけ完成してしまった。

　あまりにも簡単な仕事だったので、人が海に落ちないように両サイドにフェンス代わりになるバリア魔法も付け加えておいた。

　半透明で海の見える橋が、こうしてできた。

　三年後には壊れるので気を付けて使用して欲しい。

　三年は絶対に壊れないと保証するので、その点は安心して頂きたい。

　半透明な橋は、使う人が不安になるかと思ったが、そんなことはなかった。

「めっちゃ通っとる!?」

　通行を許可した当日から大勢の通行人が利用する。

　特殊な海流に乗らないとエルフの島には行けないので、馬車が余裕で通れるバリアの橋はかなり需要があるみたいだ。

　エルフの島の生態を変えたくないので、しばらくミライエ側からの通行を制限しなくては。

　エルフの島の出入りと、土地を借りる相談をしないといけないな。

　仕事はまだまだありそうだと実感しつつ、橋の完成を皆と祝ったのだった。

数日あけて渋滞を避け、俺も橋を利用してみたくて馬車に乗り込んだ。

サマルトリアからエルフの島へと延びる長いバリア魔法の橋である。

景色は海だけだが、これが幻想的で美しい。

船だと特殊な海流に乗って三日かかる距離だが、馬車なら一日で着く。

たまには一人旅でもしたいなー、そんなことを思っているときに限ってこいつらが付いてくる。

「なんじゃ、安い酒しか持ってきてないのか」

「景色は美しい、人間は醜い」

美しい少女の姿をした二人が馬車に同席している。

フェイとコンブちゃんの二人だ。相変わらず愚痴ばかりだ。厄介なのを伴ってしまった。

しかし、この二人が行くと言えば止める手立てなどない。

魔族もエルフも、獣人も人間も多く行き交うミライエだが、この二人ほどに異質な存在はまだいない。

いて貰っても困るけど！

「ふふっ、楽しみじゃのぉエルフ島」

「そうですね、フェイ様」

フェイは基本的に遠出が好きだ。

新しい土地や新しい体験を好む。コンブちゃんは引きこもりがちだが、フェイに誘われたときには絶対に外に出てくる。フェイの強さを恐れているというより、その黄金の体の美しさに魅入られている一人である。

美しいものが大好きなコンブちゃんは、その美しさの頂点にフェイを置いているらしい。

俺も美しいと思っているが、それは俺やコンブちゃんだけの感性にとどまらない。

実は、バリア教に続いて有力になっている宗教がある。黄金教というらしい。これはフェイを神とした教えである。

気分が良いという理由で、フェイは時々集会に顔を出している。

「我《われ》が神である。称えよ」

と偉そうにしているだけだが、信者は非常にありがたがっているらしい。

実際にウライでは神と呼ばれていたりするし、間違いではないのかもしれない。

……フェイにやましい気持ちはないので助かっているが、凄い勢いで拡大しているのが気になる。

この二人が出てくれば、間違いなく面倒なことが起きる。

エルフ島の美しさを見てみたーい、なんてかわいい理由なわけがない。絶対に何かあるはずだ。

「そろそろ理由を教えてくれ。何しに行くんだ?」

「ほう、ただの観光ではないと気づいていたか」

そりゃな、フェイほどの存在がそんな簡単な理由で動かないよな。

少し緊張して、返答を待った。

「酒じゃ!」

……あ、そう。警戒して損した。

何か大きなことを企てていると思ったが、酒かーい！

「知っておるか？　イリアスの地で飲まれている透明な酒を」

「透明な酒？」

ミライエで飲まれている、というより大陸で主流となっている酒は、エールと呼ばれており、麦芽から作られる。

俺はあまり飲まないが、酒好きは口を揃えてうまいと言う。

他に有名なのは果実酒で、こちらはブドウから作られており、酸味と渋みが強いお酒だ。

透明なお酒は聞いたことがなかった。

「お主は精力的に米を育てておるじゃろう。あれから作るんじゃ」

エルフ米から？　それは知らなかった。

「昔にな、北の氷竜と酒を飲んだ際にご馳走して貰ったんじゃ。透明な酒をな。あれはうまかった、ふと思い出した」

「まさか、お前。エルフの島に、本当に酒を飲みに行くだけなのか？」

「もちろんじゃ!!」

……フェイが理由もなく遠出するはずもなかった。酒と飯以外の理由であるはずもなかった！

「ったく、ほどほどにしろよ。エルフの島は人の世界みたいに酒屋があるわけじゃないんだ」

営利目的でやっている店が少なく、そのほとんどが、自分たちが消費するために作っている。

「心配するでない。集落でちーとばかし分けて貰うだけじゃ。お礼もする」

「美しいバリアを作るからギリギリ生かしている人間、フェイ様のやることに口出しするでない」

コンブちゃんに叱られてしまった。

シールドと呼んでくれれば簡単なのに、『美しいバリアを作るからギリギリ生かしている人間』という呼び方をされる。そっちのほうが大変じゃないですか？

「まあおちつけ、コンブ。こやつは酒の味がわからぬ小童。生《せい》の楽しみを知らぬ故、許してやれ。せいぜい、我ら二人で楽しもうではないか」

「そうですね。透明なお酒……美しいものは好きです」

エールは濁っていて嫌いと言わんばかりだ。

実際、コンブちゃんは食事のときは水を飲むが、フェイに誘われたときには果実酒を飲む。

透明なお酒は、それぞれ別目的っぽいが、二人にとって大きな目的らしい。

少し、気になった。

酒を飲まない俺だが、その需要の大きさは知っている。

馴染みのない酒は大きな賭けになるが、エルフ米のうまさが浸透すれば、そこから作られるお酒は人々の興味を引くのではないか。

透明で、見た目もいいとなると、インパクトもある。

「フェイ、少しのんびりと酒を楽しんでくるといい。できれば、作り方も調べて欲しい」

「ほう？　お主が珍しく、正しいことを口にしたな。そう、酒の席はじっくりたっぷりとじゃ」

フェイはこれで意外と物覚えが良く、引き受けたことはきっちりこなしてくれる。

滅多に引き受けてくれないけど……。

「作り方か。隠れて作って、夜な夜な一人で飲む気じゃな？」

全然違うけど！

「作り方がわかれば、ミライエでも飲めるだろう？　何度もエルフ島に足を運ぶのも面倒くさいだろうと思ってな」

「良い心がけじゃ。我が責任をもって作り方を習ってくる。一番おいしい作り方をな！」

酒となると精力的になるフェイだった。

酒に命を懸けている連中は何人か見たことがあるが、フェイも同類だろう。

しっかりと作り方を学んでくれそうなところは頼りになるが、酒浸りになるフェイの姿が浮かんで心配である。

とはいえ、内臓からしてつくりが違うのだろう、フェイが酔っ払った姿を見たことはない。

確かに酒の作り方がわかれば、二人の欲求を満たしてあげられそうだ。

しかし、本当の目的は我が領地と、交易上に透明な酒を並べることである。

その需要の大きさは、軽く想像できる。きっと大きな利益をもたらしてくれるはずだ。

大量に作っているエルフ米の新しい活用法にもなる。フェイの学習に期待しつつ、明るい先行きを心の中で祝った。

「盛り上がっているところ悪いですが、あれ放置していいのですか？」

馬車の窓から外を指さすコンブちゃん。

小窓から外を覗くと、遠くから迫る大波が見える。

空は晴れているのに、なぜこんな大波が？

「エルフの島に辿り着き辛いのは、何も海流だけが問題ではなかったみたいね」

この海だけで生じる異常気象と呼ぶべきだろうか。

大波は余裕で橋を飲み込む高さを誇っている。

高さだけでなく、奥行きもある高波だ。

橋はバリア魔法で作られているので壊れることはないが、今現在通行人が結構いたりする。

エルフも行商人も、旅人も、景色を描いている画家も見えた。

こんなことが起きるなら、設計を変えないといけないな。

フェンスのバリア魔法をもっと高くして波を防ごう。新たな課題ができた。

「少し出てくる」

「早う終わらせよ。酒が待っておる」

「ほいほーい」

二人には問題ない大波でも、人々はそうはいかない。

俺たち脆弱な人間は、しっかりと対処しないと大波に飲まれて簡単に死んでしまうんだ。

『バリア――物理反射』

押し寄せる波をバリア魔法で跳ね返す。

いつしか雪崩を跳ね返したように、大波が強烈なしぶきとなって辺りに散る。

大波は、俺のバリア魔法を一ミリも動かせなかった。

大海原がバリア魔法に屈した。海が鎮まる。

波が穏やかになったのを見て、馬車に戻ることにした。

馬車に乗り込もうとしたとき、画家の青年に呼び止められた。

「助けていただき感謝します。今の力、もしやシールド様ですか？」

「ん？　そうだが」

青年は、大事に抱えた何かを取り出す。

「これを受け取って貰えると、光栄です」

若い画家から貰ったのは、聖なるバリアが覆うミライエの遠景が描かれた絵だった。

この橋から描いたらしい。

半透明な橋も綺麗に描かれている。

絵画に疎い俺でも、その絵の仕上がりの良さがわかる。

「感謝する。新しくできた城に飾ろう」

絵に興味を持ったのは、俺だけではなかった。

何かを嗅ぎつけたのだろう。

馬車から降りてきたコンブちゃんが絵の世界に入り込んだように、その小さな世界を見つめ続ける。

「美しいバリアを作るからギリギリ生かしている人間、この美しい絵を描くからギリギリ生かしている人間に褒美を与えよ」

ずいぶんと長い名前が二人分。言われた通り、青年に金を渡した。

実際、この絵は美しい。買い取る価値がある。

「いえ、僕は絵が描ければそれでよいのです。お金など必要ありません」

本当に金に興味がないのだろう。

服装も、体に付着した絵の具の汚れも気にしていない、絵以外に無頓着な青年だった。

「愚か者。その絵を描き続けるために金がいるのです。美しい絵を描き続けなさい。また新作ができたら、私に持ってくるのです」

「……ありがとうございます」

俺よりよっぽど芸術を理解できるコンブちゃんに褒められて、青年も嬉しそうだった。

「城に自由に出入りできるようにします。次回作、楽しみにしてますよ」

コンブちゃんには土地の芸術家育成を任せてもいいかもしれない。豊かになった我が領地は、そろそろ文化的な豊かさを追い求める時期が来ている。

コンブちゃんに、他にも作品がないのか尋ねられた青年は、自信がないからと伏せていた作品を見せてくれた。

どれもうまく描けていると思えたが、本人もコンブちゃんも満足してはいなかった。

芸術の話題に花を咲かせる二人の側で、俺は一枚の絵を見つけた。

この青年、エルフの島に行っていたらしい。

初日から橋を使ったようだ。

そこには、穏やかに暮らすエルフと、広大な茶畑が描かれていた。

「あるじゃないか」

ウライ国の茶葉に対抗できそうなものが。

考えを実現するため、エヴァンとリリアーネにエルフの島の土地を借りられないか相談してみた。

「本来なら相談する必要もないところ、ご配慮いただきありがとうございます」

相談する必要がないというのは、俺が先の戦いに勝ち、エルフの島の支配権を実質的に得ているからという意味だ。しかし、エルフの生活を脅かす関係は長続きしない。良好な関係を維持して共存を願っている身としては、強引な手段は選択肢に入っていない。

エルフの仮代表となっているエヴァンとリリアーネが反発するようなら今回の件はあきらめて帰るつもりだ。

既に話し合いの場にはいない、フェイとコンブちゃんの後を追って、俺も透明な酒というやつを飲みに行きたいと思っていた。

「もちろん、可能です。エルフ島本州を利用して貰っても構いませんが、おあつらえ向きの土地がありあます」

意外にも、二人は好反応だった。

エルフの生活を脅かしたくないという俺の配慮も受け取りつつ、同時に彼らのメリットにもなり得ることを説明してくれる。

「北と南に未開の島がございます。そちらは自由に使っていただいてかまいませんが……」

なにか言いづらそうだ。

簡単には言い出せないことでも？

「隠す必要はない。素直に教えてくれ」

それでも言い出しづらいらしく、エヴァンが代表して教えてくれる。

「北には伝説の魔獣が、南には伝説の戦士がいます。どちらの土地も一筋縄ではいかないかと。シールド様の望む条件ではあるのですが、我らが放置していた件を押し付けるわけには……」

そういうことが、一番得意だけど！

押し付けられても全然困らないけど！

適材適所だ。

俺には苦手なことがたくさんあるが、数少ない得意なことは戦闘だ。

魔獣も伝説の戦士も任せてくれ。

「どちらも問題ない。両方、借りてもいいか？」

「もちろんですが、シールド様にもしものことがあれば……」

どこまでも心配するエヴァンとリリアーネだが、同席しているファンサが代わりに答えてくれた。

「シールド様にもしもはありえません」

「そういうこと」

ファンサもだいぶ俺のことを理解してきたな。

俺にはバリア魔法があるんだ。

伝説の魔獣も、伝説の戦士も苦にならない。

守り一辺倒な相手なら無視すればいい。討伐目的じゃないので、なんとも楽な仕事だ。向かってくる相手を返り討ちにする、バリア魔法が使えれば誰でもできる簡単なお仕事である。

「じゃあ、さっそく下見に行っていいか？」

「お供します。私もまだ見ぬ土地故」

ファンサも地図でしか見たことがなく、臨時の統治者として見ておきたいらしい。

一人旅は寂しかったし、ちょうどいいパートナーが見つかってよかった。

となると、移動方法は……。

「シールド様、私が抱きしめますので、大人しくしていてください。一緒に飛んでいきましょう」

「!?」

スタイルのよいファンサに抱きしめて貰える。

いつもメイド服を着ているが、それでも穏やかな表情のその下には大きな胸が……。

な、なんてことを考えてんだ!?

ダメだぞ、ダメだぞ俺!

本当は自分の力で飛べるのに、ファンサの胸を堪能したいがために、飛べないとか言い出しそうな自分がいる!

改めて見ると、ファンサの体の美しさたるや。コンブちゃんがいたら芸術だと褒めそうなほどスタイルが良い。ベルーガといい、ファンサといい、我が部下たちはどこまでも有能で助かる。

移動手段は保留にしておいて、ファンサからもう一つ伝えることがあるらしくそれを待った。

「シールド様、茶葉の件ですが、まずはエルフのお茶をお飲みになってくださいませんか?」

ファンサが俺にお茶を勧めてきた。

ただの気遣いではないだろう。何か意味があるのだろうと思って、楽しみに待った。

エルフの侍従が運んできたお茶が提供される。

テーブルの上に置かれたお茶は、澄み切った美しい薄緑色をしていた。

「これは……」

大陸で飲まれるお茶は大半が紅茶だ。

深い香りがあり、赤茶色に染まるそのお茶とは一線を画すものがある。

なんだ、この澄み切ったお茶は。清々しい、若い茶葉の香りがする。早く口に含んでみたくなって、飲んでみた。

「うん……!?」

まろやかで優しい口当たりだ。口の中に若い茶葉の香りが広がった。緑いっぱいの畑の映像が脳内を過る。

「うまいな、なんだこれは」

「エルフの島で飲まれている緑茶と呼ばれるものです。茶葉を発酵させて飲む紅茶とは違い、こちらは茶葉を発酵させずに飲みます」

「ほう」

おもしろい。

土地が違えば、茶の楽しみ方も違ってくるのか。

単純に茶葉の質でウライ国に対抗しようとしていたが、この視点を見失っていた。

なにも質で上回る必要はない。

それで勝負できれば一番だが、長い歴史を誇るウライ国のお茶にはそれだけ長年のファンがいる。

そのファンをこちらに呼び寄せるには、長い期間と手間が必要になる。

しかし、この緑茶ならば、ウライ国のお茶と競合しない。

うまいことと共存しながら、交易所でも勝負できるだけの値段がつくかもしれない。

もう一口、お茶を口に含む。

やはりうまい。同じものではないから単純な比較はできないが、ウライ国のお茶に負けていないと思う。こちらの方が好きという層も多くいそうな味わいだ。

「ファンサ、お前の言いたいことが伝わったぞ」

「流石シールド様です」

「これで行こう。ありがとう、ここに来た価値があった」

「誉れにございます」

やりたいことは決まっていたが、ここに来てそれがより明瞭になった。

持つべきは、やはり有能な部下に限る。

城での話を済ませ、今日向かったのは、エルフ島本州の南の島だ。

邪念に打ち勝った自分を称えたい気持ちが半分と、そんな自分を殴りたい気持ちが半分だ。

フェニックスの翼で飛んでいく最中、ああやっぱりファンサに抱きしめて貰えばよかったなと思った。

それは、俺の飛行技術が低いのも一因だ。

「ん?」

ファンサと目が合った。

「いや、今度は頼む」

「はい、いつでも」

予約しておいた。未来の俺、今の俺に感謝するんだな。

南の島は、使われていないが、かなり大きな島だった。

植生はエルフ本州からさらに様変わりしており面白い。

探せば、新しい名産品を担ってくれるお宝も眠っていそうだ。

お宝か。

そういう類でなく、普通に宝も眠っていそうだ。

誰にも知られていない宝とか眠っていないかな？

古代の大海賊がこの地にたどり着き、自身の宝と共にこの地に眠る。

そんなロマンに満ちた話がありそうなほど、人の手が入っていない土地なのだ。

島に到着し、土を触ってみる。湿り気のある土だ。

うん、なにもわからん。

「ファンサ、ここで茶葉は育ちそうか？」

わからんことは聞こう。

少し調べて、ファンサが答える。

「エルフの島の茶葉なら問題ないかと。ウライ国の茶葉だと、育ててみないとなんとも」

「それだけわかれば十分だ」

もともとはウライ国の茶葉を育てる気でいたが、今は考えが変わっており、エルフの島の茶葉を育てることにした。

あれをこの地で量産し、橋を渡ってミライエの交易所へと運ぶ。

発酵させる手間が省けるぶん、生産量も安定して確保でき、コストも抑えられそうだ。

そういったところでも、ウライ国の茶葉とは差別化できる。

しかし、国内で緑茶のうまさを広めるのは簡単だが、他国にまで知らしめるのはなかなかに骨が折れる。

ショッギョでさえ、最初は苦労した。

ミライエを訪れる行商人がショッギョを口にしてようやくその旨みが知れ渡り、交易所で目玉商品となっていった経緯がある。

まあ、こればかりは仕方ないか。

世界的に有名な人物が後押しでもしてくれないと、知名度を得るには時間がかかりそうだ。

今世界をもっともにぎわせている人物と言えばだれか？

……俺じゃね？

普通に俺かもしれない。俺氏、結構すごいやつかも。

しかし、自分の国のものを、自国のトップが宣伝したところでだ。

そりゃ褒めるよねってなりそうだ。

次に有名な存在はだれだろうか？

……異世界勇者かな。今ホットな存在は間違いなく彼女だ。

しかし、これこそ無理な話だ。

彼女は敵であり、間違ってもうちの緑茶を誉めてくれるような人物ではない。

地道に国内で広めていくか。

国となったミライエはさらに大きく発展しつつある。人口も増えた。

内需だけでも大きく稼げそうだし、やはり徐々に広めていこうと思う。それが一番安定した方法になりそうだ。

「シールド様!!」

そんなことを考えていると、警戒態勢に入ったファンサが俺の名を呼んだ。

わかっている、俺にも巨大な魔力が近づいているのがわかった。

木の間を縫って、四方八方から魔力の矢が飛んでくる。

魔法ではなく、魔力での直接攻撃。

これはエルフ特有の魔力の操作だ。

『バリア』

俺とファンサを守るバリアを張った。

四方八方から飛んできた矢に対処すべく、球状のバリアを構築する。

矢はバリアを貫通できず、消えていった。

魔力の感じからして、全て一人が放った矢だ。

恐ろしい数と操作性だ。

くねくねと動きまわる矢は、生物のように意思を持っていそうだった。

跳ね返さなかったのは、相手の位置が割れていないのと、単純に気になったからだ。これほどの芸当をやってのける、伝説の戦士とやらの存在が。

「ふぉっふぉっふぉっ、強いな。人間と魔族とは珍しい組み合わせよのぉ。今すぐ立ち去るか、死ぬか選べ」

背後の木の上から声がしたと思ったら、エルフの爺さんが飛び降りてきた。

若い容姿のエルフばかり見てきた。これだけ老いたエルフは初めて見た。一体、どれほどの年月を生きているのだろうか。

「悪いが断る」

「そうか。……こんなところに、何をしに来た？」

「この土地は俺が使わせて貰う。それでいいかい？　伝説の戦士さん」

「ワシを知って尚挑んでくるか。ふぉっふぉっふぉっ。では、死んで貰うとしよう」

伝説のエルフの爺さんとの闘いが始まった。

まずは相手の出方を窺いたい。エルフの爺さんが足を強く踏みしめると、大地が波打った。

次第にうねりが大きくなり、波が俺に至るところで大地が爆ぜる。

高く舞い上がる土をバリア魔法でガードし、物理反射しておいた。

大地そのものが襲い掛かってくるような魔法攻撃？　いや、これはエルフ特有の魔力操作だ。

魔力の動きだけでこの現象を引き起こしている。

これだけ広範囲の攻撃だ。跳ね返したら、相手にも確実に当たる。

広い範囲に跳ね返る土が、この地の木々をなぎ倒していく。

自然には申し訳ないが、手加減していられる相手ではない。

確実に当たると思われた反射だったが、爺さんの姿が消えた。

大量の土の波に隠れて視界から消えたようだ。

「……姿を消したか」

「まだ近くにいます」

ファンサは魔力を辿れているらしいが、正確な位置まではわかっていない。

俺は全然わからないが、相手が逃げたわけではないから何の問題もない。

「爺さん、このくらいでくたばってしまわないよな？」

「バカを言え」

土から声が聞こえたと思ったら、死霊系の魔物と勘違いする行動で、土から腕が伸びてきた。

「げっ」

「人間の若造と、百年も生きていない魔族相手に逃げる訳がなかろう」

大地が波打つ攻撃は、ただの攻撃ではなく、次の一手への布石だったか。

ずいぶんと素早いじゃないか、爺さん。

「そりゃっ」

「うわっ!?」

足首を捕まれ思いっきり引っ張られて、地面の中へと連れていかれる。

爺さんのわりにバカげた膂力だ。

土の中に引っ張り込まれると、穴があった。

整備された痕跡があり、どうやら以前から使っているみたい。

最初の魔法は布石かと思ったら、もっと前からだった。準備されていたというより、爺さんが日ごろから使っている通路みたいだ。当然だが、地の利は相手にあり。

暗くて視界が利かない。

「爺さん、ダメージは入ってないぞ。コソコソやってないで、上で派手にやろう」

「まあ見てなさい。人間よ」

通路で反響する声が聞こえる。場所はつかめないか。

ま、つかめたところでなんだけど。

相手の出方を待つしかなく、上へと戻る方法を探っていると、大地が揺れ始める。

地震か!?

いや、これは魔法だ。

大地を揺らす魔法って、一体どうなってんだ。バカげた力に驚く。

土に大量の魔力が籠っているのがわかる。

「ふぉっふぉっふぉっ、大地深くに沈んだら、そのバリア魔法で対処できるかの？」

足場が脆くなる。

蟻地獄みたいに、地中へと吸い込まれる。

辺りに摑まろうとするが、土の壁は脆く、摑まるものもない。摑んだそばから土が崩れる始末だ。

このまま沈められそうだが、これは自然現象ではない。

しっかりとした魔法なら、やることはいつだって同じだ。

『バリア――魔法反射』

どんな結果になるか想像もつかなかったが、吸い込まれる力が反発し、地中から打ち上げられて地上に出た。

心配そうな表情のファンサの隣に着地する。

「ふう、厄介なことをする爺さんだ」

「お怪我はありませんか？　シールド様」

「全くない」

ダメージこそ入っていないが、流石に侮れない。

変則的な戦いは、相手の特性を理解しているからだろう。最初は魔力の矢で力ずくで。駄目とわかり次第、いきなり地中に沈めるんだもんな。

思考の柔らかさと、幅広い魔法技術がないとできない芸当だ。いやらしい相手だ。

そんな爺さんが考えそうなことを先読みする。

俺への攻撃が通じない。変則的な技も通じなかったとなると……ファンサかな。

「ならば、今度はこっちじゃな」

予想が的中。

次はファンサを狙うと思っていた通り、また地中から現れた爺さんの腕を捕らえた。

『バリア――物理反射』

ファンサを摑みかけたその腕を、バリア魔法で物理反射する。

「ぎゃっ」

地中から痛そうな声が響いた。

全く、うちの秘書に手を出して貰っては困ります。セクハラですよ。

「爺さん、居場所がわかった今、そう簡単には摑ませないぞ」

まだまだ奥のありそうな爺さんだ。油断できないが、そのスピードには慣れてきた。

「仕方ない。よっこらしょっ」

土から出てくるエルフの爺さんは、地中からよみがえった死霊系魔物みたいだった。

土で汚れた顔とか服が余計にそう思わせる。

「これで最後にするかの。簡単に生物を殺してしまうから、あんまり使いたくないんじゃが……。

まあ土地を荒らすのなら仕方ないか」

冗談に聞こえないから怖いな。

しっかりと備えておいた。

『空気魔法――真空』

視界が動く。

ん？

いや、右斜めに傾いているのは視界ではなく、俺自身だった。

爺さんが逆さに見える。爺さんだけでなく、景色も全て逆さまだ。

「うおっ!?」

宙に浮かび上がり、足が空を向いていた。

隣にいるファンサも浮かび上がっていた。

上手にバランスを保ち、体は元の向きだが、それでも慣れない感覚に戸惑っていた。

「無重力という状態だ。面白かろう」

「全然！　なんか気持ちわるっ。おえっ」

酔う感覚があった。馬車の中で読書をしているときに味わう感覚が一瞬で押し寄せてきた。今朝食べたものを吐き出しそうだ。

「シールド様、私が吐いても嫌いにならないでくださいまし……」

お前もだったか、ファンサ！

しかもなんだこれ……。

だんだんと息が苦しくなる。少し眠気も襲ってくる。

油断したら意識を失いそうだ。

「ふぉっふぉっふぉっ、上げて落とす。何事もこれが、一番ダメージが大きいんじゃ」

「嫌な趣味してんな」

流石爺さんだ。

考えることがねちっこい。

悪いが珍しい魔法だったから食らってみただけで、初めから勝負は決まっている。

うちの美人秘書に害が及んでいる以上、さらばだ老害。

『空気魔法——加重』

『バリア——魔法反射』

決着は一瞬でついた。

重力が元に戻った俺とファンサは地面に着地し、エルフの爺さんは地面に突っ伏したまま動かない。

というより、動けないよな？

以前にも似たような魔法を受けそうになったことがあるが、爺さんのは別格だ。

本人が徐々に地面にめり込んでいく。

「悪いが俺にはこれ以上どうしようもない。生きるか死ぬかは爺さん次第だ」

心配して見守ってやったが、まとわりつく強大な魔力から解き放たれる。

「解除魔法……ふう、参ったわい」

爺さんを縛っていた重力魔法が解除される。

こんな魔法まで使えるのか。器用な爺さんだ。

「俺の勝ちでいいよな？　悪いが土地を使わせて貰うぞ」

「敗者に権利なし。首を刎ねるがよい」

……俺が死の領主って知ってるってコト!?

そういう訳ではなかった。

爺さんは古い考えの持ち主で、敗者は死ぬしかないと思い込んでいるらしい。

そして、なによりその瞳には深い後悔の色が見えた気がした。

生きる価値がない、そんな自責の念に苛まれているような。

少し話していると、その答えが見えてきた。

驚きの情報と共に。

「別に殺す気はないよ。この土地を利用したいだけなんだ」

「好きにするがいい。しかし、イデアにバレたら大事な畑だけでなくおぬしらの首も飛ぶぞ」

「イデアならもうこの世にはいない」

「は？」

は？　じゃないが。

普通に倒したが。

股間を見せつける変態魔法使いのことだよな？

俺のバリア魔法に傷一つ付けられず、死んでいったぞ。

「数か月前にでかい戦争があってな。その時に倒しておいた」

「は？　イデアを？」

「そうだけど」

爺さん、なんど同じことを聞くんだ。朝ごはんはもう食べましたよ。

「イデアが負けるわけなかろう！　あれは史上最高の魔法使いで、ワシが世に解き放ってしまった、最大の災いじゃ。……世界が滅びれば、その責任はワシにもある」

爺さんが世界に絶望し、自責の念に苛まれているのはイデアのことがあったかららしい。

詳しく聞いてみると、捨て子だったイデアを拾って、育て上げたのがこのエルフの爺さん。名を、ヌーメノンという。

爺さん、ただの老害じゃなかった。

世界レベルの老害でした！

「ヌーメノン、あんた面白いな」

不思議と、俺ははた迷惑な天才キッズにも、危ない魔族にも、世界的な老害にも興味を持ってしまう。

「よかったら俺と共に来い。世界はあんたが思っているより大きく変わっているよ。こんなところに引きこもっていないで、一緒に見よう」

座り込んだままのヌーメノンに手を差し伸べる。

俺の手を掴むかは半々だったが、ヌーメノンは手を取った。

「……嘘かどうかだけでもはっきりさせねばな。ただのほら吹きではないことは理解しておる」

「信じてないのに手を取ったのかよ。イデアどころか、エルフの島も大きく変わってるぞ。あまりの衝撃で死ぬんじゃないぞ、爺さん」

「バカを言え、後百五十年は生きられるわい」

俺より長く生きそう……！

「ヌーメノン、イデアを育て上げたその実績を評価して、俺の国でも指導者をやってくれないか？」

「指導者？　ワシはそんなたいそうなもんじゃない。田舎の爺《じじい》じゃ」

大したことないエルフが、あんな化け物を育て上げられるわけもない。

イデアは俺のバリアにこそ負けたが、間違いなく世紀の天才だった。

バリア魔法がなければ、世界が危うかったかもな。

そんな天才を育て上げた爺さんも、恐ろしい魔法の使い手だ。

指導者としても評価できるどころか、指導者としてこそ大成しそうなエルフだ。

「うちの国はまだできたばかりで、優秀な人材は多いがどれも若くて危ういのばかりだ。あんたが道を示してくれると助かる」

「……返事は、全てを見てからじゃな」

それもそうだ。イデアが死んだ話すら信じられないんだ。ミライエを見たら、驚くだろうな。

一応ついてきてくれることになったヌーメノンを伴って、土地の調査を再開する。

この後は一緒にミライエに帰って、アザゼルに紹介しておこう。

「おいヌーメノン。教え子にはパンツを穿くように教えろ。絶対にだ！」

「あれはワシが教えたわけじゃない……」

イデアが服を着ない件だと理解したらしい。教え子時代から服を着ない子だったらしい。爺さんの教えだったら、先の話は反故にするところでした！


ヌーメノンは軍に入ることになった。

実力至上主義の軍の世界では、ギガに続いて大歓迎されて入っている。

イデアを育て上げた爺さんだ。多く集まるミライエの若者の育成を担当してくれるのは非常にありがたい。

数年後にはものすごい才能を持った若手が出てくるかもな。

アカネや、ルミエス、それにダイゴもたまに見てもらうことにした。あの天才キッズたちもいつまでも自由にはさせられない。ちょうどいい指導者が見つかったことだし、ヌーメノンに道を示して貰うと良い。

「さて、やるとしよう」

キッズたちをヌーメノンに押し付けることに成功したので、俺はお茶畑を作っている。

エルフが好んで飲む緑茶を作るための茶畑だ。

エルグランドとミラーのコンビを呼び寄せて、今日も二人には精力的に働いて貰っている。

エルフ米もそろそろ収穫の時期でとても楽しみだ。

それに続いてお茶畑も順調である。

エルフ島の南の島は、昔から『恵みの土地』という名で呼ばれていたりもしている。その名の通りで、エルフ米のときとは桁違いにうまく行く。

土を耕すのも、エルグランドが何度も口にするくらいやりやすいらしく、植えた種は凄まじいスピードで育っていく。

恵みの土地が茶畑いっぱいの景色になるまでそう時間はかからなかった。

その間、サマルトリアから恵みの土地へと続く透明なバリア魔法の橋を架けておいた。

茶葉の搬送用の橋だ。恵みの土地は観光する場所もないので、移動は制限している。

植物学者や、芸術家、その他にも明確な目的がある者だけこの地への立ち入りを許可している。

広大な茶畑ができあがりつつあるが、それでもこの島の十分の一も活用できていない。これだけ豊かな土地があるならもっといろいろ育ててみたい。

エルフ米はエルフたちが安定して供給してくれるようになったので、ここで育てる必要はない。

何か欲しいもの……。

茶葉が安定して収穫できるようになったら、次は何をしようか。

そのヒントを、フェイが齎してくれた。

透明な酒を持って、上機嫌にこの島にやってきたフェイは、コンブちゃんと共にほっぺを赤く染めて既に出来上がっていた。

一体何日飲み続けていたのだろうか……。

「うぃー、バリア馬鹿」

「どうした黄金馬鹿」

「お主もこの酒を飲んでみぬか」

フェイが持ってきてくれたのは、以前話していた透明なお酒だった。

エルフが好んで飲むお酒だ。

見た目は水のように透き通っている。それどころか、輝いてすら見える。

これがエルフ米から作られたお酒か。フェイが相当気に入っているみたいだし、うまいんだろうな。一口飲んでみた。

アルコール度数が高く、ガツンと衝撃がある。

そのあとに、口内に徐々に広がる深い甘みと旨み。これはエルフ米に感じた甘みと旨みと似たものがある。原材料を聞かなくてもわかるくらい、似た味わいがある。エルフ米のうまさを上手くお酒に閉じ込めていた。

透明な飲み物とは思えない程インパクトのある酒だな。エールよりも飲みごたえがありそうだ。

「うまいな。つまみに何か味の濃いものが欲しくなる」

「ほれ、これをやろう」

フェイに渡されたものはチーズだった。

なんだ、チーズか。

ちょっと違うんだよな。この酒と合うつまみは他にありそうだ。そりゃチーズもうまいけど……。

「取り敢えず、食うてみよ」

それもそうだな。

世界中の食べ物は我のものであるぞ、そう言いだしそうなフェイが酒のつまみをくれたのだ。食べてみようと思う。

「!?」

三角に切り分けられたチーズに一口齧《かじ》り付いてみると、俺は両目を大きく開いた。

体がびっくりして鳥肌まで立ってしまう。

なんだ、なんなんだこれは!?

「あっははは、コンブ。見たか、バリア馬鹿の表情を！」

「ひゃっひゃひゃ、最高です。フェイ様、してやりましたね」

爆笑するドラゴンのコンビ。

二人が爆笑するほど、俺の表情は驚きに包まれていた。

このチーズ……めちゃくちゃ臭い！

食べるまで気づかなかったが、食べてみると口いっぱいに臭みが広がった。

痛覚を刺激していると勘違いさせるほどの鋭い臭みだ。

けれど、これが不思議とうまい。

なんかわからないけど、臭みの奥底に、これまでに感じたことのないうまさを感じる。

透明な酒とも合う。

「うますぎんだろ。チーズってこんなにうまかったか？」

「エルフ島からとれるミルクは格別みたいじゃ。この地はすごいのぉ。我も気に入った。間違っても、エルフの生活を壊すなよ？」

エルフの作りあげたものを評価しているのは、何もフェイだけではない。

この土地の神秘は俺も実感しており、大事にしていくつもりだ。

それにこんなチーズを作りだすんだ。壊すわけもない。

「もちろん！」

実は二人では運びきれないくらい、エルフの集落にはうまいものが多いらしい。

美味しいものでも不味い不味いと言いつつ誰よりも食べるフェイが、これだけ褒めるだなんて珍しい。

手放しで褒めるのを見るのは、ショッギョの時以来か。

「他にも発酵乳があっての、あれはうまかった。のう？　コンブ」

「はい、あれも美しく良いものでした。なぜ腐らせたものが新鮮なものより輝くのか……この世界はおもしろい」

なんだ、発酵乳か。珍しくもない。

大陸でも広く飲まれている飲み物だ。俺もたまに飲んでいる。

「発酵乳なんて珍しくもない。もっと透明な酒とかこのチーズみたいなものの話をしてくれ」

「バカを言え。お主が飲んでる発酵乳と一緒にするでない。ここの発酵乳を基準にするなら、お主が飲んでいるものなんてただの水じゃ！」

水!?

俺が飲んでたあの濃厚な飲み物が、水!?

おいおい、エルフの島のものはどれほど凄いんだよ。逆にそれ、飲んで平気なのか?

「いつか飲んでみたいな」

「うまいものは他にもたくさんあるぞ」

にやりと笑うフェイは、一体どれほどのものを見て来たのだろうか。

エルフの島にはまだ見ぬお宝《美食》がある!!

「フェイ……」

「なんじゃ」

「酒はまだあるか?」

「そう言うと思っておったわい。エルフどもの抱えている問題をとことん解決してやったからの。お礼に大量の酒瓶を貰っておる」

「ナイス!」

俺は茶畑の開発をいったん中止させた。

酒は大量にある。

チーズもフェイが大量に持ってきてくれている。

作業員用にミライエの食べ物をたくさんこの地に運び入れている。

しかし、透明な酒とチーズはエルフの島のものだ。折角なら、つまみも全てエルフ島のもので揃えたい。

「シールド様、エルフの島で貰ったものですが、これなんかはどうでしょうか?」

この開発地に入る前に、エルグランドとミラーには休暇もかねてエルフの島の観光に行って貰った。

二人は根っからの働き者で、エルフの島でもいろいろ頼まれごとを引き受けて仕事をしていたらしい。

そのお礼にいろいろとお土産を持たされている。

その中に、腐ったような豆がある。

大豆を発酵させた食材で、非常に体にいいらしく、味わいもまろやか。

エルグランドとミラーは大好物らしく、今はパンと共に食べているが、そのうちエルフ米と一緒に食べてみたいと言っていた。

しかし……見た目があれだ。

ねばねばしていて、茶色で……。

しかもかき混ぜて食べるらしい。なんか粘液っぽいものが!　どっひゃー!!

「却下!」

「却下!!」

「美しくない」

俺とフェイとコンブちゃんの猛反発を食らって、発酵した豆は今日の酒の席には並ばないこととなった。

二人がガッカリしていたので、二人が食べる分のみ許可する。

「フェイ、この土地で作られたものがこんなにうまいんだ。空を飛ぶ野生の鳥の肉は、一体どれほどの旨みがあるんだろうな」

「ほう、お主もいいところに目をつける。火は我が起こしておく、人数分の鳥を用意せよ」

「はい、幹事どの！」

空を飛ぶのは、悪そうな目つきをした鳥たち。

ずっと俺の茶葉をついばもうと鋭い視線を飛ばしてきていた奴らだ。

俺は死の領主。

一度恐怖を与えて統治する者。

俺の茶畑に手を出したらどういうことになるか、数羽仕留めて恐怖を教えてやることにしよう。

酒の席のおつまみが決定する。

飛ぶ鳥を落とす勢いの領主なんて言われたこともあったけど、本当に鳥を落とす日が来ようとは。

バリア魔法使いは鳥を仕留められないって？

そんなことはない。

空飛ぶ鳥は自由に飛び回り、そのスピードを制御することなんて考えたこともないだろう。

己の翼さえあればどこへだって行けるような顔してやがる。

地上の民は狭く見晴らしの悪い土地をめぐって争っているというのに、鳥たちはなんと優雅なことか。

その優雅さと俺の魔法は非常に相性が良い。

『バリア』
空中にいきなりバリア魔法を出現させる。
そんなところに壁があるとは思ってもいないだろう。
突如現れた半透明の壁を躱す手立てはない。
無事に、最大加速でバリア魔法にぶつかった鳥が空から地上へと落ちてくる。
今はまだ気絶しているだけだが、地上に落ちたらこちらのものだ。
ようこそ地上の楽園へ。
「その命を頂きます」
一羽で四人くらいのお腹を満たしてくれそうな肉付きの良い鳥だ。
じゅるり。
この土地のものはうまいんだ。オレ、シッテル、コノトリウマイ。
おっと、野生が垣間見えてしまった。
さてさて、この大きさだとあと数羽仕留めれば全員に行き渡るだろう。
同じ要領で、空にバリア魔法を出現させて鳥を落としていく。
予定通りの数を仕留め、空を見上げた。
今後俺の茶葉に手を出したら、わかってるよね。ニッコリ。
微笑んでおいたので鳥たちも理解してくれたことだろう。
「鳥、獲ったどおおお！」
高らかに獲物を掲げて、俺はみんなのところに戻った。

大きめの焚火を作り、それを囲うように座った。

フェイとコンブちゃんが並んで座り、エルグランドとミラーも仲良さげに並んで座っている。

他にもこの場で働いてくれている面々が既にフライング気味に酒を口にしていた。

まあ今日は祭りみたいなもんだ。

うるさく言うこともない。好きにしてくれるのが一番だ。

こんなことになるならアザゼルやベルーガとかも呼んでおくんだったな。

普段働かないフェイとコンブちゃんはいつだってこういう祭りや、豪華な食事の席にはいる気がする……。

「はようせい。我は酒の肴を欲しておる」

「鳥を上手に焼けそうだからギリギリ生かしている人間。フェイ様がお腹を空かせておる！」

今日もギリギリを生きております。

相変わらず人類はギリギリで生かされているらしい。

生かしていただきありがとうございます！

こんな席でくらい働いてくれてもいいのだが、既に二人はエルフの透明なお酒で出来上がっている。

下手に焦がしたら、食材になってくれた畑荒らしの鳥にも悪いし、この場にいるみんなにも悪い。

ここは俺がやってやろうじゃないか。

「シールド様、そんな仕事は我々が」

「いいから、いいから」

部下の気遣いに感謝して、やはり俺がやることにする。

袖をまくって、鳥の下処理をしていく。

なかなかにグロいが、子供のころからこういうのはやり慣れている。

魔族の仲間や、軍で親しくしている連中にも俺の過去をあんまり話したことがないけど、こういうのはよくやっていた。

野生の動物はうまいんだ、これが。

だから美味しいものを求めていたときによく仕留めて食べていた。

久々にやるが、体が覚えているので鳥を上手にさばけた。

各部位に切り分けて、汚れた手を洗って肉をみんなに届ける。

綺麗にさばけたというだけでほめられたが、まだまだ褒めるには早いぞ。

三十人ほどいる開発組全員にしっかりと行き渡るだけの量がある。

他にも山菜の漬物やら、酒に合いそうなつまみが用意されている。

ああ、ここにショッギョがあればなー。完璧だった。そう思うが、その楽しみはミライエに戻ってからにしよう。今日は鳥肉を盛大に楽しもう。

焚火の勢いは十分だ。炭もまだ量も勢いもある。

肉を串に刺して、焚火の周りに一本ずつ立てかけていく。

片面だけ焚火で焼けるので、徐々に焼き加減を調節するために回さねば。

焼いていく途中で、使われている炭の香りが凄くいいことに気づいた。

この恵みの土地に生えている木から作られた炭だ。やはりエルフの島、最強か?

なにを作らせてもうまいじゃないか。

それに焼いているこの鳥も、肉汁と脂が零れ落ちる良いお肉だ。作物も生き物もうまい。じゅるり……。既にその美味しそうな匂いで涎が垂れてくる。

この香りを閉じ込めたいな。あれでいこう。

バリア魔法で焚火を囲っておいた。

煙の逃げ道を作るために、バリアの上方向に穴を空けておく。

これで香りのいい煙を肉に十分に行き渡らせることができそうだ。

燻製要素も加えつつ、焼きも手を抜かない。

じっくりと弱火で焼いていくのが大事で、丁寧に、丁寧に焼いていく。

「はよせい！」

「いい匂いが充満しています。フェイ様にこれ以上我慢させないように！」

ドラゴンのお二人がうるさいが、丁寧に、丁寧に。

この地道な作業が、後で爆発的なうまさを引き出すんだ。

感謝することになるんだから。

「待ってろって。先に他のつまみを摘まんでいてくれ」

「ばかたれ。こんなうまそうな匂いを漂わせておいて、他を食べよと申すのか？　そんなことできるはずもなかろう！」

「それはすまん」

悪かったよ。

確かに漂う肉の美味しそうな匂いを無視して、山菜の漬物なんて食べられないよな。

前菜につまんでおくのはいいと思うが、メインがこうもうまそうだと腹を空かせておきたい気持ちもわかる。

みんなを更に待たせてしまったが、肉を丁寧に焼き終える。

まずはご立腹のフェイからだ。

「ほらよ。最初の肉はお前のもんだ」

「良い心がけじゃ」

わずかに表面に焦げ目を残しつつ、中までしっかりと火を通してある。

焼いている最中に塩を振っておいたが、お好みでタレを上塗りしてもよし。ミナントから輸入してきたコショウを振ってもよし。これだけ質のいい肉だ。如何様にしてもうまくなるだろう。

「順番を間違えなかったからギリギリ生かしている人間、私のも早う!」

コンブちゃんは、二番目だ。

「コショウとかいらないか?」

フェイはそういうことを気にしなそうだったから聞かなかったものの、コンブちゃんには聞いておいた。グチグチタイプっぽいので先に言っておかねば。

「いらない。塩だけのほうが美しい」

美しさよりうまさを重視して欲しいけど、客の要望には応えねば。

串を手に取り、コンブちゃんに渡す。

「はいよ。熱いから気を付けるように」

実は次第に焼き方のコツをつかんで、後の肉のほうがうまく焼けていることは秘密だ。

さてさて、みんなを待たせるわけにはいかないな。

生まれながらにして天は人の上にドラゴンを作ったようだ。

おいおい肉を美味しそうに食べるだけで拍手を貰えるなんていいご身分だな。

なんだこれ……。

食べながら笑いだすほどうまいらしい。気づけば周りから拍手が送られる始末。

暗い表情から一転して、二人の顔が晴れ渡った。

「はい、うますぎますううううう！」

「これんまあああああああああ！」

「はい、フェイ様」

「……コンブ」

なんだ、二人のその苦しそうな表情は。まさか、それほど美味しくないのか？

まだ飲み込まないの？　え？　まだ噛むの？

これでもかと長く感じる咀嚼時間。

気づけば全員の視線を集めており、食べる二人の反応を待っていた。

フェイとコンブちゃんが豪快に肉に噛り付く。

から興奮しちゃうようだな。はっ、おあがりよ！

美しいものや芸術が大好きなコンブちゃんも、こんなうまそうな焼き上がりの肉には本能レベル
「きゃー！」

それぞれの要望を聞き、まだ焼いている途中に味付けをしていく。

「ほい、出来上がったのから食べていけ」

俺を待つという律儀なやつまでいたが、そんな必要はない。焼き上がりが一番うまいんだからすぐに食べるように。

ミラーとエルグランドにも行き渡る。

透明なお酒との相性も非常によいらしく、エルグランドはあまりの美味しさに爆笑していた。美味しいものを食べると自然と笑っちゃうよね。

そして、いよいよ全員に肉が行き渡った。

最後に残ったもも肉は俺のものである。

くっくく、ヒャッハー!!

この時を待っていたんだ。

肉を焚火から離して、串を素手で摑んだ。

途中で振った塩も焼かれて少し焦げている。

肉のうまみと、煙の良い香り、それを塩が引き立てる極上の逸品。

まだ熱々の肉に嚙り付く。

「はふっはふっあつっ!!」

嚙り付いた大きな肉は、当然めちゃくちゃ熱い。

しかし、熱さなんて無視できるくらい、遥かにうまい。

頭の中でまたやばそうな快楽物質が出ているのを感じる。パン！　パン！　パン！　これが脳内麻薬……。

　腸が躍動している。かつて食べたことのない新鮮でこってりとしたこの肉に、俺の体が叫び踊り狂っていた。

「うんまああああ。なんだこれ、うんまああああああ」

　エルフの島、食材の宝庫すぎんだろ！

「ギリギリ生かしている人間、うまい肉を焼いたご褒美に私がお酌してやろう。酒も飲むが良い」

　コンブちゃんが熱燗にした酒を手渡してくれる。

　ちょびちょびと飲み干した。

　くー、体の中に熱く自然の恵みを感じるものが流れ込んでくる。

　こちらも最高にうまいな。肉との相性も抜群だ。

「さっいこうだな……」

　ばたりと仰向けに倒れこんで、美しい空を見上げた。

　急遽始まった祭りだったが、エルフの恵みのおかげで生涯忘れられないような思い出にすることができた。


　辛い過去を過ごしたにもかかわらず、その悲しさを一切見せようとしない天才キッズたちがヌーメノンの前に集められる。

ダイゴ、アカネ、ルミエスの三名である。

「お主らを育てることを任されたヌーメノンじゃ。本当にイデアが倒されたとは驚いた。約束通り、ワシはお主たちの面倒をみよう」

「へえー。でもお爺さん、弱そうじゃん」

アカネは真面目に話を聞く気がないらしい。顔も向けずに読書を続けている。今日ヌーメノンがやってくることは聞いていたので、生真面目なダイゴはアカネの態度をハラハラした様子で見ている。ダイゴのシールドへの忠誠心は凄い。今回のヌーメノンもシールドが寄こした人物と知っているので真面目に師事するつもりだったのに、いきなり波乱のスタートである。

「ほう、ワシが弱いと申すか」

「うん。アカネが本気出したら十秒で倒せちゃいそう。なんでそんな弱っちいやつから教わらなきゃならないの？」

「ではこうしよう。十秒後にまだワシが生きておったら、真面目に教えを受けると」

「いいよー。じゃあ死んで」

片手をかざすと、そこに強力な引力を発するゲートが発生する。対象となったヌーメノンが腹の中心を吸盤で引っ張られたように急速に吸い寄せられる。

その体がゲートに吸い込まれて消え失せてしまうかもしれないというとき、アカネの開いたゲートが消え失せた。

「……あれ？　なんでかな。アカネの魔法が負けた？」

訳がわからず、アカネがようやく本から目を離した。その目がようやくヌーメノンを捉える。貫禄のある立ち姿で、顔のしわ一杯に笑う爺さんがアカネを見下ろしていた。

「十秒たったぞ。ワシはまだ生きておる」

「なんで？　なんで？　ずるじゃん。なんでアカネの魔法が消えたの？」

「ふぉっふぉっふぉっふぉ。甘いよのぉ。己の才覚だけで駆け上がれる程、魔法の世界は甘くはないわ」

「でもシールドは駆け上がってるじゃん。あのバリア魔法最強じゃん」

「あれは異例じゃ。あれだけはようわからん」

ヌーメノンもその質問だけはうまく返答できない。

「で？　アカネの魔法になにしたの？　なんで消えたのさ」

「魔法には相性がある。お主は原理を理解せずに魔法を生み出せるようじゃが、その魔法は分解し、解明することが可能じゃ」

「ん？　アカネ難しい話は苦手だよ」

「辛い物を食べた時に、甘いもので相殺するようなものじゃ」

「びみょーにわかるかも」

ヌーメノンは自分がやってのけたことを説明する。アカネは天才肌故に、その説明をあまり理解できない。けれど、静かに聞いていたダイゴとルミエスはひたすらに感心する。二人はアカネほどの才能がない。故に魔法の基礎は習っていたが、ヌーメノンの話す内容はそのどれもが全く新しい知識だったのだ。

「凄いです。ちゃんと書物にまとめれば、ミライエの魔法はもっと発展しそうです。全てメモにとってもいいですか?」

「構わん。魔族も知らんとは、情けないのぉ」

「すみません。魔族もアカネタイプが多くて……」

つまりは天才タイプばかりだと。ちなみに、それはエルフ族も同じである。ヌーメノンは今でこそ伝説的な強さを持つが、魔法の才に恵まれたとは言えない存在だ。だからこそ、長い年月をかけてずっと魔法を研究してきた背景がある。彼にしか語れない魔法の大系というものがあるのだ。ただし、そんなヌーメノンでさえも、シールドのバリア魔法は説明がつかないのだが。

ダイゴはしっかりと一言一句をメモに取る。その真剣さと集中力はずば抜けており、この知識でミライエの発展に貢献したいという熱意も相まって、熱い眼差しをヌーメノンに向けていた。アカネも負けじと質問を繰り返すが、考えれば考える程頭に熱が籠り、頭がパンクしそうになるのである。

「ようは黒い魔力を発したから、白い魔力でそうさいしたんでしょ?　私だって慣れたらできそうだわ」

そう言ってのけたのは、ルミエスだった。ダイゴもアカネもいまいちピンとこなかったが、ヌーメノンだけはそれを理解する。流石今までエルフの天才たちを何人も育て上げた伝説的な存在である。それぞれの特徴を理解し、解釈の仕方や特徴を理解するのも早かった。ルミエスの言っていることは正しい。しかし、それは普通の人間にはできない魔法の捉え方だった。自覚していないが、彼女も一種の天才であることをヌーメノンは見逃さない。

生まれ持った、天から授かった才覚のアカネ。地頭の良さと集中力、そして知識を貪欲に求めるダイゴ。そしてまだ完成しない大器のルミエス。三人と話し始めて一時間もしないうちに、ヌーメノンは一つの決断をする。

この三人を育て上げる。大陸に名が轟くほどの魔法使いへ。それが自分の人生の最後の集大成であり、イデアを間違った道へと導いた罪滅ぼしであると。

「あのバリア小僧め。掴みどころのない男じゃと思っておったが、よう考えておるわ」

ただ強いだけではない。今の部下たちの尊敬を集める手腕は流石だが、未来もよく見えている。この三人が将来、ミライエと大陸を支える人物になるということを理解してヌーメノンという人材を置いている。その惜しみない投資は、堅実でどこまでも抜かりない。

「ワシが責任を持ってお主らを育て上げる。ほほっ、老後に楽しい趣味ができたものじゃ」

「お願いします！」

返事をしたのはダイゴだけだったが、アカネもルミエスも教えを受ける気でいる。二人にもまだまだ強くなりたいという熱があるのだ。

「ではまず……ランニングからじゃ」

「は？　なんでよ。アカネやんない。魔法と関係ないじゃん」

「師匠の言うことは絶対じゃ！　何事もまずは体から！　いいか、今日から食事も管理するからのぉ！　間食なんてもってのほか。甘味《かんみ》は年に一度と思え！」

ヌーメノンの地獄の指導が始まる。三人にとっては地獄だが、かけがえのない日々が始まる瞬間でもあった。

今度は体も心もしっかり育てる。魔法だけではダメだ。一度犯した大きな失敗を繰り返さないためにも、三人を責任を持って育て上げると、伝説の爺さんは心の中でひっそりとほほ笑むのだった。

七話――バリア魔法は善か悪か

剣が宙に舞い、回転しながら騎士団カラサリスの背後に突き立った。

「うっ」

騎士団カラサリスとの訓練で、圧倒的な力の差を見せつける異世界勇者こと鞍馬ひじり。

剣を落としただけでなく、カラサリスは同時に手首も痛めていた。鈍い痛みから骨にまで影響しているかもしれない。

単純な剣技においても、この半年で異世界勇者に敵わなくなっていた。

それどころか今日は子供扱いされる始末。

聖剣の魔法を使っているわけではない。ひじりは魔法も魔力も使わず、単純な剣技でカラサリスを圧倒している。

「今日はここまでだ……」

痛む手首を押さえながら、訓練の終了を告げる。

「はい」

気のない返事をし、訓練場から立ち去ろうとするひじり。

その背中を見つめて、カラサリスは少し不満げに思う。

異世界勇者の訓練自体はうまく行っている。

思っていたより遥かに強い。宮廷魔法師をぶつけても、誰も勝てない。新しく迎えた宮廷魔法師十人全員でかかっても勝てないだろう。無様に負ける姿が容易に想像できてしまう。

あまりに存在が大きい。計り知れないほどの力を持っている。

シールドとの闘いの結末。その勝利は確定した。

ギフトを使って異世界勇者をこの地に呼び寄せた時点で。

おそらく三百年前の異世界勇者、いや歴代でも最高の力を持った人物だ。

「どこへ行く、異世界勇者殿」

「……私の勝手でしょう?」

これだ。

カラサリスが唯一不満を持っており、懸念している点は。

洗脳がうまく行っていない。思ったよりも聡い女性だった。簡単な嘘はすぐに見抜かれる。

シールド・レイアレスが世界を破滅に導こうとしているという話にも疑いの目を向けているのが見て取れる。なるべく外部との接触を避けたいのだが、あれだけの力を持った存在を誰が止められようか。

貴族世界にも、ドレスや宝石にも興味を示そうとしない。純粋に元の世界に帰りたいと願う少女への餌はすぐに尽きた。

力を付け続けるひじりは、魔法の仕組みも理解し始めている。

それはつまり、この世界から抜け出せないことを察し始めているということだ。

（これ以上の嘘は難しいか。早めに決着をつける必要があるな）

これ以上の洗脳は難しい。ボロが出る前にシールド・レイアレスを殺してくれさえすればいい。生け捕りにしてくれれば、尚のこと良いが、それを要求すれば説明が難しくなる。

「度し難い女だ……」

去っていくひじりの背中を見送って、カラサリスは不満を口にした。

これ以上、シールド・レイアレスの情報を辿られないように気を付けておきたい。自分たちが流した偽の情報だけで作られたシールド・レイアレス像を、戦いの日まで。

しかし、カラサリスの思惑とは裏腹に、ひじりはシールドの別の顔を知る機会を得る。

訓練を終えて、彼女が向かう先は決まっている。いつも通りの場所へ。

ヘレナ国の廃れた街にひっそりと佇む小さな施設。

偏屈な年老いた女性と、盲目の料理人二人で営む施設だ。三十名ほどの身よりのない子供たちを育てている。

この世界になんの思い入れもないひじりだったが、とある日の散歩で道に迷った。

堅苦しい城を抜けて、美しい街を見に行っていた。

物珍しい異世界の光景に気を取られているうちに、知らない道に入り込んでしまったのだ。オリヴィエ程ひどい方向音痴ではないので、軽く廃れた街に入り込んだだけだった。

そこで出会う。自分と同じく、世界で独りぼっちみたいな顔をした少年少女たちと。

施設『守りの家』と異世界勇者ひじりの出会いだった。

偏屈な年老いた女性は子供たちに厳しく、近寄ろうとするひじりにも冷たかった。

しかし、この世界に来て初めて心を揺れ動かされた少年少女の姿に、ひじりは次第にこの場所に通うようになる。

偏屈な年老いた女性カトリーヌも、毎日顔を出すひじりに心を許し始める。

「ほら！　あんたら勉強しな！　このままじゃ大人になっても搾取されるだけの人生だよ！」

カトリーヌの厳しさは愛情故だった。

今はこの厳しさを理解できない子供たちも、いずれは彼女の愛情の大きさを理解するだろう。

「あんた、また来たのかい！　異世界勇者だかなんだか知らないけど、来たからには魔法の一つでも教えて行きな！」

「はい、はい」

「はい、は一回！」

杖でお尻をたたかれたひじりだったが、少し嬉しくて笑う。

小うるさく言うカトリーヌの姿が母と重なるからだ。

いつしか、この場所が第二の家だと感じるようになってきている。

城に自分の居場所はない。

皆、自分を恐れている。優しい言葉をかけてくる人間も皆どこか利己的な影が透けて見える。

あそこは嫌いだ。

「でも、ここは好き」

汚く、いつも騒がしく、料理も粗末だがここが好きで仕方ない。

今日も城からくすねてきた食材を施設に届ける。

ここは常に金欠に見えるけど、これだけの子供を抱えてやっている。

その理由をひじりは知らなった。

自分が今貰っているお金を寄付しようとしたこともあるが、カトリーヌに何度も断られている。

「カトリーヌさん、本当にお金は大丈夫なの？」

「食材をありがとう。でも本当に大丈夫なんだ。シールド様から送られている分があるからね……あっ」

ひじりからの食料を受け取りに来た盲目の料理人が口を滑らせた。

ずっと秘密にしていたことがバレてしまった。

カトリーヌが料理人の尻を杖でたたく。

「ご、ごめんよ」

「馬鹿たれ。いいから行きな。子供たちがお腹空かせているよ」

説明は自分が引き受けるからと、料理人にはこの場を去るように伝えた。

今の言葉にひじりが驚く。

知らない情報だった。ここに通い始めてもう一か月も経つというのに。宿敵であるはずのシールド・レイアレスから援助を受けている？

「裏切っていたのですか？　私をずっと騙して、楽しんでいたのですか？」

沈黙が流れる。カトリーヌも申し訳ないと感じていた。

「騙したのは事実だから、言い訳はしないよ。あんたが異世界勇者のひじりで、この世界に召喚された理由も知っている。つまり、あんたの宿命も知っているってわけさ」

「シールド・レイアレスは世界に破滅を齎す者ですよ！　いくら子供のためとはいえ、そんな人間の援助を受けるだなんて！　それなら、なぜ私のお金を受け取ってくれなかったのですか！」

思いの丈を述べる。母のように慕っていたからこそ、余計に気持ちが乱れる。

なぜ、なぜ、なぜ。ひじりの中でこらえきれない感情があふれ出てきた。

「……あの子はね、ここの出身なんだ」

「え――？」

ひじりの知らない話だった。想像すらしていなかった。

シールド・レイアレスが元々ヘレナ国の宮廷魔法師だったことは知っている。

しかし、生い立ちは知らない。

聞かされたのはシールド・レイアレスの日々の悪行と、国を裏切って他国に寝返ったことだけ。

「わたしゃ、あの子の全てを知っているわけじゃない。宮廷魔法師時代は派手に遊んでいたみたいだし、今も国が流す情報通り、あの子は世界を破滅に導こうとしているのかもね」

「それが真実のはず……」

自分でそう言うが、まだ見ぬ真実がある気がして、カトリーヌの言葉を待った。

「ただお金を受け取っていると聞くだけじゃ納得いかないわなぁ。わたしが確実に知ってる話だけでも、聞いていくかい？」

少しだけ怖かった。知りたいけど、真実を聞くのは恐ろしい。

場合によっては、何のために戦うのか、誰が味方なのかを見失いそうになるから。

「聞くなら覚悟をしな」

「……はい」

「ならよし。あの子は五歳からここにいたよ。誰よりも勉強熱心で、誰よりも優しく、いつもみんなを守っていたね」

信じられなかった。カラサリスから聞かされていた人物像と大きく乖離しているからだ。しかし、素直に話を聞く。

単純な理由だ。カラサリスよりも、カトリーヌの方が好きだから信じる。それだけだ。


十年以上も前の話になる。

当時からカトリーヌは偏屈な女性だった。

カトリーヌが子供たちに色んなことを学ばせようとする中、シールドはバリア魔法の書物だけに噛り付いて読んでいた。

引き剝がしても、叱りつけてもそればかりを勉強する頑固な子供。

なぜそればかり読むのかと聞くと、この魔法はみんなを守れるから好きなのだと。

好きにやらせることに決めてからは、シールドはより一層驚異的な集中力でバリア魔法だけを学び続けた。

その魔法がいつしか奇跡的な力を発揮するようになるとは、施設の誰も思わなかった。

十五歳の時に施設を出て、シールド・レイアレスは宮廷魔法師になった。

あまりの出世に、カトリーヌも施設で育った仲間もみんな盛大に祝ったのだった。

「あの子は当時から、給金の大半をここに送っていたよ。自分で手に入れたものだ。自分で使えばいいものを」

「それが本当のシールドなのですね？」

「ああ、あの子は誰よりも優しかったよ。決して他人を傷つけたりしない。けれどね……」

まだ続きがあった。

「ここはなにせ貧乏だろう？　仲間が飢えてたら、盗みをやってたよ。それは絶対にダメだと言ったら、今度はどこからか野生動物を仕留めてきて、一人で捌いてみんなに食べさせていた」

全く信じられないような話だった。これまでに聞いた話と正反対のようなエピソード。

しかし、自分が慕うカトリーヌが嘘をつくとも思えない。

ひじりの中でシールドのイメージが少しずつ変化している。

「では、やはりヘレナ国は偽の情報を流しているのでしょうか？　私もところどころ不自然に思っていました」

「さてね。私が知るのはここにいた頃のあの子だけさ。今何を考えているかなんて知りようもない。実際、送られてくるお金に手紙も添えられている。魔族やドラゴンと共に生きているのは事実らしい」

「魔族やドラゴンと!?　うーん、ではヘレナ国の情報は真実？　どれが真実なのでしょうか」

カトリーヌが空を見上げる。ぼーと空を眺めているが、この場にはいないシールドを思っているのがわかった。

「真実はあんたの目で見てくるといいよ。あの子と戦うのが宿命なんだろう？」

そのために呼ばれたけれど、今は迷っている。

シールド・レイアレスの真の姿がわからない。それほど強大な力を持っている自覚もあった。

それに、戦えば確実に殺してしまう。それほど強大な力を持っている自覚もあった。

「戦えば、彼を死なせてしまいます。殺してもいいと?」

「残念だけど、真実がわからない以上どうしようもないねぇ。あんなに優しかった子だ。国のために立派なバリアまで作り上げてくれたのに、この国を追われちまって。どれだけ傷つき、怒りに染まったか想像もつかないよ。深く傷つき、あの子がこの世界を破滅に導こうとしているのも、ありえない話じゃない」

少し悲しくなる。シールド・レイアレスが追放されたことも、いろいろ噂を聞いている。それもどれが真実かわからない。自分はなにも知らない。カトリーヌに言葉を返せなかった。

ただ、自分は間違いなくシールド・レイアレスと戦うためにこの地に呼ばれた。

元の世界に帰るためにも、まずはそれを終わらせなければ。

「カトリーヌ、ヘレナ国の情報が真実であれば、私はシールド・レイアレスを殺すかもしれません……」

「うん、仕方ないねぇ。もしもシールドが死んでしまったら……。戦いが終わったら、あの子の亡骸を届けてくれないかい？　あの子がまだ心安らかにいられた、この場所で眠らせてあげたいね」

「はい……」

思わず涙が出そうになった。申し訳なさと、その愛情の大きさに。

悟られないように後ろを向き、そのまま歩き出す。気づけば逃げるように走っていた。

カトリーヌの本音は、絶対に戦って欲しくないはずだ。

しかし、シールド・レイアレスの目的が世界の破滅なら、自分は彼を斬らなくてはならない。

それが宿命だから。そう自分に言い聞かせて、城へと戻る。

戦いの日は近い。

八話 ―― バリア魔法の外であの人は今

エルフ米がようやく収穫できた。

フェイが監修するエルフ酒の製造も開始し、そちらも順調だそうだ。

ミライエで作られたエルフ米を炊き上げて、食べてみる。

「……うまい！」

エルフ島で採れるもっちりとした米よりも、こちらのほうが一粒一粒が分離しており、個人的には好みだ。

エルフ島の米は少し粘り気が強く、甘みも強い。単品で食べても美味しいくらいにインパクトがある。

料理の味を引き立たせるという意味では、ミライエの米のほうが上を行くのではないだろうか。

さっそく交易所に流しておいた。

なにせ純粋なエルフ米と違って、こちらは安定した量を供給できる。

これは大きな強みである。

交易所では大きな話題性をもって迎え入れられた。

ショッギョに次ぐ我が国が供給する目玉商品だ。

ブルックスより、初日から売れ行きが順調なのも聞いている。

良い感じだ。これの後に緑茶も控えている。

我が国はますます発展するばかりだな！

最高じゃないか。

それを象徴するかの如く、サマルトリアの街も大きく発展している。

城がとうとう完成したのだ。

広い土地を活用した立派な城は、ダンジョンから採れた青緑に輝く鉱石を大量に使って幻想的だ。

早速前の狭い城を捨てて、こちらに移り住んだ。

ぼろぼろで狭かった前の城と違い、こちらは広くて頑丈だ。

魔族たちにはここを好きなだけ活用して欲しい。

俺の重鎮である魔族は全員こちらに連れてきている。みんな興奮して楽しそうだ。

「おい、コンプ。少し遊ぶぞ」

「はい、フェイ様」

遊ぶなら外で頼む！

広い庭があるし、エルフの島も広大な土地が余っている。

何も城の中で遊ばなくても。しかし、嬉しいのはわかる。

俺も新しいこの城に興奮しているんだから。

あまりうるさいことは言わないでおこう。

ドラゴンも意外と無邪気なところがあるんだなと感心しているくらいだ。

「魔力弾。さてこれで遊ぶとしよう。落としたら負けじゃぞ」

「はい、フェイ様」

ちょっと!? なにそれ。

えぐい量の魔力が籠っていませんか?

「落とすでないぞ。それっ」

ちょっと!? 外でやって!

「ふふん、手加減無用です!」

フェイのスパイクを軽々受け止めるコンブちゃん。

恐ろしい魔力弾とフェイの投げる威力に、こちらはどぎまぎしてしまう。あ、あまりうるさく言うのは良くない。良くないのはわかっている。

しかし、これは言った方がいいのでは?

「いきますよー!」

ただでさえ危ない魔力弾にもかかわらず、コンブちゃんがその魔力弾を凍らせ始めた。

何をやってんだ!? それを全力で投げて、フェイがキャッチする。

「少し滑るがこれしきじゃあ落とさぬな」

凍らせたはずの魔力弾を今度はフェイが燃やして、全力でコンブちゃんに投げつける。

飛んでいくときの暴風で城の中はもうめちゃくちゃだ。

コンブちゃんがなんとかそれをキャッチしたが、熱さで手を離した。

魔力弾が床に落ちる。

『バリア――魔力吸収』

大量の魔力が籠った弾をバリア魔法で防ぎ、暴発しないように魔力を吸収しておいた。

「おえっ」

ドラゴンの魔力なんて吸収するもんじゃないな。

多少の魔力なら美味しくぺろりといただけるが、ドラゴンのそれはあまりに濃く、量も膨大だ。

胃もたれのような感覚に襲われる。

それにしても、バリア魔法で防いでなかったらいきなり城が崩壊してもおかしくない代物だった。

イデアの使用した太陽の魔法に匹敵する。そんなものを遊びで使うんじゃありません!

「フェイ、コンブ、今夜はエルフ米と御馳走を用意しておくから、外にでも出かけてくれないか？

サマルトリアの街にまた新しい飲食店ができたらしい」

「ほう、どこじゃ？」

よし、釣れた。

これで城が潰されずに済む。

この二人にはまだまだこんな城でも足りなかったか。

そのうち、俺のバリア魔法で二人が存分にはしゃげる家を作ってやろう。バリア魔法は壊れないんだ。最強だから。

本当にその方がいい気がしてきたので、二人の住居の土地も確保しておこう。

交易路や港へのアクセスが悪い土地ならまだまだ余っている。

「さあ、行ってくると良い。今月の金はまだあるか？」

「ふん、金など問題ではない。足りなければ踏み倒すまでよ」

……俺の評判にも関わってくるからやめて欲しいんだが！

ちゃんと聞いてみると、毎月渡している金は使い切れないくらい残っているらしい。

二人に不満があっては、領内に支障が出るからな。働かないのに二人には大量にお金を渡している。


俺が無償で金を渡しているのはこの二人と、昔世話になった施設くらいだ。

全く、生まれながらにして高貴な二人にはほとほと手を焼く。

ようやく二人を追い払えると思っていると、アザゼルが少し険しい表情をして俺たちの前にやってきて、仰々しく跪く。

「シールド様、フェイ様、コンブ様、ご報告があります」

普段は俺にしか報告しないアザゼルが、わざわざフェイとコンブも呼び止めた。

それだけの事態ということだろう。

心して聞いた。

「ヘレナ国が我が国ミライエに宣戦布告してきました。念のため、ベルーガをミナントとヘレナの国境付近に向かわせております」

時間の問題だった事態が、とうとう起きてしまった。

ベルーガを向かわせたのは正解だ。たいていの問題なら彼女がなんとかしてくれるだろうし、引き際がわからないやつでもない。

街をのんびり建設し、エルフ島からの恵みを授かり、交易所から得た利益を国民に分配する。そんな穏やかな日々を送っていたかったが、世界はどうにも争いばかりを求めてくる。

うーん、戦いなんてあまり好きではないが、侵略してくるなら迎え撃つ。

俺が作り上げたものを壊すというなら、仲間に手を出すというのなら、その全ての害を相手に跳ね返すまでだ。

俺が守れる範囲にいる者に、絶対に手出しはさせない。

「異世界勇者が最前線に来るものと思われます。世界を破滅に導くシールド・レイアレスから世界を守ることを大義名分に掲げております」

げっ。反論できないけど！

魔族やドラゴンを率いてるなんて、客観的に見ると絶対に悪側だけど！

しかも、たぶん俺が死んだあとはフェイの世界になるので、実質的に世界の破滅だけど！

ヘレナ国側が正義です、この戦い！

異世界勇者は真の勇者でした！

正義はあちらにある。しかし、それでも俺は負ける訳にはいかないんだ。

魔族もエルフも人間も、そしてドラゴンも関係ない。俺が生きている間、この国は誰も拒まないし、全員が幸せに生きられる国にするんだ。

青臭い考えだが、理想は高すぎるくらいがちょうどいい。

きっとフェイもコンブも同じように思ってくれているはずだ。異世界勇者は怖いが、一緒に戦おう。

「げげっ、我は嫌じゃ。異世界勇者だけは嫌じゃ」

「私もパスです。肌に傷をつけられたらもう生きていけない」

全然同じように思ってなかった！

薄情なやつらめ！

「アザゼル、報告ご苦労。相手が向かってくるならやってやる。異世界勇者は俺が止める。まあ、気楽に行こうじゃないか」

「流石です。シールド様。シールド様がいる限り、勝ちは確定しているはずなのに。過去の苦い記憶のせいで少しばかり弱気になっておりました」

うん、わかる。

俺も毎回不安だ。

バリア魔法には絶対の自信があるけど、イデアのときも周りが凄く持ち上げるから不安だった。

勝てばやはりバリア魔法最強ってなるけど、未知の力って怖いんだ。

今回に至っては、アザゼルやベルーガに代表される魔族全員が封印され、あのフェイでさえも敗走した相手である。

流石に不安だが、それでもにっこりと笑っておいた。

たぶん、俺が笑っておいた方が、みんな安心するだろうから。

「よし、こちらも準備に入るとしよう」

宿敵ヘレナ国との因縁を、そろそろ断ち切ろうじゃないか。


「うんまー!!」

やむことなく降り続ける雪をかぶりながら、オリヴィエは新鮮な鹿の肉を食べていた。

イリアスの土地で獲れた新鮮なシカ肉は、天然の木から作られた炭であぶられ香ばしい匂いを発していた。

塩をかけて、肉にかぶりつく。

「んんんん!!」

脚をパタパタ動かして、言葉にならない喜びを表現する。

遭難してもう数か月になる。

日に日に身につくサバイバル技術。

熊の毛皮に身を包み、革で作られたバッグの中には手作りの調理道具が一式揃っている。

肉にふりかけた塩も自分で手に入れた岩塩だ。

「なんじゃ、精霊の土地に人が?」

食に夢中で近づいてくる人影に気づかなかった。

いや、そうではないと気づいたのは、その人物の立ち振る舞いを見たからだった。

年老いた獣人の女性だが、ただ者ではない。ここに来るまでほとんど足音を立てず、気配も消していた。雪の積もった地面を無音で歩くなど、ほとんど異常だった。

「肉を一切れ貰っても？　ここまでの道中、ろくなものを食べていない」

「どうぞ」

目的はわからないが、肉は余っている。嫌な感じのしない、獣人の女性に鹿肉を分けた。

「うまいな。血抜きがうまいし、恐怖を与えずに仕留めたのだろう。この肉を食べるだけで、そなたの実力が窺い知れる」

それがわかるのは、彼女も強者だからだ。

「何者なの？」

「それはこちらも聞きたいのだが……こんなところで出会ったし、隠すこともないか。イリアスの女王と言えば、少し驚くかな？」

「女王ライラ」

オリヴィエが即答した。

「ご名答。そちらは？　ただ者じゃないだろう？」

「オリヴィエ・アルカナ」

「ほう、ヘレナ国宮廷魔法師か」

お互いに知っていた。会うのは初めてだが、お互いの立場もあって、他国の要人は知っていた。

「面白い出会いだ。少しばかり老人の相談に乗ってはくれまいか？」

彼女が女王ライラだということに疑いはない。それどころか、どこかそんな気さえしていた。

面白い出会いだと、両者ともに感じていた。

「いいですよ。私でよければ」

「ふむ」

肉を頬張りながら、ライラが話し始める。

「ヘレナ国と、新興のミライエがぶつかる。でかい戦争になるだろうな」

「!?」

驚きの情報だった。

ミライエ、つまりシールドの危機を知らないどころか、未だ遭難している自分が恥ずかしくなる。

「異世界勇者がいるヘレナか、バリア魔法のミライエか。どちらに付くかで部下たちが揉めておる。国一番の戦士はミライエ以外あり得ないと言うし、文官たちは口を揃えて異世界勇者が負ける訳がないと言う。困ったものだ」

異世界勇者がとうとう召喚されてしまった。

その脅威はオリヴィエも知るところ。

彼女の力をもってしても止められない相手だろう。カラサリスがとうとう禁断の力に手を出したのだ。立場故に、オリヴィエは他の誰よりも異世界勇者の力に詳しい。

それでも、返事は決まっている。

悩んでいる女王に向かって、オリヴィエは笑顔で伝えた。

「間違いなく、シールド・レイアレスが勝ちます。国一番の戦士は優秀ですね」

「ほう、おもしろい」

少しばかり考えて、残りの肉を口に入れて女王が立ち上がった。

「ありがとう、旅の者。精霊様にお祈りした後、城に戻る」

女王は目を瞑り、今一度考えた。そして決心する。

「イリアスはミライエに付く。ふははは、この戦いに勝ったらメレルに女王の座でも譲ろう。私もずいぶんと耄碌《もうろく》してきたかもしれん」

「そうですか？　あなたもまだまだやれるように思いますよ」

高笑いして、女王は雪の中を歩み始めた。

再度オリヴィエに感謝を伝えて、雪の中へと消えていく。

珍しい出会いにオリヴィエも興奮したが、直後に後悔する。

「道!?　道、聞いておけばよかった!!」

オリヴィエはまだ当分さまようだろう。戦争には間に合わないかもしれない。

九話 ―― バリア魔法とドラゴンは不思議と縁がある

戦いに勝つには、何より準備が大切だ。

戦いの前に勝敗が決すると言ってもいい。

大国ヘレナとの戦いはこちらもただでは済まないはずだが、今回も大将首をとることで早々に終わらせたいと思う。

エルフとの戦いはイデアを始末した段階で綺麗に終わってくれた。

今回もそうなってくれればいいのだが、難しいかもしれない。

なにせカラサリスは俺に恨みを持っている存在だ。

異世界勇者との決戦に勝ったとしても、ヘレナ国が止まらない可能性は大いにある。

そんなことを心配する前に、俺は異世界勇者との戦いに勝たなければならないのだが、なにせ相手の力がわからない。

聖剣の魔法を使うことと、異世界勇者ごとに違うオリジナルの魔法が使えることを知っているくらいか。相手の力がわからない以上、対策しようもない。

こちらは情報が全てだだ漏れだというのに！

情報を漏洩している者がいるわけではない。

俺はバリア魔法しか使えないんだ。隠しようがないよね！

エルフ米から作る透明なお酒の量産体制も整えつつ、戦いの準備に入っていく。

戦場では、褒美に酒を出してやろうと思う。士気は大事だからな。

軍は相変わらず士気が高いし、大きな戦いを前にしているのに我が国は平時通りだ。まるで勝利を疑っていない。敗北を恐れているのは俺だけなのか？

国民がたくましくて何よりだが、少しは危機感を持って欲しいのも事実。

「我は絶対に戦わんからな！」

いつまでも駄々をこねるフェイを連れて行くつもりはない。

本当に異世界勇者のことを嫌がっているから、無理に仕事を押し付けはしない。それでも再々念を押してくる。絶対に行かないと。

「酒を飲んで待っててくれればいいよ」

出来上がったミライエ産のエルフ米から作られる透明なお酒を飲んで待っているといい。あちらは開発部長にフェイを置いている。

いつもは働かないフェイだが、珍しく役に立っている。

本人の欲で動いているが、どういう動機にしろ動いてくれるならこちらとしても文句はない。

他で役に立っているのに、戦場に連れて行くようなことはしないさ。

「……ぬう。流石に情けないことを言いすぎたか。まあ、お主が手に負えんようじゃったら助けてやらんこともない」

「それは心強い」

「馬鹿者！　何としてでも勝てい！　あんなのとまた戦うなんて勘弁じゃ」

少し可愛らしいな。

フェイが俺のことを心配してくれるなんて珍しい。

それだけの相手だってことだ。

「任せろ。全部俺が終わらせて戻ってくる。酒、楽しみにしてるぞ」

にっこりと笑って皆を安心させる。

「無理して笑っとるのくらいわかっておるわ。ったく、面倒じゃがあれに頼んでみるかのぉ」

なに、何か伝手でもあるの？

興味深い話に食らいつく。

「そうじゃ。お主も来い。その方が話が早そうじゃ」

聞けば、フェイの知り合いに凄く強いドラゴンがいるらしい。

ただし、頑固者で他のドラゴンと一緒に過ごしたがらないそうだ。しかし、その強さはフェイも認めるところ。

「人間でも馬鹿みたいに戦いたがる奴っておるじゃろう」

「ああ、魔族でもいるな。ギガとか」

「そうそう。ああいうアホがドラゴンにもおるんじゃ。戦いたくて仕方なくて、竜生のほとんどを強くなるための研鑽に費やしておる」

人間でもそんなのは扱い辛いが、ドラゴンほど長く生きた者ならもっと扱い辛いだろうな。

それ、触れて大丈夫なとこなの？

上手に制御できる自信もない。使えない味方は敵より厄介だぞ。

しかし、フェイが認めるほどの存在だ。強いのは確か。スカウトに行こうか……。

戦いまでにやることは多いが、ぎりぎり大丈夫かな？

今日はコーンウェル商会の悪徳姉妹に戦費を借りに行く予定だったが、後回しでいいか。

まずは強力な味方になってくれるかもしれないドラゴンに会いに行こうと思う。

「コンブ、お主も来い。隠れておるのがバレておるぞ」

「げっ」

隅に隠れていたコンブちゃんの襟首を、小動物を運ぶがごとく摘まんできた。

「いやです、いやです。異世界勇者は嫌いですけど、あいつも嫌いです」

「我も嫌いじゃ。けど、異世界勇者に負けたら今の生活が失われる。それは嫌じゃろう」

「……嫌です。フェイ様とずっと美しいお酒を飲んでいたい」

「そうじゃろう。なら行くぞ」

「はい……」

無理に連れて行くこともないと思っていたが、いてくれると心強いのも確か。

うーん、それにしてもこの二人が嫌がる相手か。

かーなり不安です。

「アザゼル、一緒に来い」

「……ベルーガが心配です。前線に行ってもよろしいでしょうか」

アザゼル!?

初めてかもしれない。アザゼルが俺の命令に背いて自分の意見を通そうとするなんて。

前線っていったら、まだ始まらないとは思いつつも、異世界勇者からの奇襲があるかもしれない。

それを相手することになるのはアザゼルとベルーガだ。

その危険性よりも、例のドラゴンに会うのが嫌だと？

「アザゼル、例のドラゴンのことを知っているな？」

「……はい」

「そんなに癖が強いのか」

「……はい」

はい、しか言わなくなっちゃったけど！

まあ、仕方ない。いつも真面目に働いてくれているアザゼルだ。嫌がっているなら置いていくとしよう。

「お前を前線に行かせるわけにはいかない。カプレーゼとギガをベルーガのフォローに送っておく。オリバーには軍をまとめさせろ」

「はっ。ありがたきご配慮！」

嬉しそう。そんなに嫌だったのか。

俺は心配だ。今から会うドラゴンが一体どれほどの曲者なのか。

それでも行くと決めた。国を守るためだ。致し方ない。軽く身支度をし、フェイの背中に乗った。

久々に黄金のドラゴンになったフェイに乗る。

目的地が遠いらしいから、こうしてわざわざ飛んでくれるらしい。

「きゃー!!　フェイ様のお体、なんて美しいのでしょう！　絵描きを呼んでおくべきでしたわ！」

追っかけファンのコンブちゃんも一緒に乗っている。

熱狂的なファンが興奮しているが、無視、無視。

目的地は寒いらしく、風も強く当たるので服を着こんできた。

サマルトリアの街を行き交う人たちが少し騒いでいるのがわかる。

皆フェイの存在を知っているが、この姿を見るのはいつぶりだろうか。

パニックにならないあたり、うちの国の民も洗脳されつつあるなぁと思う。

フェイの背中に乗って、北へと飛んでいく。

圧倒的なスピードで、気づけば雪が降る地域に来ていた。おそらくここはイリアスの国だろう。

地上の雪原を一人歩く不思議な女が見えた。

……オリヴィエに見えたが、そんなわけはない。

こんなところにいるはずもない人物を思い浮かべるなんて、一体どういうことだろうか。

少し不思議だった。

更に北へと飛んでいく。

イリアスの国で間違いないが、人の住まない、いや住めない最果ての土地までやってきた。

そびえる山脈の頂上へと飛んでいく。

吹雪で顔が雪塗れになる。

バリア魔法でなんとか防いでいるものの、極寒の地は体の芯から凍える程寒い。

「着いたぞ」

フェイの声と共に、超高速飛行が止まる。

目的地は大きな山の頂上で、そこには幻想的な美しい湯を張る温泉がある。

「マグマで温められた雪解け水がいい湯になるんじゃ。相変わらず美しい光景よの」

フェイが温泉の前に降り立つ。

人の姿に戻り、俺とコンブちゃんも着地した。

「よう、ヨルムンガンド。まだ生きておったか」

「バハムートか。手土産くらいあろうな」

温泉に人が入っていた。

裸の女性は長い手足と大きな胸を堂々と出して湯を楽しんでいる。

「酒を持ってきた」

フェイが手荷物を探り、取り出した酒瓶を投げる。

ヨルムンガンドと呼ばれた美しい妖艶な女性がそれをキャッチして、中身を確認する。

「以前ワシが渡した酒と同じものじゃないか」

「ああ、材料は同じ米じゃが、エルフ米っていう特別な米じゃ。まあ飲んでみると違いがわかる」

「なるほど。バハムートのくせに意外と気が利く。リヴァイアサンまでいるとは、なんとも珍しい日じゃ。それに……」

妖艶な吊り目がこちらに向く。その鋭い視線が俺を捉えた。

「臭い人間が交じっているな」

「これは特別だ。今日は話をしに――」

「まあ脱げ。脱がぬものとは話せん」

フェイの言葉を遮って要求してきたのは、脱衣だった!?

フェイもコンブちゃんも知っているみたいで、二人とも服を脱ぐ。

裸になった二人が温泉に入っていくが、ちょっと待ってくれ。

非常にまずい光景だ。いくら二人がドラゴンと言えども、少女二人の裸を見るなんて。

「お主も脱げい。人間。脱がぬものとは話せぬ」

脱がないと話を聞いて貰えないのか。

とても恥ずかしいが、俺も服を脱いで温泉に入った。

「はっはは、何を照れておるか人間。ワシの乳でも揉ませてやろうか？」

「いえ、結構です」

……俺もこのドラゴン、苦手です！

{ 第三章 }

最強のバリアと最強の異世界勇者という矛盾

吊り目の妖艶な美人が、紫色の髪の毛を自在に操って、俺にも酒を届けてくれた。

「こんなところまで来たんだ。用事があるのはわかるが、取り敢えず飲め」

ありがたい。酒瓶を受け取り、俺も飲んでおいた。

暖かいお湯の中で飲むエルフ米から作られたお酒は非常にうまい。

目の前に美女がいるってのもいいが……目のやりどころに困っているのも事実。

三人が裸なので、とても気まずい環境だ。それでも……。

「んまい」

やはりエルフ米から作られるお酒はうまい。癖の強いお酒だが、俺はエールよりこちらの方が好きだ。

「ほう、いけるではないか。もっと飲め。バハムート、酒はまだまだあるから、そなたらも飲め」

「もう飲んどるわい」

「相変わらずの酒飲みばばあですね」

フェイとコンブちゃんは二人で静かに飲んでいた。ゆったりと温泉を楽しみながら飲んでいる。

俺もあんな感じでのんびり飲みたいのだが、ヨルムンガンドは俺をターゲットにしたらしい。

一本目の酒瓶を飲み終わると同時に、また酒瓶を渡してくる。

「いいぞ。人間の癖に飲めるではないか」

バリア魔法の関係でお酒には強いんだ。

いくら飲んでも酔いつぶれたりはしない。

それを知らないヨルムンガンドは酒に強い人間に見えるらしい。

「興味深い、非常に興味深いぞ」

お湯の中を華麗にするすると移動したヨルムンガンドがこちらにすり寄ってくる。

見た目は裸の妖艶な女性なので、そのまま近づかれるととても緊張してしまう。

す、すまん！　ちょっと距離を！

肩を組んで、ヨルムンガンドが顔を近づけてきた。

「おもしろいのう。興味深いのう。あのフェイが連れてきた人間だ。一体、どれほどの器なんだろうなぁ」

「……」

ちん！

お湯と美女の肌とお酒でのぼせそうです。

立派なゆでだこが出来上がりそうだ。ヨルムンガンドはさらに肌をこすりつけてくる。

柔らかいのが当たって、私はもう天に昇ってしまいそうです！

「ここは天に一番近い山と言われている。のう、死ぬには絶好の場所だ。ワシと死ぬまで戦ってみぬか？」

既に死にそうだから勘弁して欲しいです！

聞いていた通りの戦闘狂だ。

うっとりした表情で俺の肩に顔をうずめてくるが、興味があるのはどちらが強いかだけか。

今すぐ襲い掛かられても不思議ではない。

格好が格好なので、襲い掛かる、の意味がどちらになるかは始まってみないとわからない。

「のう、いいではないか。やろうではないか」

「……絶対、でしょうか」

ここでフェイが助け船を出してくれた。

「以前にも言うたじゃろ。ドラゴンとまともに会話したければ、力を示せと」

そういえば、コンブちゃんと出会ったときにもそんなアドバイスを貰ったことがある。

ドラゴンは力あるものに従うと。

ならば戦いを受けるのが正解か。

それでも二人が嫌がるのは、おそらくヨルムンガンドが粘着質な性格だからだろう。

言葉の端々にも感じる。死ぬまで戦おうっていうことは、一度負かしてもまた戦いを迫られそうだ。

服を脱がせたり、酒癖が悪いだけでなく、戦闘狂の一面も。

そりゃフェイだけでなく、コンブちゃんやアザゼルもここに来るのを嫌がるはずだ。

俺のことなど放って、温泉旅行を楽しんでいるフェイとコンブちゃんが憎らしい！

しかし、助力を貰うにはどのみち必要な工程だろう。避けては通れないか。

「よしっ、やろうじゃないか。ヨルムンガンド」

「おお、ノリがいい！　ワシはそういう存在が好きだぞ」

「ところで、フェイたちみたいに別の呼び方ってないのか？　ヨルムンガンドは少し長くて呼びづらいな」

「名などどうでもいい。好きに呼べばいい」

好きにと言われてもな。困った。

「毒蛇ばばあ」

「ばばあコロシアム」

外野は黙っててくれ。二人の論外な意見は無視して、少し考える。

「世界蛇なんて呼ばれ方をしたことがあるが、どうだ？」

「いいね。世界、お前は今日からセカイだ。名前も決まったし、そろそろやろうか」

「よし、決まりだな」

温泉から上がって、裸のままのセカイが嬉しそうに立ち尽くす。

エロよりも、純粋な美を感じる肢体から水滴が滴っている。

顔を空に向けると、セカイが口を大きく開けた。

そこから引っ張り出すように、一本の長い剣を体内から取り出す。

なんてものを、なんて場所から取り出してんだ！

少し粘液がまとわりついた剣は、セカイの髪の毛と同じ紫色の美しい剣だった。

剣を何度か素振りして感覚を確かめている。

「いつでも構わんぞ。フェイの連れてきた人間、名を聞いておこうか」

「シールド・レイアレス。ちょっと待ってろ。服を着る」

相手は裸のままだが、俺は裸で戦う主義ではない。

全く、なぜ俺の相手は露出狂ばかりなんだ。

まあ、今回は美女の体なので、イデアのときに受けた拷問とは少し違うけど、それでもまじめに戦いたかったものだ。

「一応聞いておくが、服は着ないのか？」

「こちらのほうが人間は集中力を欠くだろう」

まるで人間と戦ったことがあるみたいな思考だな。

ドラゴンってのは、つくづくただ強いだけではない。賢くやりづらい相手だ。

「いつでも来い」

俺から仕掛けることはない。相手がだれでも、常に守り側である。

セカイがゆったりとした動きでこちらへと近づく。

フェイに代表される強者は、目を凝らさないと見落とすほどのスピードで迫ってくるのだが、セカイはなんとも柔らかく、曲線的な動きで迫ってくる。

その動きはまさしく蛇であり、女性特有の柔らかい型でもある。

変則的な動きから、剣が振り下ろされる。

『バリア——物理反射』

太刀筋は特殊だが、関係ない。

剛も柔も、バリア魔法の前にはただ無力と化す。

柔らかい斬撃がバリア魔法に跳ね返され、セカイを襲う。

その綺麗な肌に切り傷が入るが、みるみると治り、もとの美しい肌に戻る。

ドラゴンの再生力はやはり桁違いだな。

「面白い力だ。楽しいなぁ！」

またセカイが迫ってくる。今度は先ほどの柔らかい動きに加えて、スピードも増した。

フェイにも劣らないスピードである。

一瞬でも油断するとバリア魔法が間に合わない。

なんとかスピードに対処し、薙ぎ払いに合わせてバリア魔法を張っておいた。

『バリア――物理反射』

今度の斬撃も跳ね返す。セカイの腕に切り傷が入るが、今度は下がろうとしない。

「こっちが本命だ」

背中になにか気配を感じた。

自由自在に操ることのできる紫色の髪の毛が地面を這って、俺の背後に回り込んでいた。

鋭い髪の毛の先が俺の体を刺し貫こうと迫る。

「毒の剣は見掛け倒しの代物。髪の毛の斬れ味の方が鋭く、毒も強い」

……ふーん。

「なっ!?」

一本取られたが、問題はない。体にはずっとバリア魔法を張っている。最高強度のバリア魔法だ。

セカイの髪の毛も通さなかった。それどころか、お返しさせて貰う。

『物理反射』

俺のバリア魔法を突破できなかった髪の毛が、そのままセカイへと向かっていく。

自由自在に動かせるはずが、制御できなくて焦っているようだ。

悪いが、俺のバリアで跳ね返している間は、主導権は俺にある。いくら頑張ろうとも、操作はできない。

そのまま髪の毛がセカイを貫く。

美しい体が傷だらけになり、紫色の毒が血管を通って体に回っている。血管を流れる紫色が、彼女の体に模様を描いているようだった。

「う……うっ」

オロオロオロオロ。

四つん這いになったセカイが嘔吐した。

傷も次第に治っていく。

「すまん、毒が回ってつい。見苦しいものを見せてしまった」

いかにも猛毒っぽかったのに、嘔吐で済むの!?

どこまで規格外なんだ。

人間があれを食らったら即死に思えるが、吐き終わるとセカイの顔色はすっかりと良くなっていた。

「面白い力だ。なんて硬さだろう。フェイ、この人間面白いぞ！　とことんやろう。死ぬまでやろう。もっとやろう！」

うわっ、なんか火が付いちゃった。

面倒だ。そろそろ本題に入ろうと思う。

「俺の勝ちでよくないか？」

「ダメだ」

「お前には他の件を手伝って欲しい。もっと楽しい戦いがあるぞ」

「これより楽しいものなどあるか！」

「異世界勇者」

俺が出したワードに、セカイが目を見開いて反応した。

やはり興味があるか。

「異世界勇者とでかい戦争をする。俺の陣営に来い。好きなだけあれと戦わせてやる」

「本当か？」

「もちろんだ」

セカイはフェイをも見て、真実か問いただす。

「本当じゃよ。三百年前、お主が修行に明け暮れてまんまと戦いそびれたあの異世界勇者じゃ」

「……早く言え！　それを言わんか！」

「しかも、アザゼルの話によると、三百年前の異世界勇者より強いらしいぞ。今回のは」

「決まりだ。それを殺してから、またこの硬いのと戦う。あっははは、長生きするものだ。明日が楽しみなのは、一体何年ぶりだろうか！」

剣を体内に戻して、温泉へとダイブする。

セカイが裸のままフェイとコンブちゃんに抱き着いてダルがらみしていた。

「飲め、飲め。今日は祝いだ。人間、お前も早く温泉に入れ！」

セカイの言うことには従っておいた方が楽そうだ。

俺たちはもう一度温泉とエルフ酒を楽しんで、それからミライエへと戻っていった。

十一話――バリア魔法でも金には困る

「利子は十日で一割、もしくはサマルトリアの余った土地を全て三割引きで買わせなさい」

ミライエ一どころか、大陸一まで成長しつつあるコーンウェル商会の悪徳姉妹が無茶な要求をしてくる。

強力な助っ人であるドラゴンのセカイを仲間にした。

軍の支度もほとんど済んでいる。

しかし、何をするにしても世の中お金が必要になる。

貯えはあるし、通常通りの国家の運営なら余るほどの税収もある。

国民の負担も少なく、非常に住みやすい国だろう。国民が増え続けているのは、この国が良い国だという証拠である。いい国を作れて誇らしい。

こうも頻繁に侵略を受けるとは思わないじゃないか！

ただのいざこざくらいなら想定していた。

実際は隣国とのいざこざがないどころか、ウライ国とミナントとは非常に友好的な関係を構築できている。

サマルトリアの街は、ウライ国にもミナントにも利益をもたらす存在となりつつあり、ミライエの存在は次第になくてはならないものになっている。

大陸に、ミライエという国が根付き始めていた。

それなのに、エルフからの侵略を受けたと思ったら、エルフ米が実った時期に今度は大陸の覇者であるヘレナ国からの宣戦布告だ。

こんな大きな戦いが連続すると、流石に豊かなミライエでも財政状況はきつい。

戦費は本当に、びっくりするくらい飛んでしまう。

それは前回の戦いで経験済みだし、今回はあれよりも規模がでかくなる。資金は多く欲しいところだ。まるでうちの財政状況を完璧につかんでいるかのように、ベストなタイミングでコーンウェル商会の悪徳姉妹が新しい城を訪問してきた。

我が物顔で城内をほっつき歩いていたらしいが、金があるとやはり強い。金は権力だ。

ぐぬぬぬ、こちらも強く言えない。

商人から無理やり金を巻き上げれば、そういう領主だと認識される。

国民の税金を上げれば、俺の理想とする国ではなくなる。

急ぎ金を手に入れるには……。やはり目の前のソファに偉そうに座っている悪徳姉妹の要求を呑むしかないのか？

「無茶を言うな。どちらもきつすぎる」

姉のゼロと妹のイチ。姉妹の要求を拒否する。

十日で一割!?　どこのヤクザもんだ。

それにサマルトリアの街の土地は既にほとんど買い手が付いている。

今更それを反故にして、コーンウェル商会に売りつける訳にはいかない。

交易所を利用して利益を上げているのは我が国だけではない。

商人たちも交易所と交易路を活かして、潤っている。

特にコーンウェル商会は既にこの地でも覇権を握りつつあるようで、やはりこの悪徳姉妹の才覚は本物だということをまざまざと見せつけている。なんなら、この国で一番金を持っているのは、国王の俺ではなく、この姉妹の可能性すらある。

今後開拓に回している資金を貯めることができれば、流石に俺の方が金持ちだろうが、現状は……。

「無茶ねぇ。仕方ない」

仕方ない？　少し悩んだ様子を見せた後、今度は姉妹でこっそりと相談を始める。

「この国が倒れたら困るし、コーンウェル商会も多少は譲歩してもいいわよ」

譲歩。なんか、既にストーリーが出来上がっていそうだな。

このストーリーを描いているのは、間違いなく目の前のゼロイチ姉妹だ。

無茶な要求も、さっきの相談も、あらかじめ決まっていたりして……。

この姉妹なら普通にありそうだから、警戒して話を聞くことにした。

このままだったら、無茶な要求の後に、少し無茶な要求を簡単に呑んでしまいそうだ。要警戒だな。戦争には勝ちました。お金もなんとか足りました。しかし、コーンウェル商会には返せない程の借金を背負わされましたでは話にならない。

最悪この姉妹の首を刎ねるという最終手段があるが、それは本当に最終だ。にっこり。

しかも絶妙なバランス感覚を持つこの姉妹が、俺を苦しめるような取引をするとは思えない。一番怖いのが、ぬるま湯だ。

気づかないまま飼い殺しにされるのは恐ろしい。

「どうせ今度の戦いもあんたが勝つんでしょ？」

国王となった俺にこんなに気安く話しかけるのも、今やこの姉妹とドラゴンたちだけになったな。少し寂しく思うが、それだけの立場を得たというわけだ。

「さて。こればかりはやってみないとわからない」

相手は異世界勇者だ。その力を正確に推し量れる人は、どこにもいないだろう。

「たぶん勝つわよ。だから、コーンウェル商会は今回もあなたにベットしてあげる。お金はたんまり貸すわ。利子もいらない。その代わり……」

大事なところはなかなか言わないな。

こちらとしては、最後だけ聞きたいのだが、お金を借りる立場なので急かさずゆっくりと要求を待った。

「少ーしだけ、本当に少――しだけヘレナ国の土地が欲しいなーなんて」

「は？」

小柄な姉が上目遣いで俺のことを見つめてくる。頬を染めている辺り、かなりの役者だ！　スタイルが良くて身長も高い妹は無表情でこちらを眺めるだけ。

演技派の姉と、いつも冷静な妹。美人だが、二人の腹黒さを知っているのでお色気にはやられない。

「戦争に勝ったら、ヘレナ国の土地を要求しましょう。勝ち取った土地を少しでいいから分けて欲しいの。なんなら買わせて貰うわ！　それで利子なしでお金を貸してあげるから！」

俺の勝ちを信じて疑わないような発言をしているが、どうせ俺が負けたらコーンウェル商会はしっぽを巻いて逃げる腹積もりだろう。

規模を縮小しても他所の土地でうまくやっていけそうな姉妹だ。

エルフとの戦いに勝利した暁には、エルフ島を丸々ゲットできた。それほどではないにしろ、今回も土地をゲットできると!?

少なくともこの姉妹はそう思っているみたいだ。

ヘレナ国に拠点を持ちたいんだろうな。大陸の西に拠点を持てたら、いろいろできそうだもんな。

ふむふむ。悪い話じゃない。むしろ、かなり好都合。

戦争に勝っても、土地が手に入るとは限らない。

場合によっては、何もいらないから和平だけを結びたいという状況になる可能性だってある。

そうなったら、利子なしでお金を貸して貰えただけだ。

返済期限は決められるだろうけど、ギリギリまで返す気はない！

ギリギリまで、そのお金はミライエのために有効活用させて貰います。

くくくっ、それに土地を勝ち取ったとて、旨みがある。

勝ち取った土地は買い取って貰える。適正な価格で売るつもりだが、肝心なのはそこではない。

この数字にうるさそうな姉妹が、曖昧な表現を使っていたのを俺は忘れない。

〝少し〟だけ売って欲しいとのご要望だ。

あーはははっ、曖昧な表現をした自分たちを恨むんだな！

俺の少しと姉妹の少しはだいぶ違います！　これ大事。

せいぜい俺が手に入れた土地の、ほんのひとつまみを適正価格で売ってあげるとしよう。

決まりだな。

「よし、それで契約しよう」

「あら、無能領主様も、国王になられた今じゃ少しは賢くなったみたいね」

国王になっても失礼な態度を取り続けるこの腹黒姉妹には、いつか痛い目を見せてやろう。おそらくその日はそう遠くない。

「書類にまとめます」

クールな妹が借用書を作成する。そこにはヘレナ国との戦争が終わるまで無制限にお金を貸すこと、返済は戦争が終わって二年以内、その他重要事項が書かれていた。

そして、その中にしっかりと勝ち得た土地を少し売り渡すことも書かれていた。

俺の名前を記して、正式な契約とする。

「国王シールド・レイアレス様。今回は良い取引をありがとうございます。また、よろしく～」

ご機嫌なゼロが両手で俺の手を握りしめて握手してくる。いつも計算高いこいつが、こんなに純粋な笑みを浮かべるだなんて。何か怪しい……。匂うぞ！

「今回の契約、商人仲間にも自慢するわ。国に貢献するなんて、商会の誉れだもの」

「そうか。コーンウェル商会は利益を求めるだけでなく、一流のブランドとしてその名をはせようという訳か」

意外と志が高い。

信頼を得られるという意味では、結構お得な契約なのか？

国に金を貸すほどの商会！　国を救った由緒正しき商会！

いくらでもかっこいいキャッチコピーを作れそうだ。

「ほーほほほっ、それに国王様から少しばかり土地を分けて貰えるんです。少しっていうのは、我々庶民とはさぞ規模が違うんでしょうね」

げっ。なんか、嫌な予感。

「商売仲間の皆さんに、国王様の〝少し〟がどの程度だったか、きっちりとお教えするわ」

きたなっ！

この姉妹、汚いぞ！　前回もだったけど、今回もやり方が汚すぎる！

ああ！　そんなことを言われたら、ケチケチなんてできないじゃないか。

シールド・レイアレスは戦費を貸したコーンウェル商会にあれだけの土地しか譲渡しなかったの!?みたいな話になりそう……。

あくどい。この姉妹、腹の底から真っ黒です！

またしてもやられてしまった。

ひらひらと借用書を揺らして、ゼロが満足げにそれを妹のイチに手渡す。

イチがケースにしまい、借用書はしっかりと保管された。

「チュッ。じゃあね。またお金にこまったらいつでも～。今後ともコーウェル商会を御贔屓に～」

投げキッスをして、ゼロとイチは立ち去っていく。去り際に妹のイチの無表情な投げキッスも貰えた。……あれはあれで悪くないな。むしろ新鮮だった。

アザゼルの隣を通り過ぎる姉妹は、今日も悪意センサーには引っかかっていない。

毎度毎度あくどいことをしているが、あの姉妹は本当に悪意がないらしい。

ただただ利益を求めているが故の行動だ。

そんなやつらが自国にいるのは心強く思えるが、なんとも悔しい取引になってしまった。

それでもお金は手に入った。それで良しとしよう。

いよいよ、軍を動かせそうだ。

十二話――悩んだらバリアを張っとけ

世界を混沌へと導くシールド・レイアレスの味方をするのならば、それはすなわち同じ悪である。とヘレナ国は豪語し、ミナントとウライ国、更にはイリアスをも敵に回している。

そう、大陸中が見守ることとなったこの戦い、実はミナントもウライも、イリアスもこちら側についてしまった。

公には参戦しないが、かなりの援助を受けているし、皆ヘレナ国の侵攻を批判する声明を発表している。

大陸の覇権を握っていたヘレナ国が相手だから他国の出方が気になったが、まさかの結果に!?

ここ数年衰退傾向とはいえ、まだまだ存在感の大きい国だ。それなのに……。

俺のバリア魔法、結構人気あります！　オッズがうなぎ登りです！

そういう訳で、こちら側についてしまったミナントも少し立場が危なくなってしまった。

今回の戦いはミライエでは行われない。

ヘレナ国とミナントの北の国境である城塞都市オーレルベアでの決戦となった。

ミナントの国土を踏み荒らされてミライエまで侵攻させるわけにはいかないから、この地での決戦というわけだ。

南のパーレル側からの侵攻のほうがヘレナ国には都合が良いのだが、それではミライエまでの経路が長くなるのと、ヘレナ国内部の事情もある。

ミナントが大きな商会が集まって作られた国であるように、ヘレナは大物貴族が集って作られた連合国だ。

パーレルと接するヘレナ国側の土地は古くからミナントと友好的であり、パーレルから侵攻するとなると内部分裂を起こしかねない。

そういった事情もあり、ドラゴンの森の南に位置する城塞都市オーレルベアでの決戦となったわけだ。

外敵を阻むように聳え立つオーレルベアの城を見ると、ミライエにはこういうしっかりしたものってないなぁと思わされる。

ミライエは発展しているようで、まだまだ小国だなと実感させられる。

遅れてこの地にやってきた俺は、ベルーガとカプレーゼから報告を受けていた。

跪く二人は既に戦闘を行っているみたいで、どこか表情も精力的だ。

「既に何度か偵察部隊と接触しており、ミナント軍を率いてそれを撃破。ただいま十数回の小競り合いで、全てこちらが勝っております」

二人がいれば、並の敵では敵うはずもない。

宮廷魔法師が出てきてようやく勝負になるレベルだが、偵察部隊にそんな大物を向かわせることができるはずもない。

こちらはいきなりベルーガとカプレーゼを使うほど戦力が充実している。

やはり魔族を始めとしたミライエの我が配下は有能すぎる。

「流石だ。ベルーガ、カプレーゼ。お前たちを向かわせて正解だった」

「ありがたきお言葉」

「カプレーゼが一番頑張ったのです」

撫でて欲しそうにしてたので、カプレーゼを撫でてやった。

「やった」

子猫みたいに嬉しそうに反応する奴だ。

「カプレーゼばかりずるいです」

……なんだそのいじらしい反応は！

ベルーガは頭を撫でてあげる年齢でもないので、言葉で再三労ってあげた。機嫌は直ったが、なんともまだ物足りないようで。

「今は最前線にギガがおります。常に警戒し、非常によく働いてくれます」

ギガにも報いて欲しいというベルーガからの報告だが、あいつはちょっと違うよな。

もちろん報奨金は出すし、直接褒めてやる。

しかし、あいつはおそらく単純に楽しいだけだ。

戦闘狂どもめ。

戦費でこちらは頭が痛いというのに、部下たちは結構この戦いを楽しみにしている。

異世界勇者が出てくるというのに、戦闘大好き民たちは死ぬことを恐れていないどころか、異世界勇者に負けて散るなら本望らしい。

ミライエのために戦い、異世界勇者に敗れる。戦士としてこれ以上の誇りがあるか！　だそうだ。

わからん！　俺にはわからん感情だ！

戦闘狂といえば、セカイももちろん付いて来ている。

俺と先にここに入ったのはセカイと、フェイとコンブちゃんだけだ。

異世界勇者は嫌だと言っていたフェイだったが、一応その姿を見ておきたいらしい。

「あれを倒したら、亡骸はワシが食べる」のだそうだ。

美味しいところだけ持っていくつもりらしい。あいつと一緒にショッギョを食べると、脂身だけ取られる。赤身の部分を食べるのはいつも俺だ。いつだって美味しいとこどり！

フェイは相手を食べることで相手の能力を手に入れることができる。

聖剣の魔法と、オリジナル魔法をも吸収した日には、フェイはいよいよ世界を滅ぼす力を手に入れてしまいそうだ。

恐ろしい。

そんな三人は、この城塞都市オーレルベアの温泉に入りに行った。

どうせ酒も飲んでいることだろう。気楽なことだ。

軍は遅れて付いてきている。オリバーが率いており、アカネとダイゴ、ルミエスも同伴させている。

天才キッズたちを呼んでおいたのは、彼らが大きく成長しているからだ。

体が大きくなっただけではない。

エルフの老害戦士ヌーメノンの育成は順調らしい。

ヌーメノン曰く、アカネはイデアを超える逸材かもしれないと。

ダイゴは特異な才能を持ち、ルミエスのバリア魔法は日に日に硬くなっているらしい。

才能あふれるルミエスに、なぜバリア魔法しか教えないのかと尋ねられたが、俺のただの娯楽なので適当な理由をつけて返答しておいた。

かかかっ、ただの意地悪なのでお気になさらず。最高だ、いつ思い出しても笑える鉄板ネタ。

「さて、準備に入るとしよう」

「お供します」

流石、ベルーガ。

俺がこの地に早くやってきて何をしたいのか既に理解している。

護衛兼付き添いとして一緒に付いてきてくれた。久々に乗ったグリフィンはやはり自分で飛ぶよりもかなりスムーズに移動ができた。ベルーガは有能だし、使役する魔獣も有能そのもの。空から、最前線で圧倒的なオーラを放つギガを見つけた。

国境となっている川の向こうを睨みつけて、仁王立ちしている。

その迫力に味方のミナント軍も少し困った様子である。

「ギガ、おつかれ。休憩に入れ。決戦はこれからだからな」

「はっ」

城塞都市に戻って休んで欲しかったが、ギガはこの地に野宿するらしい。

その方が心地いいんだと。

本人がそれでいいなら、俺から言うことはない。

ゆっくりと体を休めてくれ。さっそく焚火を作って、魚を焼いている。原始的だが、あれが城の飯よりうまそうに見えるのは、俺もこっち側の人間だからかもしれない。

さてさて、国境となっている川に沿って、俺が広大なバリアを張っていく。

聖なるバリアは時間がかかる。あれを作ろうとすると疲れるんだよな。

しかし、一枚のバリアなら簡単に作れる。

川に沿って、ヘレナ国を拒絶するように作った巨大なバリアだ。

バリアは空まで伸びる。これを突破しない限り、ミライエはおろか、城塞都市オーレルベアにすら足を踏み入れることはかなわない。さて、異世界勇者よ、俺のバリアを前にどう出る？　お前の本領を見せて貰おうか。

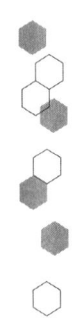

「急報！　国境付近に巨大なバリアが発生！　城塞都市オーレルベアにシールド・レイアレスが入ったものと思われます」

「来たか……」

ヘレナ国の天幕内に急ぎの知らせが入った。城塞都市オーレルベアに現れたバリア。

小さいバリアで、普通に壊れるレベルならだれでも作れる。しかし、異常なサイズ、そして圧倒的なスピードで作られるバリアは間違いなくシールド・レイアレスのものだ。

見慣れた者なら、硬さを測るまでもなく、シールド・レイアレスのバリア魔法だとわかる。

「シールド・レイアレスが近くに……」

あと一日もすれば、ヘレナ国側の城塞都市に入り、明日には最前線まで辿り着けそうなところまで来ていた。

今は天幕でカラサリスと戦いの詳細を詰めていたが、ひじりは未だに悩みの中にいる。

戦いの決心がついていない。

それはやはり、ヘレナ国からもたらされる情報と、カトリーヌの語るシールド像が全く違うことに起因する。何度も振り払ったはずだが、それでも呪いのようにまとわりつく。

シールド・レイアレスが悪なら、なぜ他国は全てミライエの味方に付いたのか。なぜヘレナ国を批判する声明を出すのか。

ミナントに近づくにつれて、ミライエが発展する話もちらほらと聞こえる。やはり、真実がわからない。悩んでも仕方ないことはわかっている。それでも……。

「どうした、ひじり。この戦いはお前にかかっているんだぞ」

「わかっています……！」

苛立ちを抑えきれない。

カラサリスに言われずとも、そんなことはわかっている。

ヘレナ国も本気だし、大陸を巻き込んだ大きな戦いになっている。

自分が活躍しなければ、死者が多く出る。

それは活躍しても同じか……。

「とにかく、シールド・レイアレスのバリアを見てみたい。全ては、それからです」

そう、彼のバリアを壊さない限り、戦いにもならない。

これまであらゆる天才たちが破れなかったバリア魔法らしい。

一体どれほどのものかずっと気になっていた。しかし、不思議と勝てる自信はある。この世界に呼ばれた瞬間から、全能感に近いものが心の底にある。勘違いではない、確かな力だ。

ヘレナ軍は進む。

日が暮れた頃、国境付近の拠点に入りこんだ。

カラサリスとひじりは最前線の砦へと入る。案内された二階のテラスから、城主とカラサリス、ひじりの三人で巨大な壁のように聳え立つバリア魔法を見た。

初めて見るシールド・レイアレスのバリア魔法。

半透明なそれは、夕日に照らされて美しく佇んでいた。

「……え」

少し間抜けな声を漏らす。

ひじりの意外といった反応に、二人はその顔を覗き込んだ。

「これって」

「どうした」

「どう見ても、ただのバリア魔法じゃないですか？　こんな初級魔法が、なぜ壊せないんですか？」

「……壊れないんだよ、これが」

ひじりはまだそのバリア魔法の硬さを知らない。

十三話 ―― 毒と光

セカイが身を乗り出して、何かを嗅いでいた。

「匂う、匂うぞ。向こうの拠点に凄いのがいる。間違いなく異世界勇者だ」

城塞都市の温泉をひとしきり楽しんで城に入った後、セカイはずっと高ぶっていた。

クンクンと嗅ぐ様子は、蛇というより犬っころだな。

フェイとコンブちゃんは引き続き城塞都市巡りをしている。

二人にはこういう要所となる土地は珍しいみたいで、観光を続けていた。

「いずれ攻め入るかもしれん。弱点を見つけておかねば、と言っていたぞ」

あいつ!?

セカイからフェイがここを攻略するというリーク情報を受けている。

あいつめ、危ない戦闘の思考ばかりしやがって。

その癖、異世界勇者との戦いからは逃げ出すんだから。調子のいいやつだよ。

「なあシールド。もうやっちゃっても良いよな?」

「なにを?」

「もちろん戦いだよ」

うーん、どうだろう。

セカイにひと暴れして貰うのがいいのか、それとも肝心なところで切り札として使うのがいいのか。そもそもこいつを制御できる気もしないのだが……。となると、自由に暴れて貰う方がいいのか。フェイやコンブちゃんと並ぶほどのドラゴンだ。ただ暴れて貰った方が、こちらとしては利が大きいかもしれない。

そんなことをみみっちく考えていた時、バリアの向こうから一人浮遊してくる人間に気づいた。

空高く浮かび上がり、気づいた人たちの注目を集め始める。

バリア越しに声を張って、その女性が言葉を発した。

「シールド・レイアレス!!　私は異世界勇者、鞍馬ひじり!!」

こちら陣営だけでなく、相手陣営も何が起きたのかとわらわらと国境付近に顔を出し始めた。

なんだなんだ?と集まるやじ馬たちで、一気に騒がしくなる。

「あなたと私で一騎打ちをしましょう。そうすれば、多くの被害が出なくて済みます。これは警告

です！　戦えば、あなた方は多くの死者を出します!!」

へぇー、あれが異世界勇者。

黒髪の爽やかなショートカットで、この世界では見慣れない黒縁メガネをかけている。

本当に異世界からやってきたんだな。

相手をも気遣うその優しい性格は、どこかこの世界の住人とは違う価値観を持っていそうだ。一騎打ちね。それはこちらも望むところだ。

ここで異世界勇者を討ち取れば、自軍に被害が出ない。戦費も浮いて、それだけで大儲けだ。俺としてはこんな下らない戦いなんて早く終わらせたい。その気持ちしかないからな。

「俺がシールド・レイアレスだ!!」

相手に届くように大声で伝えた。

遠いが、城のテラスから見上げる俺と視線が合う。

誘いには乗る。乗るが……。

「ちょっと待ってろ！　先にうんこさせてくれ!!」

大事な用事がある。

「……え!?　……コロス。私がこれだけ譲歩してあげているというのに、からかうというのならば、もう容赦はしない。シールド・レイアレス。世界を混沌に陥れる者として、あなたを殺す!!」

なんで!?

俺、話受けたじゃん!!

うんこしたら行くって言ったじゃん！

なんか怒ってるけど!!

いきなり来いって言われて行けるほうが稀じゃないか？

うんこしたら行くんだから、そのくらい待って欲しいけど！

異世界ってのは、そんなに時間にシビアなのだろうか。そんな世界、俺は嫌だ。もっと気楽で自由な世界がいい。

「ちょっと待って！　あんまりにも自分勝手だぞ！　さてはお前、我がままだな!?」

「……うっ!?　……コロス!!　シールド・レイアレス、コロス!!」

まずい！

言い返すべきじゃなかった。

あの鞍馬ひじりとかいう女、我がままって単語に凄く反応してきた。

絶対に心当たりがあるからだ。我がまま女に我がままって言っちゃダメなんだぞ！　俺、何やってんだ。

「くくくっ」

我がままお嬢様のご機嫌を損なってしまった俺は、少し凹んでいたのだが、隣で構うことなく笑うやつがいた。

上機嫌？　いいや、その笑い顔は不気味そのものだった。

「あれが異世界勇者か。匂う、匂うぞ。あれは強い。……久々だな、死ぬかもしれんと感じる程の強者と出会うのは」

「おい、セカイ。まさか……」

少しかがんで、軽くジャンプする要領で空高く舞い上がった。どんな跳躍力だ。踏みしめられた地面はひび割れて、少し足跡が残っていた。

宙に浮かんでいるひじりと同じ高さまで飛んでいき、そこで止まった。

ふたりとも浮遊の魔法が使えるみたいだ。……羨ましくないもん！　俺にはフェニックスがいるし！


「異世界勇者、三百年の時を超えて、ようやく出会えたな」

「は？　何訳わかんないこと言ってんの？」

それはそう。

セカイは三百年前の異世界勇者と戦えなかったことを嘆いているのだが、人間の感覚ではそれが理解できない。

三百年前なんて歴史そのものだ。同じ生物としてカウントされても困る。

ただ同じ枠にいるだけで、ひじりと三百年前の異世界勇者は別物だ。

しかし、セカイにはどうでもいいことだというのも少しわかる。

同じ程度の力を持ってさえいればいいのだ。強者と戦いたい。セカイにあるのはそれだけ。

口を大きく開けて、セカイがそこから槍を取り出す。

俺と戦ったときは剣だったが、今回は紫色の刃を付けた槍だった。

……曲芸師かな？　「曲芸師なの？」

やだ、同じこと思っちゃった！

「違うが、これだけは言っておこう。ワシは強い」

フシューと空気が漏れる音がし始める。

セカイの髪の毛の先から紫色のガスが出てきて、あたりに充満する。異世界勇者も取り込まれた。

「そんなもので私にダメージを与えられると思わない方がいい。あなたが強いのはわかる。……たぶん人間じゃないのもね。それでも私の方が強い。必殺技の一手を確実に当てない限り、私は倒せない」

「くくくっ、そうやって強がっている生物たちを殺し続けて三千年が経った。お前もその一匹となれ」

いよいよ戦いが始まる。

うんこに行ってる場合じゃない。

仕掛けたのは、セカイ。相手の出方を待つとかいう気だるいことはしないらしい。

『毒魔法——黒死』

充満していた紫のガスが黒く染まる。

何か性質変化を起こしたらしい。

先ほどまでまるで気にしていなかったひじりだが、今度は少し反応した。

自らの手を見て、少し警戒する。

「うーん、少ししびれる程度か？」

「ええ、指先の感覚が鈍いわね。こういうのは怖いから、早々に殺してあげる」

「軽く吸い込んだだけで、魔族百人は殺せる毒なんだがな……」

やばいものを出しているな。

俺と戦った時は、本気の殺意があったわけではないらしい。

それが、指先がしびれる程度のダメージで済む異世界勇者も、やはり異常だ。

槍を華麗に振り回して、その切っ先を相手に向けて、セカイが突進する。

顔を狙った一撃だったが、首の動きだけでひじりはそれを躱した。

「なぜ、聖剣の魔法を使わない」

「聖剣の魔法を使うほどの相手じゃないから」

「舐めてると痛い目にあうぞ。力を発揮できず死にました、ではワシが一生後悔する」

「そんなことにはならないから安心して」

鋼鉄の槍を摑んで簡単に折ると、前蹴りでセカイを突き放す。

特訓していたのは知っているが、かなり鍛錬されている。動きがスムーズだ。

槍を折る膂力と、あの戦闘センス。傍《はた》から見てるだけでも、恐ろしさを実感できる。

「脆い武器だけど、仕掛けはありそうね」

折った槍を放り投げる。

地面に落ちていく槍は、木々を枯らして、地面に突き立った。

土にも異常が起きているのが遠目からでもわかった。狼煙のように紫色の煙も上がっている。

「想像できるものは創造できる」

「ん？」

「私のオリジナル魔法を見せてあげる。これが私のオリジナル魔法。『クラフト魔法――毒蛇の槍』」

「なっ!?」

ひじりの手には、先ほど折ったばかりのセカイの槍があった。

「あなたの毒を、そのまま返してあげる」

「……そのくらいできてもおかしくはないか。ところで、その槍あんまり強くないぞ」

「そんなわけないでしょ！」

華麗なる槍さばきで、今度はひじりが攻勢に出た。

セカイのあの焦った顔は……あの槍絶対強いだろ!!

刃先に当たりでもしたら、相当まずいはずだ。

びっくり人間ショーは続く。

セカイが人間なら驚きだが、彼女の正体はドラゴンであり、体のつくりは当然人間のそれとは違う。

まがまがしい紫色の剣を取り出して、ひじりの手にするクラフト魔法で作られた毒の槍に対抗する。

「うえっ、どこから取り出してんのよ……」

「ワシは百の臓器を持つ。その全てにものを収納している。まだまだ出せるからお披露目したいのだが、もしや見られたら全て真似されるのか？」

真似るという単語にひじりは同意しなかった。しかし、真似るという表現は決して遠くない。

想像できるものは創造できる。

この言葉は嘘偽りない真実である。逆を言えば、ひじりが想像できないものや、あやふやな存在は創造できない。

最強かと思われるこの力も、本人がうまく想像できないのでは作りようもないというわけだ。伝説上の武器もいろいろ学んだが、書物からではいまいち実際の姿が想像できず、ひじりはこの力を持て余している。

そして、三か月前に見つけた解決の糸口が、相手の武器や能力を真似るというやり方である。

相手が使用し、目の前にあれば真似しやすい。それと同時に、創造も容易くできた。

今もっとも現実的な使い方として、相手の武器をそのままコピーするというのがひじりのやり方だ。

異世界勇者として圧倒的にスペックに恵まれているので、同じものを作り出すというのはそれだけで脅威となる。

武器が同じなら、本人のスペックで差をつけるしかない。異世界勇者以上のスペックを持つ存在なんていやしない。それはすなわちひじりの勝ちを意味する。

「恐ろしい力だ。中途半端に出せば、こちらがその力でやられかねない。最初の忠告通り、必殺の一手を確実に当てる他ないか」

「覚えていてくれてありがとう。そしてさようなら」

『毒魔法――黒死』

先ほどと同じ魔法が使われる。

ただし、今度はひじりが使った。武器だけでなく、魔法までも創造できる。

黒い毒の霧がセカイの周りに生じて、魔族でも簡単に殺してしまう威力の毒霧を充満させた。

「こういうことか。中途半端な力は逆にそなたを強化する可能性がある。しかし、ワシに毒は効かんって」

毒のドラゴンとして数千年を生きたセカイは、どれほど強力な毒魔法をも無力化してしまう。

「それは嘘ね」

黒い毒が効いていないのはわかる。しかし、それでは説明のつかないことがあった。毒の槍を使って、ひじりがセカイを攻め立てる。武器の扱いはセカイも得意としており、毒の剣でそれらを全て捌いた。二人の激しい戦いが繰り広げられる。

単純に膂力がおかしい。スピードも桁外れだ。次第に追い込まれるセカイ。

「お主、人間か？」

「人間よ。見てわかるでしょっ」

槍こそ届かないが、空いたわき腹にミドルキックをお見舞いする。

吹き飛んでいくセカイが自陣営のものであるはずのバリア魔法に衝突した。

これまでぶつかった何よりも硬い気がした。

「がはっ。……蹴りよりバリアにぶつかった衝撃の方がきついんだが？」

ダメージが抜けきらないまま、何かが飛んでくるのを感じる。

セカイも簡単に〝それ〟を、首を反らすだけで躱してみせた。毒の槍が投げつけられていた。先ほどひじりも同じ動きで躱したが、二人ともいい動きである。

バリア魔法に当たった槍が砕けて、地面に落ちる。

それはバリア魔法の硬さを意味しているが、あんなに砕けるには何より強い力が必要だ。人間とは思えない力に、セカイは多少恐れつつ、戦いが楽しくなってきたのも感じる。

「あんたは嘘をついている」

「んあ？」

「毒が効かないなら、なぜ槍をよける必要があるの？」

「滅茶苦茶痛いからに決まってんだろ。頭おかしいのか、人間」

セカイのもっともな返答に、ひじりが赤面する。

戦いの最中に恥を感じたり、新しいことを試したりと、ひじりの戦闘にはまだまだ未熟なところがある。

勝手に飛び出し、勝手に戦い始めたひじりを制御できなかった騎士団長カラサリスも、地上からもどかしげにその様子を見ていた。

早く仕留めろ、その一心で見守るが、ひじりもどこか戦闘を楽しんでいるのがわかる。似た者同士だった。

これほどの強敵との実戦は初めて。

ひじりも自分がどれほど強いのか、どれほどやれるのかを少し楽しんでいる面がある。

熟練者に言わせればそれが甘いのだが、圧倒的な力故にここまで傷一つ受けていない。

最強のドラゴンに並ぶ存在が、ひじりに傷一つ付けられない。これは恐ろしい事実だった。

そして、まだひじりのターンでもある。

「創り出すのは、何も一つじゃない。強いものほど、よくできたものほど作るのも難しいけど、いったい私の限界はどこなのか、私にもわからない」

ひじりの後方に無数の魔法陣が浮かび上がり、そこから次々に毒の槍が出てくる。

十を超え、五十を超え、百を超えた頃からセカイは数えるのをやめた。

「バカげた力だ。だが面白い！」

全力でやらないと、本当に死んでしまう。

そんな圧倒的な力を見せつけられる。伝説と戦っている、再度その実感をもって、セカイは今日一番の集中力を見せる。

「まだまだ作れるけど、これは躱せないでしょ？　あなたの槍がどのくらい強いか試してあげる」

槍が一斉にセカイに向かって飛んでくる。

上も下も、右も左も、躱しきれない。後ろに下がろうにも……バリアが。

「このバリア、邪魔だ!!」

受けるしかないと覚悟を決め、セカイはとっておきを取り出す。もちろん口の中から。

マネされるだろうが、関係ない。

もうこれ以上、手加減をしている余裕はなかった。

大量の槍がセカイに飛んでいき、その大半がバリア魔法とぶつかり、砕けていく。

砕けた槍の破片が霧を巻き上げ、中の様子を隠した。

少しじれったく思ったひじりが、片手を薙ぎ払っただけで暴風が起こる。霧を吹き飛ばし、視界をクリアにした。

そこで二点、驚くことがあった。

躱しきれないはずの攻撃なのに、そこにセカイがいない。そしてもう一つ。一見するとただのバリア魔法に見える巨大なバリアが、無傷だったことだ。

あの槍は間違いなくやばい代物だった。それをあれだけぶつけたのにもかかわらず、まったくの無傷。

これはバリア魔法なのか？と少し疑った。

「意識が逸れているな」

いつのまにか背後に回っていたセカイが、攻撃が当たる範囲まで接近している。

やはりひじりがバリア魔法に気を取られていたからだろう。

しかし、今からでもギリギリ対応できる。

背後から迫るセカイの攻撃を、何とか躱す。驚異の反射神経だった。致命傷にできなかったのを悔しがり、セカイは舌打ちする。

しかし、わずかだが鋭い爪がひじりの肩を掠めた。

その防御力を突破して、血を流させる。

「ふう、ギリギリ当たったか。やはり最後に頼るべきは、己の爪と牙よのぉ」

大した傷には見えない。

しかし、かなり痛む。

ひじりが傷口を見ると、患部から肌が紫色になっていくのが見えた。

毒に冒されている。

回復が必要だが、そんな隙は与えてくれそうにもない。

「体内の武器を全て吐き出し、槍とぶつけた。霧の中で息をひそめ、風に流される霧と共に流れた。一瞬そなたが考え込んだ隙に地面へと降り立ち、背後を取った。どうだ？　なかなかにうまいもんじゃろ」

考えたら単純な動きだが、それを為し遂げられるのはセカイの身体能力と経験があるからこそ。

「どうだ？　今回の毒は良く効くであろう。忠告通り、全力で行かせて貰った。ワシの体内で熟成させた極上の毒じゃ。これが効かんと言われたら困るが、流石に痛そうではないか」

実際、信じられない程の痛みが襲ってくる。

腫れて熱を持っているのも感じる。

ドラゴンの爪は、武器なんかとは切れ味から違っていた。

少し油断した自分を責めるものの、まだ戦える体力はある。少し急ぐ必要ができただけだ。

毒を抜かなければ、やばいかもしれない。

いよいよひじりの目の色が変わった。

「本気を出してくれてありがとう。シールド・レイアレスを斬るまで温存しておくつもりだったけれど、使わせて貰う」

ひじりが丁寧な仕草で空をなぞると、そこに黄金の剣が現れた。

簡単に現れたので、見守っていた人たちの中には一瞬、セカイの武器程度のものと勘違いした人もいた。といっても、セカイの武器も相当やばいものではある。

気づいた者は気づいた。セカイもその一人。

「これが……聖剣の魔法か」

「ええ、そして終わりにしてあげる」

剣が届かない距離から、ひじりが剣を振る。

「あ？」

セカイの視界が傾いた。

傾いて、頭が勢いよく落ちていく。

まだ宙に残っている自分の体を見た時、セカイは自分が首を斬られたのを理解した。

首に続いて、体も地面に落ちていく。

一瞬の決着だった。あまりの威力に、もはや近づく必要性すらない。セカイの首の断面は、これまでのどんな傷よりも綺麗だった。

「ぐっ!?」

セカイが倒れたのを見て、ひじりは少し安堵する。

しかし、ドラゴン相手にただでは済まなかった。

毒が回ってきて、激痛で喜んでいられない。

相手は最強レベルのドラゴン。初めから全力でやらなければならない相手だった。

「治療を……」

セカイが本当に死んだのかはわからない。しかし、追撃している余裕もない。

急いで自陣で毒を抜かなければ、ひじりとてただでは済みそうになかった。

ダメージを相手に気取られないように、顔色を変えずに引き返した。

「待て!!　なんで帰る!!　うんこは我慢するから、一騎討ちしよう!!」

おそらくシールド・レイアレス本人と思われる人物が、バリア魔法の向こうから叫んでいる。

小さくわずかに見えるその面影は、事前に聞いていた通りの姿だった。

「うっさい！　死ね！」

「なんで!?」

暴言を吐き捨てて、ひじりは退散した。一方、敗者と思われたセカイは、まだ息がある。

地に落ちたセカイが自らの首を拾って、体にくっつける。

「いててて」

致命傷かと思われたが、ドラゴンはこの程度では死なない。ましてや、ヨルムンガンドであるセカイなら特に。

「聖剣め。聖剣のせいで首元が焼けるように痛いわ……。さて、追撃するべきか、一旦引き上げるべきか……悩ましい」

異世界勇者との戦いを、有利に運んだのは、意外にもセカイだった。

「あいたたたっ。本当に何ともないのか？　よく見ろ」

「何ともないように見えるけどなぁ」

　戦いから戻ってきたセカイを出迎えた。ずっと首の痛みを訴えるので、見てやっているが、傷らしい傷が見当たらない。聖剣で斬られた首は、なぜかきれいさっぱりくっついていた。どうなってんだ、ドラゴンってやつは。

「追撃しようかと考えたが、戻って正解だな。首がやけに痛む」

「きもっ。首がくっついとる！　そりゃそうじゃ。だから、異世界勇者は嫌なんじゃ」

　コンブちゃんにデザートの餌付けをされながら、フェイがやってきた。首がつながるのはフェイから見てもおかしいことみたい。セカイの首元を確認して、ぱちんと平手で叩く。

「なんで!?　なんで今叩いた!?」

「ばかもの。毒をかけたから勝ったと思ったのじゃろうが、聖剣に斬られたから差し引きこちらがマイナスじゃ」

「相手のほうがどう見たって痛んでいた」

「しかし、時間をかければ毒は抜ける。聖剣から受けた痛みは、聖剣が折れるまで続く。そして、聖剣が折れることはない。異世界勇者が死なぬ限り。戻らずに追撃が正解じゃ」

　どれほどの痛みかは知らないが、セカイが気になるほどだ。そうとう痛いんだろうな。ていうか、普通なら死んでいる。一瞬でセカイの首を飛ばしたあの剣はやはりやばい。

そんなことは初めから知っていたが、再度実感させられる戦いだった。

「追撃か……本陣に逃げられたから面倒だな」

それはそう。大軍が控えている中から異世界勇者を捜し出すのは至難。そして、あそこには宮廷魔法師も強力な戦士もいる。思ったより簡単にことは進まないだろう。

「窮鼠《きゆうそ》猫を嚙む。一度逃がした以上しばらくは放置じゃな。確実に仕留めぬからじゃ。なんのための爪と牙かわからぬの」

「ぐぬぬ、日和って隠れてたバハムートには言われたくない」

「聖剣の痛みを知ったらもう嫌になるじゃろう。ええ？　また勇んでいけるか？」

「……いや、かな」

えええええ!?

フェイとコンブちゃんに続いて、セカイまで弱気になってしまった。異世界勇者、恐ろしや。

仕方ない。もともと俺が戦う予定だったんだ。相手の体に毒を回してくれただけで十分に仕事をしてくれている。

「お疲れさん、よくやってくれた。聖剣は俺が折るから、フェイたちと温泉でも楽しんでてくれ」

「ちっ。労いなどいらん。早くしろよ、人間。ワシは酒でも飲んでくる！」

首元を気にしながらセカイが立ち去っていく。

「ばばあは素直に喜べん生き物なんじゃ。人間もそうじゃろう」

「たしかに！」

実はあれで喜んでいたのか。内面が見えないのは、表情に皮をかぶっているからみたい。

さてさて、盤石な状態の俺が今から追撃するか？　それができたら一番いいのだが、何せバリア魔法は攻めに向いていない。

軍を差し向けてもいいが、ミライエの軍は未だ到着していない。

毒がどれほど回っているかは知らないが、向こうもしばらくは動けないだろう。

こちらも盤石の布陣を作り上げようか。

その名も、バリアの内側で戦う作戦。

エルフとの戦いでも使った作戦だが、これが強い。無敵かと思えるくらい強い。

自軍に被害が一切出ない恐ろしい戦法だ。俺は天才かもしれない。

恐ろしい戦法がとれるのに、無理することはない。

セカイが作ってくれた時間でしばらくは相手を探ってみようと思う。

まだ間接的に聞いた情報しか得ていない。

我が部下に任せて、より詳細な情報を探らせるとしよう。

「いるんだろ？　アイラーク」

「はっ」

天井から飛び降りた魔族が俺の前に跪いた。

アザゼルが組織した偵察部隊に所属する者だ。諜報活動を担当する部隊の中から出てきた逸材。

魔族で、名をアイラークという。

力も知識も劣っていてあまり活躍の場がなかった彼だが、諜報活動の世界に入るや否やその才能を発揮した。

才能を見出したアザゼルも流石だが、才能を活かしきった本人も流石である。

黒いマスクをつけて、長いコートの深めのフードを被っている。前髪も長く、片方の目しか見えていない。

最初の顔合わせで一度顔を見て以降、見たことがない。

顔を出すのが恥ずかしいらしく、存在感も薄いのが自分の特徴だと言っていたアイラークだが、その素質が今の仕事とマッチしているので恥じることじゃない。むしろ誇っていろ。

「敵の情報をできるだけ手に入れろ。期間は、異世界勇者が毒を取り除くまでの間だ」

「はっ」

影に溶け込むように消えて行ったアイラークが偵察に入る。

……あれ、なんの魔法なんだろう。影に溶け込む魔法、めっちゃカッコイイ!!

今や国王となった俺が、ねえねえその魔法どうやって使うの!?なんて恥ずかしくて聞けない。あとでベルーガにでもこっそり聞いてみよう。彼女なら俺が尋ねたことを黙っていてくれそう。

この地に入ってバタバタしていたので、数日は休んでおいた。

前線に出ずっぱりのギガにも休むように言ったが、普段休んでいるのでこういうときくらいやらせてくれとのことだった。

それならいいか。たしかに、軍の人間はこういう時にこそ働いて貰わねば。

偵察部隊もその一つだ。戦いの前が彼らの仕事。今は休みなく動いて貰っているが、戦いが始まれば彼らの仕事は終わりだ。そこからは、俺たちの本番となる。

数日経ち、オリバー率いる本軍が到着した。

早速バリアの内側に布陣して貰い、戦いの準備に入る。

そして、さらに数日経ち、アイラークが戻る。

「待っていたぞ」

「敵の全容を摑んでまいりました。それと少し興味深い話がございます」

流石だ、任せた仕事以上にこなしてくれるやつってのは、大抵有能と相場が決まっている。

敵の全軍は十万らしい。

……十万!?

こちらは援軍を含めても一万だぞ。どうなってんだ。毎度毎度、この兵力差は!!

我がミライエの正規軍は千しかいないので、九千はウライ国とミナントからの援軍である。

イリアスからは物資の援助だけだ。千名でも、結構急いで増員したんだ。これ以上は質が落ちるので妥協した。

ヘレナ国は十万か。質では絶対に負けていないが、単純に数を見ただけでもヘレナ国は圧倒的な大国だということがわかる。

それにしても十万か。重い数字だ。これはミライエだけでなく、あわよくばミナントとウライ国の領土も狙っていないだろうか？　そう感じさせる程の数。

情報を共有してやれば、ミナント側の要人たちも大慌てで首都のパーレルに知らせを飛ばしていた。

あくまでミライエとヘレナの戦いだが、これだけの数となると用心に越したことはない。

「ヘレナ国ですが、今回の戦いに本気のようです。伝説の傭兵団『アトモス』を雇っています」

耳寄り情報はこれか。大陸を流れるように移動する伝説の傭兵団。彼らが味方した軍は必ず勝つと言われるほど強力な組織だ。千名を抱える巨大傭兵団で、まともに戦えば我が軍でもかなりの被害が出るだろう。もちろんオリバーやカプレーゼ、最前線で戦うギガがいるうちが勝つはずだ。自信がある。しかし、強大な戦力だということも理解している。

居場所もアイラークが掴んでくれている。そして、なんと彼らを口説き落とせそうな情報もあった。使えそうな材料なので、活用してみる。


夜、人々が寝静まった中、ベルーガとアイラークを伴ってグリフィンで空を飛んだ。目的地は、ヘレナ国側で野営しているアトモスの拠点。多くの天幕が並ぶ中、着地した。

警戒態勢のヘレナ国側に侵入できたのは、グリフィンの高速で静かな飛行がなせる技のおかげだ。

ひときわ大きな天幕に入っていき、警戒する彼らに向かってにこりと笑いかけた。

「だれだ。どうやってここまで!?」

傭兵団アトモスの警戒が緩い訳じゃない。悪いが、こちらのグリフィンが有能なんだ。探知魔法も簡単に潜り抜けるし、寝静まったここまでくればもうバレることもない。

この天幕内ではまだ作戦会議中らしく、幹部たちが起きて地図と睨めっこしている。

そこに首領であるアトモス本人もいる。

この傭兵団は一代で成った。それを作り上げたのが、天幕の一番奥で静かに座る、逆立った紅い髪の男。

額に布を巻いて、動揺した様子もなく冷静にこちらを見ていた。

「勘違いでなければ、シールド・レイアレスでよろしいか？」

「正解」

アトモス本人からの呼びかけに、俺は正直に答えた。

彼の部下たちが驚いていたが、構わず話を続ける。

「単刀直入に言う。ミライエに来い。お前たちに永住の地を与えてやる」

「……あんたの首を刎ねてカラサリスに持って行った方が簡単だ」

「そう思うならやってみろ」

悪いが、国王自らここに来たのには理由がある。俺は負けない。誰にも。……いや、たぶん。異世界勇者がいる今は少し自信が揺らいでいるけれど。バリア魔法がある限り、そこらの人には負けない。

「アトモスが我が軍に付こうが付くまいが、この戦いに勝つ。お前たちをスカウトするのは、戦いの先を見据えてだ」

「というと？」

「ミライエに無能はいらない。アトモスのことは俺も認めている。正規軍に加われ。お前たちにはそれだけの力がある」

「ずいぶんと上からものを言うんだな」

それは申し訳ない。

しかし、交渉材料があるので、俺はどこまでも強気だ。

「土地をやろう。お前たちアトモスはもはやただの傭兵団ではない。一個の完璧な組織であり、互いを家族のように思っているはずだ。未来永劫、安心して眠れる土地が必要になる」

うまい話だろう。流れ続ける生活はいつまでも続かない。人参をぶら下げてやったが、今ヘレナ国を裏切れば彼らは一生傭兵団としてやっていけなくなる。

リスクの大きい話だ。実際、俺が信用できるとも限らない。

「アトモス、お前の妹を呼べ。呪いから救ってやる」

「なぜ妹のことを？」

「いいから呼べ。治療の方法がなく、苦しんでいるんだ。治す手段のないお前に選択の余地はない。俺が治せると言っているんだから、今すぐ連れてこい」

沈黙が流れた。

しばらく黙っていたアトモスだったが、部下に妹を連れてくるように命じる。

天幕の中では反発もあったが、アトモスはそれ以上何も言わずに黙っていた。

それでいい。俺の態度はよろしくないが、お前は今後俺に仕えることになる。俺はお前にあらゆるものを与えるが、お前は俺に忠誠だけを捧げればよい。信頼関係を今から築こうじゃないか。

しばらくすると、アトモスの妹が運ばれてきた。今も熱に浮かされて意識が朦朧としている。

右目を患っていた。

人間の世界では、回復魔法や薬で治せない病気を呪いと決めつけている。これもその一種だろう。

魔族やエルフの部下に頼ればこれも完全に治せそうな気がするけど、今は俺のバリア魔法で治療してやる。

呪いを囲むようにバリア魔法を張る。右目を完全にバリアが覆った。目の中にもバリア魔法を張る。俺のバリアは、呪いの進行をも止める。ここを通りたくば、バリア魔法を壊して行け！

これは何度かやったことがあるので、できると確信していた。

しかもバリアには癒しの効果も付加できるので、しばらく続く回復効果が彼女の右目を癒す。下手な回復魔法より、俺のバリアの方がよっぽど回復する。

しばらく待っていると、妹が目を覚ました。

見慣れない天幕。

辺りを見回して、アトモスを見つけて安堵する。

「お兄ちゃん、なんだか目が楽だよ。不思議、こんなに意識がはっきりしているのはいつ以来だろう」

「お前っ!?」

アトモスが妹に駆け寄り、その手を握る。

妹の言う通り、本当に久々の回復だったのだろう。感動に涙が流れていた。兄妹共に泣くので、こちらまで貰い泣きしそうである。もう用事は済んだ。これでいいだろう。

「アトモス！　これは貸しだ。わかるな？」

簡単に返事はできないだろう。しかし、俺はさらに譲歩する。

この戦いはやはり俺と異世界勇者ひじりの戦いだと思っている。

アトモスに頼るつもりはない。

「この戦いは好きにしろ。ヘレナを裏切る必要もない。ただし、戦いが終われば俺の元に来い。その目、今は呪いを止めているだけだが、もしかしたら完治の道もあるかもしれない。ミライエは、お前たちが思っている以上にいい国だ」

それ以上話すことはなく、背中を向けて歩き出した。天幕から出て、ベルーガたちと共にグリフィンに跨る。十分すぎる程のサービスだろう。これで釣れなかったら仕方ない。

空を飛んで帰る際にベルーガが興奮気味に話しかけてきた。

「くぅー、今日のシールド様格好良すぎます！　しびれました」

「格好良かったです」

アイラークも褒めてくれる。

「そ、そう？」

少し気の抜けた俺が照れる。かっかかかか、今日の俺カッコよかったよな？　やっふー。また格好いいって言われるためにも、異世界勇者との戦いには負けられないな！

十五話 ―― バリア魔法以外にもやれることはやっておけ

ひじりが寝込んでもう三日になる。つくづく自分は運がないと嘆く。ひじりが盤石の状態であれば、バリア魔法に勝てたと思っている。あの日、初めてバリア魔法を見た時、確かにひじりは言ったのだ。

「これは普通のバリア魔法じゃないのか」と。

カラサリスもヘレナ国の人間もそうは思えなくなっている。

少し変わったバリア魔法を見るたびにシールド・レイアレスのバリア魔法を連想し、絶対に壊れないものとして認識されつつある。魔法使いの中でバリア魔法が人気になりつつあるのは、シールド・レイアレスの影響が大きいだろう。

最近は、バリア魔法を見ると恐怖すら感じてしまうのだ。

こちらに害を与えてこないはずのバリア魔法が、なぜか気持ちを圧迫してきて、心の底から恐怖を感じさせる。カラサリスは既にあのバリア魔法と向き合う胆力を失っていた。

異世界勇者が、最後の頼みの綱だったのだ。そして希望もあった。

おそらくひじりには、あのバリア魔法が本当にただのバリア魔法に見えるのだろう。

同じものを見ても、感じ方は人それぞれだ。ひじりにはあれがただのバリア魔法くらい簡単に壊せるものに見えたに違いない。

バリア魔法が壊れればすべてがうまく行く。

奇跡的に与えられたチャンスなのだ。何としてでも活かさなければならないはずだったのに、独断先行したひじりが痛んで戻ってきた。

よもやヨルムンガンドまで現れようとは。

噂じゃバハムートとリヴァイアサンまでミライエ陣営にいると聞く。

なぜだ。なぜただのバリア魔法使いにこれほどの勢力が集まる。

理解しきれない。魔法だけでなく、あの男には他にも力があると？　カラサリスにはなくて、シールド・レイアレスにはあるもの……。

　一度考えるのをやめた。そんなもの、考えても答えは出ない。今は何より、ひじりの回復が最優先である。

　宮廷魔法師一の回復魔法使いに見せて、ひじりの毒を中和して貰っている。異世界勇者自身の抗体も強く働いているはずなのに、三日も熱に浮かされているのはやはりヨルムンガンドの毒がそれだけ強い証拠なのだろう。

　今シールド・レイアレスに攻め入られると非常に困る。

　軍からはなぜ異世界勇者が数日も姿を見せないのかと不安視する声が聞こえ始めているし、伝説の傭兵団アトモスもなぜか動きが悪い。

　何もかもがうまく回らないこのタイミングで攻め入られたら……。

　十万の大軍が崩壊する未来もあり得る。シールド・レイアレスが今、呑気にうんこしていることをカラサリスは知らない。

「このタイミングに来そうなのが、またあの男っぽいな」

　バリア魔法に敗れ続けたせいで、カラサリスの中にシールド・レイアレスへの強い警戒心が生まれている。宮廷魔法師時代も、守りのシールド・レイアレスとして知られていたのに、そのことはすっかり頭から抜け落ちていた。今にも攻め込まれるのではという不安が襲ってくる。

　不安な心を落ち着かせるために座り込むと、ベッドで横になるひじりの顔が近くに見えた。

　火照ったその頬と、もともとの綺麗な顔立ちもあり、少し劣情を抱く。

　強さを求めてきたカラサリスにとって、異世界勇者の強さはあまりにも尊い。劣等感を抱く傍ら、あこがれの気持ちもあった。その力を子孫に残せたら……。そう思ってしまうが、今は冷静になっておく。

異世界勇者に手を出せば信頼を失う。戦ってくれなくなれば、それこそ身の破滅だ。

自らの劣情を収め、天幕から立ち去ることにした。

外に出ると、いつも最前線に聳え立つバリア魔法が見える。巨大な半透明の壁は、今日もこちらを拒絶するように聳え立っていた。

あれが味方だったときの記憶をほとんど思い出せない。ありがたみを感じる前に、自らの手で追放してしまった。

存分に恩恵を受けていたはずなのに、どうして内側にいたときには気づけなかった。

外側から見るシールド・レイアレスのバリア魔法は、こうも圧倒的な存在感を放つというのに……。

がさりと音がした。

まさかと思い後ろを振り返ると、ひじりが起き上がっている。

あきらかに顔色が悪いが、ベッドのそばにあったコートを手に取り起き上がってくる。

「何をしている。寝ていろ」

酷い隈だ。毒は抜けたのかもしれないが、ダメージがもろにその顔から見て取れる。

ヨルムンガンドの毒を受けて無事なわけがない。いくら異世界勇者といえども、限界はある。

「私がいつまでも寝込んでいると味方が不安になります。まずは、あのバリア魔法を壊します。それで味方の士気を高めます」

「可能なのか？」

「……私にはあれがただのバリア魔法にしか見えません。きっと壊してみせます」

修行時代に何度も壊してきたバリア魔法と同じだという。

カラサリスは少し喜んだ。にやりと笑う口元を隠す。

これだけボロボロになった状態でも、ひじりにはあれがただのバリア魔法にしか見えないのだ。

これは勝ったも同然ではないか？

今の状態でこれなら、万全なときならどうなってしまうのか。

なんとしてでも、勝たなければならない戦いだ。

提案通り、まずはあの聳え立つバリア魔法だけでも壊してくれれば。この戦い、勝機が見えてくる。

「ひじり、あれを壊したらもう数日休め。お前にはシールド・レイアレス本人も倒して貰わねば困る。万が一、があってはならないから、体調を戻しておけ」

「わかった。あと三日で万全な状態に戻す」

戻るではなく、戻すと言った。ひじりなりの決意が見て取れる。

それだけ戦いに真剣なのだ。

心強い味方に、何を不安になっていたのだと気持ちが晴れる。この戦い、負ける訳がない。異世界勇者がいる限り。目の前のバリア魔法さえ壊せば、大軍をなだれ込ませて時間を稼げる。その間にひじりが全快すれば……。

カラサリスは拳を強く握りしめ、バリア魔法が砕ける未来を想像し、既に勝ち誇った気持ちを味わっていた。


「ふぃー、最高だな!!」

「シールド様、何かご機嫌ですね」

ベルーガが嬉しそうにしている俺に気づいた。詳細は言わないけど、でっかいのが出て俺は気分最高だ。ふぃー、最高にスッキリしたよ!!

軍の配置も完ぺきで、士気も高いと聞いている。何もかもがうまく行っており、俺は最高の気分だ。

ここが戦場で、相手が十万の大軍と異世界勇者じゃなければもっといい気分だった。

さてさて、今朝もいい運動をしたし、朝ごはんを食べよう。

この地まで運んだエルフ米にショッギョの刺身を乗せてローソンが作った特製のソースをかけて食べる。エルフ米はショッギョとの相性がいいんだ。

米を器によそって、その上にダイレクトにショッギョを乗せる。これだけで不思議とうまい料理になってしまう。

これを発見したのは軍の人間で、視察に行ったときにたまたま見かけて真似してみたら、これが滅茶苦茶うまかったという次第である。

「うんめ、これうんめ!」

かき込むように食べると、不思議と味が跳ね上がるんだよな。

行儀は悪いけど、エルフ米の甘みとショッギョのとろける脂の旨みが合わさって、俺の手を止めてくれない。

ローソンの特製ソースはうまいが、どこか違う気もする。

うーん、もう少しさっぱりだといいんだが……。戦争が終わったら、戻ってローソンに要望を伝えておこう。

そのためには、戦いに勝たないとな。

「シールド様！　敵陣営に再び異世界勇者の姿を確認！　宙に浮かび上がり、何やら始めようとしております！」

ちょうど食べ終わったタイミングだった。ベルーガが急ぎの報告をしてくる。

スッキリした後にお腹も満たされ、俺は最高の気分だ。

相手の攻撃を待って、カウンターに出るのがこちらの戦法。三日もなにも仕掛けてこないから、暇していたんだ。

「よし、異世界勇者との決戦だ」

早いとこ勝って、ミライエにみんなで帰ろう。

エルフ米の美味しい食べ方が見つかりそうなんだ。戦ってる場合じゃねぇ！

「ベルーガ、見ていろ。何が何でも異世界勇者に勝って、一緒にミライエに戻るぞ」

「はい！　シールド様の勝利を信じております！」

「サンキュ」

フェニックスの翼を利用して、俺は城から飛び出た。両軍からの注目を浴びて、バリア魔法越しに異世界勇者鞍馬ひじりと相まみえる。

「ずいぶんと調子悪そうだな」

酷い隈を目元に残したひじりが、バリア魔法の向こうに見える。ヨルムンガンドの毒はやはりかなりきつかったみたいだ。こちらのヨルムンガンドも無事じゃないから、見かけ以上に激しい戦いだったみたいだ。

もう仲間認定しているヨルムンガンドの痛みを取るためにも、その聖剣魔法、打ち破るとしよう。

「……そうでもないわよ。今すぐバリア魔法を砕いてあげるから、調子が悪くなるのはそっちかも」

今回は、手加減はないらしい。クラフト魔法ではなく、初めから聖剣魔法を使う。宙をなぞるような手の動きをすると、そこに黄金の剣が現れる。

それを空に掲げて、目を閉じたひじりが集中力を高める。

黄金の剣の先端から黄金色の狼煙が上がるように、ゆらゆらと魔力が天に昇っていく。

何が起こるんだろうか。バリア魔法しか使えない俺は、相手の動きを待つことしかできない。何が起きているのかも理解できない。

聳え立つバリア魔法が壊れた時に備えて、新しいバリア魔法を準備するくらいだ。

あの雰囲気……。おそらくただでは済まない。

ならば、何枚だって張ってやる。俺のバリア魔法はコスパが良いことで知られている。壊されたら、新しいバリア魔法を張るまでだ。

始めようか、異世界勇者。

『聖剣魔法——天啓』

空まで上がっていた黄金の魔力が鋭い切れ味を持ち始めた。天まで伸びる剣かと錯覚させられるそれがバリア魔法に向けて振り下ろされる。

恐ろしい規模の聖剣魔法がバリア魔法とぶつかった。

人類の力とは思えない化け物じみた力が、バリア魔法とぶつかった瞬間、大地が割れたかと勘違いするような音を立てた。

フェイと戦った時よりも、イデアと戦った時よりも、高いエネルギー爆発がバリア魔法と聖剣の魔法がぶつかり合った地点に起こる。眩い輝きが辺り一帯を巻き込む。

後の世で『黄金の日の出』と歴史書に記される魔力爆発だった。

エネルギーが時間と共に収束していく。そして、光が収まり、俺とひじりが再び相まみえる。

そこにあったのは……。

十六話——運命のとき、バリア魔法は……

聖剣の魔法とバリア魔法がぶつかり合った。そのあとに残ったのは……。

無傷のバリア魔法!!

ええええええええええ。まじ!?　自分でも信じられない光景だった。

俺氏のバリア魔法、ガッチガチのピッカピカ。え、何かありました？みたいな顔して堂々と聳え立つ。バリア魔法、なんか輝いてね？　もしかして、不安だったのは俺だけで、バリアちゃんお前最初から勝つと知ってたのか……。

勝手にバリアちゃんと擬人化するくらい、今のバリアちゃんは頼もしくてカッコよくて、尊い。

バリア魔法、またしても無傷でした。なんなんだ、この硬さは。異常だ、異常。

相手は異世界勇者で、聖剣魔法の使い手だぞ!?

「なに……これ……」

異世界勇者ひじりも完全に困惑していた。

聖剣魔法が全く通用していない。

かつて神々の戦争を勝利に導いた異世界勇者よりも強いと言われる、今の代の異世界勇者。

その全力ともいえる力が、バリア魔法の前に完全に屈したという事実。

いや、もしやセカイの毒が効きすぎている？　その可能性が高い。そうに違いない。

デバフ能力のある毒なのだろう。流石は最強ドラゴンフェイと肩を並べるセカイである。

大きな土産を俺に届けてくれたみたいだ。この戦いが終わったらなにか美味しいものを御馳走してやらなくちゃ。

「まだまだダメージが残っているみたいだな、異世界勇者ひじり。悪いが正々堂々と戦うつもりはない。弱っているうちに、叩かせて貰うぞ！」

「別に弱ってなんか……！」

強がるのはやはりヘレナ国を背負っているからか？　それとも異世界勇者の責務からなのだろうか。

どちらでもいい。汚くてもいい。相手が痛めているところを叩いて勝てるなら、俺はそうする。

この戦いに負けられないのはこちらとて同じ。

みんなでミライエに帰るために、俺は勝つ!!

バリア魔法は破れないとわかったので、巨大バリアの前に出た。直接対決といこう。

「来い、異世界勇者」

「……勝つ！　うおおおおお」

雄叫びを上げながら、剣を構えて接近してくるひじり。

聖剣から黄金色の魔力の残滓を垂れ流しながら、気迫のこもった一撃で斬りかかる。

凄まじい動きだが、動きだけならフェイと同じレベル。対応できる。

『バリア――魔法反射』

一見ただの剣だが、あれは聖剣魔法であって、武器ではない。物理反射ではなく、魔法反射が正しいはず。

バリアと聖剣魔法が再度ぶつかり合う。凄まじい魔力爆発が起こり、辺りに衝撃波を起こし、それと同時にすさまじい発光をも起こす。

バリア魔法はやはり無事だが、魔法が跳ね返らない。

なぜ!?

ひじり本人にダメージが入っていなかった。聖剣魔法、やはり普通の魔法とは何かが違う。

再び迫るひじりの攻撃をバリア魔法、物理反射で跳ね返してみる。

いちいち魔力爆発が起こるが、バリア魔法はそれでも破れない。しかし、今回も反射は起きない。

物理反射でもダメ。なんなんだ、あの聖剣というやつは。

「なんなのよ!? なんでただのバリア魔法が壊れないのよ!!」

「そりゃ、バリア魔法が壊れたらバリア魔法の存在意義がなくなるだろ」

「説明になってない！ ただの初級魔法がなんで私の聖剣魔法とまともにやりあえてんのよ！」

こちらとしては、なぜ魔法反射が働かないのか気になっている。物理反射でもダメとなると、あれはなんなんだ。疑問が多いのはお互い様だろう。

「考えるのは一旦やめる。聖剣魔法が負けるはずない、壊れるまで、ひたすら斬るだけ！ うおおおおおおおおおお」

「ならばこちらは守るだけ」

再び聖剣魔法とバリア魔法が相まみえる。

魔力爆発が起こる度に辺りに衝撃波とまばゆい光が起きて、ここら一帯は軽く災害状態だ。

我が陣営は聳えるバリア魔法のおかげで光しか通していないが、俺たちが戦うだけでヘレナ国側の天幕が吹き飛ぶ始末である。先ほどから人も衝撃波で吹き飛ぶのが視界の端に見えている。

辺りへの被害など関係なしに、ひじりの怒濤の攻撃は続く。幾度となく聖剣とバリア魔法がぶつかり合う。武器破壊も、魔力反射も試した。そのどれもが聖剣とひじりにダメージを与えられない。

やはり異世界勇者は一筋縄ではいかない。

一瞬でも油断すれば、バリア魔法を突破される。体にバリア魔法を纏っているので、まだ何とかなるが、できれば発動したバリア魔法で対処したい。

余裕を残しておく、そして秘密の一手を持っておくのがバリア魔法使いの流儀だ。

「硬い！　しつこい！」

「まだまだこれから！」

バリア魔法はコスパが良い。

俺にダメージを与えない限り、三日三晩寝ずに戦える自信がある。

三日経っても魔力は涸れないだろう。眠気とか、空腹とか、そしてトイレ問題で戦いを中止しそうだ。

しかし、そんなことにはなりそうもない。

「はあはあ……」

ひじりの攻撃の間隔が長くなる。

そして明らかに息が乱れ始めた。セカイとの戦いで受けた毒のダメージを隠す素振りもなくなった。

「呼吸を読まれたらおしまいだぞ。カラサリスのやつはそんなことも教えてくれなかったのか？」

呼吸で大体の行動タイミングが読めてしまう。

俺のバリア魔法は突破されないとわかった以上、聖剣に完璧にバリア魔法を合わせていくだけで良い。

呼吸を読まれた今、ひじり、お前に勝ち目はない。

「うっさい！　私は異世界勇者、世界を混沌に陥れる者、シールド・レイアレスを討つためにこの世界にやってきた。負ける訳にはいかない！」

それでも吠える。まだ気力はある。

再び気合のこもった一撃がくる。今までで一番の斬撃だった。

しかし、魔力爆発が凄まじいだけで、バリア魔法は突破できない。

もちろん俺にもダメージはない。

「いい加減にしろ！」

こっちのセリフだ。

さんざん息が上がっているのに、いつまであんなふざけた威力の攻撃を繰り返してくるんだ。おそらくフェイでさえ、あんなに強力な攻撃を続けたらスタミナ切れで倒れてしまうのではないか。

恐ろしい魔力量だ。

フェイの攻撃でも、イデアの魔法でさえも跳ね返せた。

しかし、聖剣魔法というのは一向に跳ね返せそうにない。困ったものだ。

「……これで仕留める。『聖剣魔法――黄金世界』」

大それた名前の魔法だ。

一体何が来るのか恐れたが、俺がやることは変わらないのでシンプルに考える。

そしてやることは決まった。

相手がこれで決めるというのなら、こちらも全力を出すまで。反射が決まらないのなら、俺がやることはただ一つ。

「必殺。ただのバリア魔法!!」

いつでも来い。俺を囲う球状のバリア魔法。

何も効果を付与していないただのバリア魔法。

これがいっちばん硬いんだ！

実際に測定したことはないし、どのバリア魔法も突破されたことがないので想像の話になるのだが、ただのバリア魔法で反射も何もつけておらず、一番作りやすいシンプルなバリア魔法が一番硬い。

魔力消費も少なく、作るのも簡単。コスパ最高の、最古にして最強のバリア魔法。その名も、ただのバリア魔法。

世界を黄金色に染め上げてしまうのではと思うくらい、聖剣が輝きだす。

錯覚でなければ、桁外れの信じられない魔力量が集まっている。

なんなんだ、あれは……。

世界を混沌に陥れる俺を罰するために、世界をぶっ壊しそうな威力の魔法を使おうとしているぞ！

それってどうなんだ？

俺が躱したら、大地が割れちゃいそうだけど！

まあいいか。躱す理由もない。さあ来い、迎え撃ってやる。

おそらくこれである程度、この戦争の結果が見えるはず。この戦いの先行きがこの一撃にかかっている——。

「でやああああああ」

振り下ろされる聖剣。

聖剣魔法——黄金世界とただのバリア魔法がぶつかり合った。今日最大の魔力爆発が巻き起こる。辺り一帯の森林をめちゃくちゃにし、斬撃の衝撃波が大地を抉る。空高く漂う雲が乱れ、見たことのない空模様になる。

それでも、エネルギーが収束したそこには……やはり無傷のバリア魔法があった。

そして次の瞬間、聖剣が砕けた。

俺の前でぽきりと真っ二つに折れて、破片が辺りに散ったかと思うと、黄金の粒子となって完全に姿を消す。

「なっ!?」

「まじか……」

ただのバリア魔法で聖剣を砕いてしまった……。どうしよう、弁償とか無理ですよ!

「無念……」

かすれた声でそう言い残したひじりから、すっと覇気が失われた。それもそのはず。限界だったのだろう。意識を失って、倒れるひじり。ここは地面ではない。俺たちはずっと宙に浮かんで空中戦を繰り広げていた。倒れるということは、無防備な少女が高い空から地面に落ちるということだ。

気づけば、俺は近寄って異世界勇者、鞍馬ひじりを抱きしめていた。

「おっとっと」

書類仕事ばかりで軟弱ボーイとなってしまった俺は女性一人を抱きしめるのにもバランスを崩すほどだ。なんとも情けないが、それでも勝った。

俺は異世界勇者に勝ち、またもやミライエを守ることに成功した。いや、まだ敵には十万の軍勢がいるから、安心していい訳じゃない。それでも大きな戦いで先手を取った。

「うーん、これどうしよう」

これ、とは異世界勇者のことである。俺に抱かれてすやすやと気持ちよさそうに眠っている。相当疲れたのだろう。セカイの毒のダメージも絶対にまだ残っている。

このまま息の根を止めた方がいいのだろうが、俺はただのバリア魔法使い。倒すには首を絞めるとかしかない。

グロい!!

煮るにせよ、焼くにせよ、みんなと話し合ってからでもいい。このまま帰すとまた回復して、厄介な存在になる。一旦連れて帰ることにした。

選択肢がなかったにせよ、俺の判断は間違っていたのかもしれない。

「お前は馬鹿か?」

「ギリギリ生かしてやっていたけれど、殺す」

「こいつが一番ぶっ飛んでないか?」

異世界勇者を連れて帰ったことで、三匹のドラゴンから袋叩きである。こんなにも詰められるようなことした？　みんなを守るために、がんばったのに！

わっ、泣いちゃった。

「そんなこと言わず、どうするか一緒に考えてくれ」

俺が抱きかかえているひじりは未だ眠りの中だ。拘束するのか、軟禁するのか、それともここで殺すのか……。みんなからの意見が欲しかった。

一歩前に進み出ると、ドラゴンたちが後退った。

……なんだこれ。

もう一歩前に出ると、また後退りする。

……おもしろ。

一歩進むと、ドラゴンたちが一歩下がる。右へ左へと微調整し、部屋の隅へと追いやる。

「「ひぃー!!」」

完全に異世界勇者を嫌がるドラゴンたちを少しいじめて俺は気分が最高に良い。

ひとしきり笑ったが、ドラゴンたちの目が後で覚えていろって感じで俺のことを睨んでいたので、このくらいで勘弁してやる。俺自身のためにもここら辺がちょうどいい。

「シールド様、後が怖いですよ。そのくらいに」

ベルーガにも諫められた。了解です。優秀な部下の忠告には従っておくのが良い。

「ところで、本当にその方、どうするつもりですか？」

少し困り気味な表情でベルーガも尋ねてくる。

やはり気になるか。気にならないはずがない。自陣営にでっかい爆弾を持ち込んだような状態だからな。

「どうしよう……」

本当に困った。あまり今後を考えずに連れて帰ったから、見通しなんてない。

「ほーれ見ろ、馬鹿なんじゃ、こいつは。頭空っぽで、なにも考えとらん」

「捨ててきなさい。いますぐ！」

「変な病気を貰っても知らんぞ」

また言いたい放題が始まったので、ドラゴンたちをいじめておく。隅に追いやって、異世界勇者を近づける。

「「「ひいいいいいいいいい!!」」」

抱きかかえた異世界勇者は、やつらを黙らせるのに最高の材料だ。やはり使えるな。

俺の腕の中ですやすやと眠る異世界勇者は、これから自分の身に何が起こるかなんて知りようもないのだろうな。

だって、俺も決めてないから！　誰にもわかりません！

流石に重たいので、ソファーに寝かせた。安らかな顔で眠ってやがる。

さきほどまで俺と死闘を繰り広げたのなんてなかったみたいに、安心しきって寝ている。

無理もないかもな。

聞けば、異世界から召喚される勇者様ってのは、この世界にやってきてから偉大なる聖剣魔法の力を与えられ、圧倒的な身体能力や魔力も備わると聞いている。

もとの世界は平和らしい。

それなのに、こんな物騒な世界に呼び出されちゃって、さぞや苦労したに違いない。そう思うと、敵だがなんだか憎めない相手に思えてくる。

見れば腕や手に細かい古傷がある。

戦っていた時は気づかなかったが、頬にも斬り傷が残っていた。

古傷をなぞるとむずむずと異世界勇者が反応する。もう痛みはないが、触るとくすぐったいらしい。

ぷっ、ちょっ、これおもしろ。

「ベルーガ。こいつ、少し汗臭いぞ」

「女性に対して失礼ですよ」

しかたない、事実だ。本人は聞いていないのでギリギリセーフ!!

「風呂に入れて、服も着替えさせてやれ。療養所か、この城でもいいし、適当に休ませてやれ」

「良いのですか？　目覚めたら、また敵になるかもしれません」

それはそう。ごもっともな意見だ。今殺してしまえば、一番楽なのだろう。鶏の首を絞めるがごとく、首をグイっと。

しかし、異世界勇者ひじりの顔の傷を見た時、なんだか俺はこいつが愛おしく思えたんだ。

訳もわからず自分と関係のない世界に呼ばれたのに、綺麗な顔に傷をつける程特訓したんだ。全ては俺を殺すために……。尊いって思ったあれ、取り消しで！

ま、まあ冷静になろう。俺が言いたいのは、そんな辛い思いをしてまで頑張ったこいつには、安らげる場所を提供したいってことだ。

うまく説明すれば、俺が魔族やエルフと共存していることを理解してくれるかもしれない。

そうしたら戦わなくてもいい未来があるのでは？

……そうなればいいな。

「ベルーガ、こいつが暴れたらまた俺が倒す。俺のバリア魔法、絶対に壊れないみたい」

「それは知っていますけど……」

聖剣魔法にも負けないらしい。なら大丈夫だ。

「ミライエは、ドラゴンも、魔族も、エルフも、異世界勇者だって、来るものは拒まない。そういう国だ」

「……ふふっ。少し笑ってしまいました」

ベルーガが嬉しそうに笑う。彼女は笑顔が綺麗なんだ。場を明るくする華やかさがある。

「シールド様はそういう方でしたね。異存はありません。ベルーガ、行って参ります！」

「おう、頼んだ」

女性であるベルーガが担当してくれるならありがたい。異世界勇者の身柄を引き渡して、世話して貰うことにした。

異世界勇者に勝ったので、この戦争も勝ったみたいなものだろうと思ったけど、この日のうちにヘレナ国側は大きく攻勢に出る。十万の軍を動かし、人海戦術でバリア魔法を壊しにかかるが、残念ながらびくともしない。

聖剣魔法でさえ壊せなかったんだ。もう壊れないと思うよ……あれ。何か自分のバリア魔法を他人事のように考えてしまった。

だって硬すぎるんだもん！

そりゃバリア魔法には自信があったし、絶対に壊れないようにひたすら修行をした。工夫もしたし、何よりバリア魔法が大好きだ。

しかし、自分が想像していたよりはるかに硬い。俺のバリア魔法が硬すぎるんだが!?

とにかく、異世界勇者が壊せないなら、もうヘレナ国側に勝ちはあり得ない。数日バリア魔法内から遠距離攻撃を続けて、相手の心を折るように伝えた。

軍は精力的で、命令にも忠実。

バリア魔法に守られたぬるい戦いを嫌うかと思ったが、そうでもないらしい。集中が途切れないことがなにより彼らが優秀だと示していた。

そんなヘレナ国側の攻勢は、たったの二日で収まる。

一方的な被害で壊滅する前線。敗れた異世界勇者。ヘレナ国側の士気は既にボロボロだった。

伝説の傭兵団アトモスも動いたが、俺のバリア魔法の前ではどうしようもない。

迂回する軍がないかと心配したが、常に偵察部隊を放って警戒しているし、俺のバリアは長く国境に沿って張っている。然《そ》う然う簡単には抜けられない。抜けられるほど身動きしやすい数でもないだろう。

「勝っちゃった……」

戦いは決着がつくその瞬間まで油断しちゃだめだけど、これ勝っちゃいましたわ！

十万の軍も恐るるに足らず！

そう思っていると足を掬われるようなことが起こっちゃいがちだ。ちょうどぴったりなタイミングで異世界勇者が目覚めたと報告を受ける。

「げっ」

なんか嫌なフラグを立てちゃったかもしれない。勝っちゃいましたわ！　って思ったやつも撤回で！

「シールド様、異世界勇者がお会いしたいと申しています」

「俺に？」

いや、俺以外知ってる人もいないか。敵のトップだし、会いたがるのは当然だった。話をする気があるだけで十分ありがたい。

ベルーガを付き従えて、彼女の寝室に向かった。

城の客人に使わせる部屋を与えている。

いきなり襲ってくるなんて勘弁しろよ。風呂も入れてやったし、最高のベッドで寝かせてやったんだ。

室内に入ると、ベッドの上で静かに座って、窓辺を眺めているひじりの姿があった。

「……シールド・レイアレス」

ノックはしたものの反応がなかったので入ったが、彼女は人の気配を感じて急いで眼鏡をかけた。ぼんやりした雰囲気は消え去り、強い視線でこちらを見据える。

「おっと、怖い顔するな。飯は手を付けていないのか」

おそらく目覚めたタイミングでベルーガが気にかけて飯を運ばせたのだろう。焼きたてのパンと肉と野菜を煮込んだスープ、フルーツ盛り、どれにも手を付けていなかった。

「よっこいしょ」

ベッドの隣にあった椅子に腰かけ、スープを飲む。

「なんであんたが飲むのよ!!」

異世界勇者に凄い勢いでツッコまれた。びっくりして噴き出すところだった。勘弁してくれ。

「だって、飲まないんだろう？　冷めたら勿体ない」

「話しながらパンにまで手を付けてるし!!」

「だって食べないいんだろう？　冷めたら勿体ない」

「聞いた！　それ聞いた！」

ついでにフルーツにも手を付けておく。こうなったら全部俺のものだ。

「……しんど、あんた何者なの？　寝起き早々叫ばせないでよ」

「シールド・レイアレス、バリア魔法使いだ！」

「……知ってるけど」

知ってるのに聞いた!?　なにこの子、なんか嫌な子ね。

「何者ってのはそういうことじゃ……」

ああ、バリア魔法のことか。それは俺もよくわかっていない。頑丈すぎるバリア魔法には、自分でも驚いているくらいだからな。説明を求められても無理だ！

「まあいいや。外は静かだけど、まさか戦いはもう終わったとか？」

「いいや、カラサリスが一旦軍を立て直してるだけだ。でも、こっちが勝ってることに違いはない」

「そう……」

ひじりは少し凹んでいた。自分の敗北が大きく影響していると思っているのだろう。違います！　ヘレナ軍がバリア魔法を突破できないだけです！

「聞いてもいい？」

「なんだ」

「なぜ私を殺さなかったの？　寝ている間に殺せばよかったのに」

「だって俺の方が強いし」

「は？　……少しイラっと来た」

だって俺の方が強いし……。ね、ベルーガ。振り返って助けを求めておいた。

少し険悪な雰囲気になる。

どうしたものか。こいつが好きそうな話題とか知らねー。そんな呑気なことを考えていると、室内に強烈な音が鳴り響く。

グウウウウウウ！

「な、なんだ!?　敵襲か!?」

「……シールド様、異世界勇者のお腹が鳴っただけです」

お腹の音？

まじかよ。異世界勇者は腹の鳴る音まで規格外なのか!?

顔を見ると、ひじりはほっぺを真っ赤にしてうつむいていた。

恥ずかしがることないのに。腹が減るのは健康な証だ。

二日も寝ていて、何も食べてないから腹が減るのも無理はない。お腹が減れば飯がうまくなるし、誇ることだぞ。

「うまい飯を用意してやったのに」

「あんたが食べたじゃない！」

だって、冷めちゃいそうだったから……。

「それに、パンはあんまり好きじゃないのよ……。はあ、お米が食べたい。あったかい、炊き立てのお米が。あるわけないけど」

「あるぞ」

「米があればなぁ……。でもこんな異世界に米なんて。いっそのこと、このまま飢え死にしたほうが楽なんじゃ」

「あるぞ」

「うっさいわね！　お米があるわけないじゃない！」

「いや、あるけど……」

なにこの子、こわー。最近の子キレやすいって聞くけど、それにしてもだ。

更に空気が悪くなった。事実を言ってるだけなのに……。わっ、泣いちゃった。俺が真剣な顔をしているから、ひじりも薄々嘘じゃないと感じ始めたらしい。

「え？　本当にあるの？」

「あるぞ」

「えええええええええええええ!?」

三度目の返答で、ようやく反応して貰えた。


「うわあああああ」


エルフ米を前にして、異世界勇者ひじりは宝物を見つけた少女のように目を輝かせた。

聞けば、この世界に来てからずっとパンを食べていたらしい。無理もない。ヘレナ国の主食はパンであり、たまにジャガイモが取って代わるくらいか。俺もエルフ米と出会うまではお米を食べたことがなかった。

大陸では北のイリアスの一部で食べられている少数派の主食だ。この世界に来て一年も経たないひじりが出会えなくても不思議はない。

「なんであるの？　なんで本当にあるの？」

まだ疑ってるみたい。

炊きたてのご飯をお椀によそって、ベッドサイドのテーブルに届けるまでずっと半信半疑だったからな。

料理もいろいろと運ばせた。何が口に合うかわからないから。

敵とはいえ、相手は異世界勇者だからなのだろう。この城の人間もやたらとひじりのことを考えて料理も必要以上に持ってきていた。敬意もあるし、恐れもあるのだろう。いや、この二つは似た感情なのかもしれない。

さて、では頂くとしよう。

「なんでまたあんたが食べるのよ！」

「ちょっと料理が多すぎると思って。残したら勿体ないだろう？　それに飯はみんなで食べるに限る」

一人で食べるより、みんなで食べる方が遥かにうまいんだ、これが。なにか名を付けたいくらいに、確実な現象である。

「その料理、気になってたんですけど！」

「まあまあ」

「私の分を食べてるやつが偉そうに私をなだめるな！」

うるさいやつだ。フェイも食事の時は凄くうるさいので、意外とひじりと相性がいいかもしれない。異世界勇者が嫌すぎて、今は城砦都市の街で飲み歩いている最中だ。聖剣魔法を打ち砕いたから、セカイの首の痛みもとれたはずだが、一度味わった痛みがそうとう尾を引いているみたいで、セカイも逃げるようにフェイたちに付いて行っている。

ドラゴンの唯一の天敵、それが異世界勇者だ。あいつらを黙らせる時には、是非ひじりにいて貰いたいものだ。

「でもお米だけでいけちゃう。何このお米、すんごい美味しい。あれ？　久々に食べたから？　いや、このお米が美味しすぎなだけな気も」

そうなんだよなー。エルフ米、うんまいんだ。

今ひじりが食べているのはミライエで育てて収穫したエルフ米だ。エルフ島のものは、また違った味わいがあってよい。あまりたくさん入らないから滅多に食べられないんだけどな。

白く美しい米粒はしっかりと噛み応えもあって、口いっぱいに甘みが広がる。そのまま食べてもうまいし、一緒に食べる料理の味を引き立てるいい嫁的な働きもできる。エルフ米、お前は最強だ。バリア魔法の次に最強かもしれない。

「料理もうまいから食べてみろ。どれもエルフ米と合うおかずだ」

「うんうんうん」

口に大量にエルフ米を押し込んでるから、相槌だけ打ってきた。エルフ米だけでうまいのもわかるが、せっかく料理を運ばせたのに食べないのは勿体ない。

「ベルーガ、朝食は？」

「まだです」

「一緒に食べよう。ほら、隣座れ」

「はい！」

椅子を一つ持ってきてやると、ベルーガが嬉しそうに座った。ご飯を追加で持ってきて貰い、なんとも不思議なメンツでの朝食会になってしまった。殺し合いをしていた異世界勇者と朝食か……。世の中何があるかわからないな。

「……なんだか幸せそうね」

「ん？　私ですか？」

ひじりがベルーガに向かって謎の問いかけをしていた。

幸せそう？　そりゃこんなうまいエルフ米と大量の料理に囲まれたらみんなハッピーだろう？

何を言ってんだ。

「私はとても幸せですよ。長く生きてきましたが、今以上に幸せなときなどありませんでした」

苦労してきたんだよなあ。ベルーガもアザゼルも、他の魔族たちもあまり過去を話そうとはしない。苦い記憶が多く、人間との戦いに明け暮れた日々だったと歴史書から読み取れる。あまり思い出させたくないので、俺も深くは聞かない。

今が幸せならそれでいいと思う。

暮らす者全員を幸せにする。ミライエはそういう国なんだ。

「なんだか、聞いていた魔族の感じと違うわ」

「ええ。魔族も人と同じ。時代と共に価値観も生活も変わります」

「人を殺し、村を焼き、生産的なことは何一つしないと聞いてたのに」

それは全く事実と異なる情報だな。

ヘレナ国はやはりひじりに変な情報を流して洗脳していたか。薄々そういうことをするだろうと思っていたが、こうして実際に聞くと少し恐ろしくなる。

俺の変な情報とか流されてないよね!?

「シールド・レイアレスは世界を破滅に導く存在。人々を虐殺し、女を奴隷のように扱い、金で何もかも解決する男.....」

すんごい情報流された!!

想像していた十倍すんごいの来た!!

「それは流石に盛っていると思っていましたが、どうやら結構嘘が交じっているみたいね」

「滅茶苦茶嘘だけど！　くっそー、腹立つなー。おい、ミライエに帰ったらカラサリスのクソな情報流してやろうぜ！」

「おやめくださいシールド様。メリットがございません」

「ぐっ」

それもそうだ。やられっぱなしで悔しいが、ここはベルーガの意見を受け入れておく。ありがとう。俺が頭に来ても周りがいつも冷静でいてくれる。助かるんだ、傍にいてくれるだけで。

「シールド・レイアレス。あなたの真実の姿がわかりません。カラサリスが言うのが本当か、それともカトリーヌが言うのが本当か」

おっと、懐かしい名前が出て俺は食べる手を止めた。美味しい料理はまだまだ俺の食欲を刺激するが、それでも無視できないワードだ。

「ばばあは、まだ元気か？　もう随分会っていない」

「ばばあって呼び方……」

仕方ない。あのばばあは昔から口やかましくて、怒りっぽくて、おばあさんと呼ぶにはあまりにも不自然。年老いた女性も違う、老人の枠にも収めたくない。やはりばばあだ。でもあの施設でお世話になったばばあだ。でっかい恩がある。

「元気ですよ。あなたのことを気にかけていました。それと仕送りに感謝もしています」

いろいろ伝手を使って施設の支援をしていたが、ちゃんと届いているようで良かった。

ばばあが元気そうなのを確認できて、俺は少しだけハッピーだ。

「なあ、鞍馬ひじり。俺から少し提案があるんだが、聞く耳はあるか？」

「……ない」

ふぁっ!?

なんかいい感じで譲歩してあげたのに！　なんだこの女。まじで嫌いだ。

「私は元の世界に帰りたい。それ以外は……本当は何にも興味がないんだ」

なんかうつむいて落ち込んでいるようだけど、お椀の中のエルフ米はしっかりと綺麗に平らげている。米一粒も残さず食べているのは、腹が減っていたからなのか、それとも行儀がいいのかは知らない。

食べる途中に凹むならそうとうメンタルに来てるんだろうなと思うが、しっかり食べきってから落ち込むポーズを取られてあまり同情できない。悪いな、優しくはしない！　落ち込んでる女に優しくできないから、宮廷魔法師時代もあんまりモテなかったのかもしれない。

ぐっ、苦い過去の記憶が……！

「帰りたいのも無理はないか。でも、それなら尚のこと話を聞いておけ」

急にまっすぐ顔を向けてきた。

やはり興味があるみたいだ。

「鞍馬ひじり、俺と共に来い。ミライエの真の姿をお前の目で見たらいい。カラサリスの情報が真実なのか、それともカトリーヌの情報が真実なのかは、お前自身が判断することだ」

「……たぶんカトリーヌが本当」

答え出てるー。なんだこいつ。テンポ狂わされるわー。

「じゃ、じゃあ、もう戦わなくてよくね？　こっち来いよ」

「もう一つの方が気になった。尚のことって？」

ああ、そっちか。あまり期待させるようなことは言いたくないが、嘘ではないので伝えておこう。

「傭兵団アトモスの引き抜きの際にも考えたんだけどな、俺たち人間の魔法や知識って結構浅いみたいだぞ」

「ふーん」

異世界勇者の自分には関係ありません、みたいな顔しやがって。

「お前、元の世界に帰りたいけど、帰り方がわからないんだろう？」

「……うん」

「俺も知らん」

「コロス」

落ち着け！　手で制してひじりを落ち着かせた。

「俺は知らないけど、ミライエにはエルフも魔族も沢山いるんだ。俺たちより遥かに長く生きる彼らは、きっとまだ見ぬ知識を有しているはず。ヘレナにいるより、ミライエにいたほうが帰れる可能性は大きいぞって話だ」

「……たしかに」

同意、得られました！

結構説得力あったみたい。実際、エルフも魔族も俺が知らないことを多く知っている。本当に元の世界に戻れる方法を知ってたって、不思議ではない。知らんけど。

「それにお前、エルフ米が好きだろ？　実はな、ミライエにはもっとうまいものがあるんだ」

「……」

言葉での反応はなかった。しかし、三人しかいない室内だ。

ごくりと喉を鳴らした音を、俺が聞き逃すはずもない。

「共に来い、異世界勇者鞍馬ひじり」

手を差し伸べる。きっとこの手を掴むだろう。ふふっ。この交渉、勝ったり！


勝因は、エルフ米。

十七話 ―― 戦いの終結？

表向きには異世界勇者は死んだということにしておいた。その方がまだ決着のついていない戦争もうまく行くし、今後ひじりが動きやすくもなる。ただの人間としてミライエで受け入れ、元の世界に戻る方法を探って貰うつもりだ。彼女にはその方がいい。

異世界勇者死亡の発表は、ヘレナ国側に大きな影響を与えた。

士気が下がり、逃げ出す兵も後を絶たない。軍の瓦解が始まったと言って良いだろう。もう少しだけ押してやれば完全に崩れてしまいそうだ。

「前線を押し上げる」

もちろん軍を直接押し上げるわけじゃない。

我が国自慢の千名の精鋭たちも、相手が十万の大軍では厳しすぎる。いくら戦意を失っているとはいえ、流石にきついだろう。

前線を押し上げるというのは、バリア魔法でやるものだ。

夜中のうちに城を出て、国境付近沿いに張ったバリア魔法から進むこと一キロ。敵の本陣に迫り、そこにまた広大なバリア魔法を張った。国境の川沿いに張ったバリアは残している。

敵がいくらかバリア魔法に挟まれているが、まあそれは良い。朝、日が昇れば敵はさぞや驚くだろうな。

そして迎えた次の日、まさに開いた口が塞がらないヘレナ軍の顔を見ることに成功した。

あっはははは、なんだあの顔。最高だ。二週間は笑いに事欠かない。他人の驚いた顔ってなんであんなに面白いのか。

最初のバリア魔法と、新しく作ったバリア魔法に挟まれたヘレナ軍はどうするのかと観察していたら、どうやら全面降伏をし始めたようだ。もう少し踊ってくれても良かったものを。

捕虜にし、軍を二つ目のバリア魔法まで進める。

最強戦術、第二段階の始まりだ。

敵がより近くなり、こちらの一方的な遠距離攻撃が続く。これがダメ押しとなった。

押し上げたバリア魔法の壁はヘレナ軍の心を折るには十分だった。そもそもヘレナがこの戦いに打って出たのは、異世界勇者がいたからであって、その異世界勇者が死に（俺が流した偽情報）、絶対に壊れないバリア魔法が一晩で新しく誕生した。

これは絶望するには十分すぎる。

勝ち目がないと悟っても無理はない。悪いな、また勝っちゃいました。てへっ。

「シールド様、ヘレナ国側から停戦要請が来ております」

「停戦？　降伏の間違いだろ？」

まあ向こうにもプライドはあるのだろう。降伏という単語を使いたくないのもわかる。そこは許してやるか。

しかし、交渉内容を譲歩するつもりはない。

なにせこちらは戦いたくもなかったのにこんな地まで引きずり出され、異世界勇者と命を懸けて戦ったんだ。代償は大きいと思え。

それに軍費がすんごいことになってんだぞ！

あの悪徳姉妹からすんごい借金してんだぞ！　ぷんぷん。俺はオコなのである。

停戦協定の席に来たのは、総大将のカラサリスだった。ヘレナ軍の総大将が来るのは当然だが、逃げ出さなかったのは褒めてやろう。

国境付近に臨時で立てた天幕でカラサリスと相まみえる。およそ二年ぶりか。俺を追放したあの日以来の再会だった。

「よう、カラサリス」

「……シールド・レイアレス」

苦々しい表情で俺のことを睨みつけても事態は良くならない。先行き不透明な人生だろうが、今くらい楽しんでいけ。と高みの見物。かっかかか、最高だ。俺を追放したやつが今地獄みたいな人生を歩んでいることが最高でたまらない。今にも爆笑しそうなほど俺は気分が良い。

「茶でも飲むか？　うまいのがあるぞ」

「ふざけるのはやめにしてくれ」

「随分とやつれたな」

「心配しているふりもやめろ」

バレたか。カラサリスとはもともと仲が良いわけではない。ゲーマグほど関係が濃くもなかったので、露骨に対立することもなかったが、関係性は良好ではなかった。俺が国王に何か進言するたびに反対されていたくらいだ。……普通に仲悪いな。なんかいろいろないがしろにされていたことを思い出してきた。まあ、それも過去のことだ。

心配している訳ではないが、カラサリスは実際かなりやつれていた。心身ともに疲弊しているように思う。

「じゃあ本題に入ろうか。このくだらない戦争を終わらせよう」

「……そのつもりだ」

「土地を寄こせ、カラサリス」

本題ってのはこうやって入るんだ。欲しいものをすぐに伝える。にっこりと。

「あまり無理を言うな。もっと違うものを――」

「土地を寄こせ、カラサリス」

悪いが主導権はこちらにある。もう一度にっこりと伝えておいた。俺がにっこりしているときってのは、そういうことだよ？　国内の人なら知ってるんだけどなぁ。

停戦協定だが、実質的にはこちらの完勝で、ヘレナ国の完敗だ。悪いが、これでも譲歩しているつもりだ。

「交渉決裂なら、我が軍の攻撃は続く」

そんなつもりはないが、もちろん交渉の席では存分に我が軍の脅威を使わせて貰う。

「バハムートもアザゼルも、エルフと魔族の大軍がまだ控えている。ヘレナ国への侵略も考えている」

「くそっ。……欲しい土地はどこだ？」

来ました！　交渉がうまく行きそうです。

そうだな。どこが欲しいかってなると、難しい。しばらく考えていると、カラサリスから提案があった。

「アルザス地方。俺の権限で渡せるのはそのくらいだ」

ヘレナ国の東の土地だ。ドラゴンの森と接しており、その脅威もあり最も発展していない土地だ。ヘレナ一の田舎と言ってもいい。俺が追放されたときに飛ばされた土地でもある。

少し考える。アルザス地方は広いが、交易路が死んでいる。ヘレナ国は西の海岸沿いに発展しており、南のミナントとの国境、北のイリアスとの国境付近も発展している。東のアルザス地方に価値などなさそうだが、悪くない気がしてきた。広い土地が欲しかったんだ。それも大陸のど真ん中に近い土地。

これは面白いことになるかもしれない。

「それで手を打ってやってもいいが、お前の処罰はまた別だ」

「煮るなり焼くなりするが良い」

覚悟は決まっている訳か。少し脅してやっただけで、実はそんなことをするつもりはない。これで俺とカラサリスの因縁にも決着がついた。これ以上手を加えるつもりはない。

「大人しくヘレナに戻れ。それがお前にとって一番きついだろうからな」

「陰湿な奴だ」

「お前には言われたくない」

にっこりと笑ってやった。スッキリした。ずっと抱えていた感情が解消されるような感じだった。

これにて和平交渉が終了。

賠償としてアルザス地方を譲るという正式な書類を貰い、ヘレナ国との戦いに勝利した。

悪徳姉妹からの大きな借金もあるし、これからやることも多くある。しかし、勝利したことは俺にとって大きな成果だ。

「ふう」

カラサリスが去った後の天幕で、俺は一人静かに座った。バリア魔法のおかげで何とかなったが、また大きな危機を乗りきって少し気が抜けた。どっと疲れが押し寄せる。

背後から誰かが近づいてきて、俺の肩にブランケットをかけてくれた。

「ありがとう」

「てっきりお休みになったのかと」

「いや、少しのんびりしてただけだ。ベルーガ、ミライエに帰ろう」

やることはまだまだあるが、取り敢えずは俺の居場所であるミライエに帰ることにする。今はあの地でゆっくりと休みたいと思った。

「はい、お供します！」

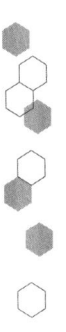

「ミライエが戦争に勝ってしまったらしい。これから大陸はどうなってしまうのだろうか」

獣人の国にて、ようやく人がいる街に辿り着いたオリヴィエは、まさかの話を聞く。

シールド・レイアレスの勝利を疑っていなかったが、もう戦いが終わっていた。

またも大事な場面に居合わせることができなかった。ショックだった。

それでも、久々に食べるちゃんとした手料理に感動が押し寄せる。

「うんまぁ」

塩気の効いた熱々のスープが体を温めてくれる。しばらく酒屋でのんびりと過ごしていると、商人たちの噂話が聞こえる。

シールド・レイアレスがアルザス地方を勝ち取ったらしい。

ミライエを発展させたシールドだが、ドラゴンの森が近くにあるあの土地も発展させることができるのか。評価しづらい。これからどうなるのかという話をしていた。

「ねえ、アルザス地方を見てみたら？　ドラゴンの森が怖いなら、護衛しましょう」

商人たちが躊躇しているのはドラゴンの森が近いからだろう。今のうちに道を開拓しておくのは悪いことではないと説得する。

説得するのは、もちろんオリヴィエのためにもなるからだ。

渡りに船だった。ミライエに戻るよりもアルザスの方が近い。何より商人たちに付いていけばいい。これなら迷う心配はない!!　これが最大の理由だ。

交渉はうまく行った。勝ちだ。アルザスに到着したら動かなければいい。そこでようやく久々にシールドに出会える。

出会えるはずだった。

よりにもよって商人たちはドラゴンの森に迷い込む。

「ここどこ?」

ドラゴンの鳴き声で荷物を放り出して逃げ出す商人たち。気づけば、オリヴィエはドラゴンの森で一人きり。

「なんで?」

「……泣いちゃった」

オリヴィエの一人旅はまだまだ続きそう。

幸せを享受する者がいれば、当然その逆もいる。

かつて大陸一の偉大な国であったヘレナは、国王をはじめ、多くの者が失望していた。此度の異世界勇者を召喚する一連の計画が全て失敗に終わってしまったのだ。

国に戻るカラサリスは、その全ての責任を背負わされることとなる。このままでは終われなかった。ヘレナに戻れば、全てが終わる。ならば、まだ悪あがきしたほうがいい。たとえ、歴史に悪名を残そうとも、まだ抵抗が必要なのだ。

「終われるかよ。このままで」

ヘレナ軍は既に撤退を始めている。それもそのはず。停戦協定を結び、この戦いは敗戦という形で終わったのだ。

もともと、大義名分もあるようでない。賢い者は開戦前からそれを知っている、ひじりのように開戦後に違和感を覚える者、戦いが終わって自分たちがおかしかったと気づく者も多く出ている。故に、もう誰も戦う気なんてないのだ。人は自分が正義だと思えないと、好き好んで戦えない生き物である。それが今や、自分たちはただの侵略者かもしれないと気付き始めている。帰る姿は、まるで自分たちの失態をこれ以上晒さないようにという感じで、少し急ぎ足にも見えた。

カラサリスは装備を纏い、夜中に軍から抜け出す。一部の人間は気付いていたが、止める者はいない。カラサリスが今どういう立場なのかを理解しているし、腐っても騎士団長である。止める勇気のある者も実力のある者もいなかったのだ。

カラサリスが目指す場所は、当然シールド・レイアレスのもと。戦いは終わり、あの最強のバリアも既に取り払われている。

やるなら今しかない。気が緩んでいる時を襲うのがもっとも効果的なのだ。騎士団長に上り詰めるまでに、カラサリスも多くの修羅場をくぐっている。相手がもっとも気が緩む瞬間を理解していた。

闇に姿を溶け込ませ、同じく撤退を始めるミライエの軍勢の背後を突くように忍び寄る。その姿は達人級の動きで、足音は自然の中へと溶け込んでいく。

きっと通常であれば、シールドのもとまで辿り着けたのであろう。まあ、辿り着いたからなんだって話にはなるのだが……。異世界勇者でさえ倒してしまうシールドが、今更カラサリスの魔の手にかかるなんて、誰も考えてすらいない。今は油断しまくってベッドの上にいるのだが、それはあの最強のバリア魔法が突破されないと全員知っているからだった。

それをまだ信じられず、というより選択肢がない人間は愚かな選択をしがちだ。今のカラサリスは、まさにそれだ。

自分の暗殺でまだすべて取り戻せると盲信し、ひた走る。小川の流れる音に紛れて、その足音は一切聞こえない。

ただし、それは一般兵レベルの話だ。運が悪かったのは、この場にカラサリスと同等の達人たちがいたこと。変態たちが夜空の下、なぞの友情を育んでいたのだ。

「誰だ？」

「邪魔が入ったか」

二人の人物の視線がカラサリスに向けられる。そこにいたのは、伝説の傭兵団の頭であるアトモスと、ミライエ軍の特攻隊長ギガであった。

時は少し遡る。

シールドに大きな借りができたアトモスは、停戦協定が結ばれたと知るや、傭兵団の武装を解除した。拠点に戻る手はずを整え、自らは散歩に行くと伝えてシールド陣営へと向かって歩いて行く。

何か明確な理由があった訳じゃない。それでも、もしも少し面会できるなら、シールドにお礼を言いたかったのだ。自分はずっと病弱な妹のために戦ってきた。戦うことしか才能がなく、それでしかお金を稼げない。自分は妹に対して、あまりに無力だった。

それを救ってくれたのが、シールド・レイアレスという男。傭兵である以上、ヘレナを裏切ることなどできない。長である自分がそんなことをすれば、傭兵団は終わりだ。しかし、そんな不義理を強要することもなく、シールドは戦いの後に自陣営に来ればいいと告げた。傭兵団である以上、金さえ貰えればどちらの陣営に与しても構わない。契約が終われば、それっきりの関係だ。

それなのに、今はあの人のために戦いたい。そんな騎士のような気持ちが芽生え始めている。今まで気づかなかった、本来の自分の姿を、あの人の元でなら発揮できそうな気がしていたのだ。

「礼が言いたい。礼を」

本当にそれだけの気持ちで、アトモスは朝方まで敵陣営だった方へと歩いて行く。どこまでも真っ直ぐな男だ。その人望が、伝説の傭兵団を作り上げ、多くの強い戦士を自身の元に集めたことに、アトモスは気づいていない。

闇夜を進んで行くうちに、そこで、予期せぬ出会いに遭遇する。

「止まれ」

野太い声をかけられた。そこに立っていたのは、魔族の男。それも戦場で見た、強者の姿だった。

異世界勇者とシールド・レイアレスの戦いにばかり目がいく決戦だったが、それはあまりに異次元。アトモスや声をかけた魔族、ギガなんかは自身が戦う可能性のある相手を見繕っていた。ギガもアトモス同様、戦場で彼の存在に気づいていたのだ。

「……戦場で見た顔だな。できれば通して欲しいのだが」

「通せるわけがないだろ。こんな夜中に、それも敵軍の将を」

それもそうだと気づかされる。シールド・レイアレスに会いたい気持ちばかりが募り、自らの行動の危うさを忘れていたのだ。下手をすれば、自分は間者と間違われかねない。

「違うと言っても聞いてはくれぬか」

「当然だ。そして、大人しく帰すわけにもいかない」

ギガは己の職務を真面目にこなしている忠実な部下。一瞬そう勘違いしそうになったが、ギガの顔を見て、アトモスはそうではないと気づく。好戦的に、おもちゃを見つけた少年のように笑うギガを見て、そういうことかと気づく。

「なんだ、同類か。実は俺も、お前とは戦ってみたかったんだ。戦場では、シールド・レイアレスが全てを終わらせちまったからな」

「いいねぇ」

アトモスがやる気な姿勢を見せたので、ギガはもうそれで頭の中が覆い尽くされる。戦いが大好きで、強者と出会うと常に挑んできた。魔力を解放し、辺りの木々を揺らす程の魔力波を飛ばす。そんな威嚇でひるむアトモスではない。むしろこちらも同じ量の魔力波を返す。そして、二人は同時に地面を抉れるほど踏みしめ、拳を合わせた。

決着はつかなかった。およそ二時間にも及ぶ激闘。あたりは少し地形が変わる程の激戦だったにもかかわらず。人が集まらなかったのは、停戦が決まったのと、両軍から離れた位置だったからだろう。

「面白い男だ。拳から伝わる。悪いな、暗殺者と勘違いした」

どうやら戦いの中で、アトモスにそんな後ろめたいことなどないことを理解したギガだった。戦いが大好きな二人には、なぜか拳で通じるコミュニケーションがあるらしい。

「お前もな。いい男だな。魔族故に偏見を持っていたが、それを詫びたい」

こちらも脳筋。殴り合いコミュニケーションでギガのことをいろいろ理解したらしい。

「名前を聞いておきたい」

「アトモスだ。そちらは?」

「ギガ。シールド様の部下で最強と言えば、この俺よ」

「ほう。もしかしたら、今後それを名乗れなくなるかもな」

「というと?」

「俺もあの方の元で働きたくなった。理由は、言わなくてもわかってくれるよな?」

「……ああ、もちろんだ。最高だぞ。こっちは」

少し語らう。

二人は気づけば、クスクスと笑い始め、次第に大笑いへと発展する。まさか、こんな所で意気投合する相手に出会えるとは。それも朝までは敵だった者に。

それが嬉しくて、こうして戦えることもまた喜びをより一層大きくしてくれる。

ひとしきり笑った後、二人はまた真剣な目つきになる。決着はまだついていないのだ。朝まで時間はある。まだまだこれからだとお互いに理解したとき、藪から音がした。

「誰だ？」

「邪魔が入ったか」

二人とも、ほぼ同じタイミングで気が付く。強者が傍を通り過ぎようとしていたが、二人の研ぎ澄まされた感覚の前にはいとも容易く気づかれてしまった。発する殺気に、通り過ぎようとしていたカラサリスは足を止めた。

今朝までの大戦の総大将であるカラサリスの存在に、驚いたのはアトモスだけだった。ギガは何というか、相手の総大将の顔を覚えていなかった。どうせ全員倒せばいいんだろう？　という腹積もりだったので、そういう細かいことは気にしていなかった。

「カラサリス……」

アトモスの言葉に、ようやくギガも理解した。目の前の男の重要さに。流石に名前くらいは知っているギガだった。

「ほう。カラサリスか。こんな時間にこの場所へ。アトモス、どうやらこいつはお前とは違う目的でシールド様に会いたいらしい」

「……そのようだ」

「アトモスに……魔族のギガか」

どうやら、カラサリスもギガのことを知っているらしい。アトモスは自身が契約の場に足を運んだこともあり、当然知っている。

「ここを通りたいと言えば、通してくれるか？」

「そんな訳ないことくらいわかっているだろ」

その通りである。ギガに出会ってしまったが運の尽き。戦い大好き魔族で、シールドへの忠誠心もある彼がカラサリスを通すわけがなかった。

「仕方ない。肩慣らしに、雑魚を二人倒すか」

「俺も入っているらしい」

とはアトモスである。アトモスは特に関わるつもりはなかったのだが、やるつもりなら受けて立ってもいい。ギガとの戦闘で体は温まっているし、心も弾んでいる。ここに来て更なる強者とくれば、ギガだけでなく、アトモスも気持ちが自然と乗ってしまう。

「時間が惜しい。二人同時にかかってくるがいい」

「俺は一人で構わない」

ギガは初めから一人で戦う気でいる。なんならカラサリスとアトモスを相手にしてもかまわないどころか、歓迎しているくらいだ。

「俺も一人でいい」

アトモスもギガに頼る気などさらさらない。

二人ともに一人で戦えるし、なんなら戦えさえすればいいという適当な気持ちでいたのだが、次の瞬間にはその気持ちが切り替わることとなる。

カラサリスが魔法を発動する。大国ヘレナで騎士団長まで上り詰めた男だ。その実力はやはり只者ではなく、一瞬二人を飲み込むほどの膨大な魔力量を発する。その全ての魔力をたった一つの魔法に使用する。

「『身体強化』」

ただその一点において、カラサリスは他の誰にも引けを取ったことがない。元の剣の才能に加え、この身体強化で数々の強敵を葬ってきた。強化されたその体は、鋼のように硬い。

「これは……アトモス。悪いがこれは俺の獲物だ。お前は引っ込んでいろ」

「馬鹿を言え。戦士として生まれ落ちたのだ。これほどの強者を譲るわけにいくか」

「じゃあ競争だ……ぐっ！」

言い終える前に、攻撃は始まった。カラサリスは身体強化で、ゲーマグの光魔法のごとく速く動き、一瞬にして拳をギガの腹に叩き込んだ。腹から入り、背中を通過した衝撃波は、近くにあった木に穴を空ける程の威力だった。

「ぐはっ……効くねぇ」

「凄まじいな」

一瞬うつむくギガ。アトモスもカラサリスの攻撃に驚嘆した。

「だが、フェイ様の拳の十分の一と言ったところか。効かぬな」

「なんだと?」

倒れないばかりか、笑みを浮かべるギガに、カラサリスは異常なものを感じる。相手にしてはいけない者と出会ってしまったのではないか。

「朝までまだ長い。存分に楽しむぞ」

「ギガ。俺の分も残しておけ」

「それはどうかな」

すっかり親しくなった二人は、カラサリスと戦う順番まで相談し始める。その様子に困惑するのはカラサリスだけではなかった。

　距離を取った場所で、双眼鏡を手にした双剣使い、カプレーゼが見ていた。

「なにあれ……暑苦し。てか、ねむっ」

　異変を感じたアザゼルに起こされて、様子を見ることを任されたカプレーゼだった。シールドに害をなす者なら排除するようにも言われている。ギガと違って、こちらはちゃんとした仕事だった。

「なんで敵と友情育んでんのよ。しかもカラサリスまでいるし。まあいいや。あいつらが馬鹿みたいに暴れたあと、まとめてやっちゃおっと。その方が楽だし」

　ギガに頼って気楽に構えていたカプレーゼだったが、気づけば朝まで眠ってしまっていた。

　目を覚まし、寝ていたことに気づいてから大慌てで、戦いの場所へと足を運ぶ。

　そこにいたのは、妙に満足な顔で倒れているギガとアトラス。そして折れた剣の隣に倒れたカラサリスの姿だった。

「ええ……こいつら本当に脳筋じゃん……」

　カプレーゼはドン引きしつつも、とりあえずカラサリスの身柄だけを確保したのだった。

十八話――異世界勇者を拾った

　まさかまさか、引き取ることになろうとは。平穏な家庭に、健気な長男が捨て犬を拾ってきたところの騒ぎではない。なんと、平穏な国家に、国王が異世界勇者を拾ってきたのだ。捨ててきなさいと言えるような存在ではないし、それを俺に言えるやつもいない。しばらくはその存在を伏せて置きたいし、異世界勇者ひじりに新しい名前を与えてやったほうがいいのだろうか？

ミライエに連れてきたはいいが、彼女は表向きには死んだことになっている。凱旋する俺たちを出迎える国民は、まさか俺の隣にいるのが異世界勇者鞍馬ひじりだとは思っていないだろう。

歓喜に包まれるミライエは、より一層発展しそうな明るい空気感に満ちていた。そんな喜びいっぱいの中、不安な情報を流したくはない。

「鞍馬ひじり、お前を俺の部下として雇う形にするが、間違っても自分が異世界勇者だと名乗るなよ」

「わかってるわよ」

どこかふてぶてしい態度で返事をされる。慣れないミライエの地に、少し心が不安定みたいだ。その不安感が彼女を不機嫌にしていた。お祝いムードだが、まだミライエの一員になれていない彼女はこの喜びに交ざれない。それは当然の感情だ。

「美味しいものを用意するから元気を出せ」

「本当に!?」

わかりやすいやつめ……。一瞬で目の色が変わったぞ。

「新しい名前をどうしよう。偽名を使わせるのは少し面倒ではあるが、念のためだ」

「それなら姫って呼んで」

「却下!!」

余裕で却下だが？　ここはそういうお店じゃないので。

「ひじりでいいわよ。どうせ誰も気づかないって。ヘレナでも異世界勇者様、異世界勇者様って呼ばれてたんだから。ひじりって名前で呼んでくれるのはカトリーヌくらいだったわ」

しんみりした表情になってしまった。なんだか、俺にはわからない苦労を抱えていそうだ。

いきなりこっちの世界に呼ばれたんじゃ、苦労しないわけもないか。まだ心も体も未熟な女性だ。きっと多く傷つき、不安だったに違いない。

あまり彼女に要求するのは良くないかもしれないな。それに、少し臆病になりすぎていたのかもしれない。

何かあったら俺のバリア魔法で守ればいい。変に彼女の正体を隠す必要もない気がしてきた。任せろ、何かあったら俺が尻拭いをする。正確には俺のバリア魔法が全てを解決する！　ドン！

新しくできた城に鞍馬ひじりを迎え入れ、さっそくローソンに飯を用意させた。ショッギョを食べて貰うためだ。ご機嫌斜めなお姫様には、餌付けが良いと相場が決まっている。

「ショッギョっていうのが我が国の名産品なんだが、これがうまいんだ。俺の好みの食べ方で作らせているが、生ものは大丈夫か？」

「生魚はむしろ好物よ」

それは良かった。仲間の中には加熱していないと食べたくないという人も多い。

エルフなんかは特に加熱する派である。といっても、彼らはあまりショッギョを食べないんだけど。エルフ米の栽培を任せているエルフのハリエットくらいだろう。ショッギョを常食しているのなんて。でもうまいんだよな、これが。食べないのがもったいないほどに。

しばらくすると、ローソンによって綺麗にさばかれたショッギョが、輝くエルフ米の上に乗せられて運ばれてきた。添えられたソースは俺の要望が加えられ、少しさっぱりした味に変わっているはずだ。

「シンプルだが、これが一番ショッギョとエルフ米の美味しさを引き立てる。本当にうまいから、食べてみろ——え？」

料理を食べる準備をしていた俺は、一瞬で戸惑った。

だって、自分のおすすめの料理を出してやったら、鞍馬ひじりが涙目になってしまったから。ウルウルと涙が溜まっていくと、彼女の大きな瞳がより一層煌めく。

少し美しいと思ってしまった。

女の涙は武器だというが、まさかこんなタイミングでそれを味わうことになろうとは。

それにしても、なぜ泣いている⁉　嫌がらせだと思われたのか？　生ものは大丈夫って言ったのに！　それとも見た目があまりにもシンプルすぎた？

国のトップがこんなものを食べているハズがないから、騙されていると感じているとか？　あらゆる可能性が俺の脳内を流れていく。どれが正解なんだ。教えて、偉い人！　はっ、偉い人は俺だ⁉

「海鮮丼……」

「はい？」

なんて言ったかわからなかった。俺の知らない単語みたいだった。

「なんで私の好物が海鮮丼だって知っているの？」

知らないけど、せっかくだし知ってたことにするか？　流石にせこいのでたまたまだと正直に答

えた。

エルフ米の上にショッギョを乗せる料理を、鞍馬ひじりの世界では海鮮丼と呼ぶらしい。俺は知らなかったけど、自然とこの食べ方に落ち着いた。異世界でも同じ食べ方をしていたとは……。まさかこれが自然の摂理だとでもいうのか？　もしや、世界の真理？　神の意志？

エルフ米の上にショッギョの切り身を乗せただけなのに、世界の深淵を覗くところだった。

もう少しだけ深く考えていたら世の理を悟れそうだったけど、やめておいた。

「知らないけど、俺もその食べ方が好きなだけなんだ。ほら、うちの料理人特製のソースをかけてやると、もうそれだけで極上の料理へと昇華する」

「……醬油は？」

「ショウユ？　ヘレナ国にそんなものあったか？」

「いや、ヘレナ国のものじゃない。……じゃあワサビは？」

「ワサビ？　……それって異世界の食べ物だろ」

気づいてしまった。彼女の要求しているものは、この世界ではあまり食べられていないものだ。

無茶を言うな。異世界がどんなところかも知らないのに、同じ調味料まで用意するのは無理がある。

「これもうまいから、今日はこれで我慢してくれ。ソース、かけてやろうか？」

「いいえ、唐揚げにレモンとかかけられたくないので、こういうのは自分でやるように心がけております」

「唐揚げにレモン!?」

……理解できなかったが、危険な思想っぽいので深くは立ち入らない。おそらく戦争の火種になり得る話題だ！

君子危うきに近寄らず。

「ちょっと味見を」

ソースをスプーンに少し垂らして、味を確かめてみた。少し酸味の強い甘酸っぱさが心地よい、味の濃いソースだ。

「……美味しい。ギリギリ合格ね」

また我が国に一人、舌の肥えた人間がやってきたようだ。これだけ美味しいのに、ギリギリだとは……。異世界はもしや、さぞ飯がうまいのでは。

「このショッギョ、マグロに似てる。ショッギョの全ての部位を入れているのね。海鮮丼よりも、鉄火丼に近いのかしら」

「そろそろ食べてみたらどうだ？」

いろいろ言うより、飯はとっとと食べるに限る。ショッギョのうまさ、たんと味わうが良い。

俺の忠告通り、ひじりはショッギョのエルフ米乗せ改め、海鮮丼を口にする。

かっと目が見開かれたのを俺は見逃さなかった。初めてエルフ米を食べた時以上の反応だ。

あまりのわかりやすさに少し笑いが漏れてしまう。気に入って貰えたみたいで何よりだ。

「お、お、おいひぃ――――」

上手く舌が回っていなかった。無理もない。噛むのに必死で、話にリソースを割けないよな。言葉が出てきただけで凄い。俺は初めてそれを食べた時、言葉なんて出ず、脳内で何かがパンパンと弾けていた。

「天然本マグロの大トロみたい!!　食べたことないけど!!」

「ないんかーい」

テーブルからずり落ちそうになった。マグロがどういう魚かは知らないが、ショッギョに似ているならうまいに違いない。それの一級品ともなれば庶民は手が出ないのも頷ける。

「ひじり、お前にはそれなりのお金を支払うからショッギョを食べられるのは当然だが、実はな……」

「なに?」

「ショッギョは庶民でも簡単に手に入る程安い!」

「本当に!?」

ショッギョは美味しい。でもお高いんでしょう?ではつまらない。安定した生産体制を整えたショッギョは、今や手ごろな値段で食べられるお魚となっている。

もちろん育ちのいいショッギョや、質のいいものは高値で取引されるが、そういうこだわりがなければ、ショッギョは気軽に買える。

そして、気軽に買える個体も十分うまいことを俺が実食して確かめている。美味しくてコスパが高い商品、それがショッギョである。

「どうだ?」

「なによ……」

わかってんだろう?

俺がひじりをミライエまで連れてきたのは、この地が良い場所だと教えるためだ。世界を混沌に陥れる人物として宣戦布告されたからな。一部事実なので否定はしないが、ミライエを悪い場所だとは言わせない。この地は、間違いなく最高の国だ。

「言っちゃいなよ。ミライエ、いい場所って。言っちゃいなよ」

ほら、楽になりな。鞍馬ひじり、素直に吐いて楽になっちゃいなよ。

「全然!!　まだまだ滅ぼすべきだと思いますけどね!!」

そこまで!?

まだまだ彼女の心は閉ざされている。先は長いかぁ。

「……うそ、それは言いすぎた。ちょっとだけいいところ」

……先はそう長くないかもしれないなぁ。

{ 第四章 }

運動したら食って寝ろ

十九話――バリア魔法の初体験

異世界勇者ひじりには、新しく創設した魔法探求部署、通称マタン！のトップを任せることにした。マタンでの仕事はただ一つ！

新しい魔法を見つけ、世に広めること。

彼女が元の世界に戻れる方法を探す手伝いにもなるし、面白い魔法が見つかればそれはミライエのためにもなる。ただ飯は許さん、たとえ異世界勇者でもな！

「ひじり、今日からお前はマタンの署長だ。どうだ、かっこいいだろう？」

「だっさ」

「なっ!?」

俺が決めた魔法探求部署、通称マタンがダサいだと!?

か、体が怒りで震えてきたっ。

マタン、かっこいいもん！　絶対かっこいいもん！　後でベルーガに泣きつこうと思う。

「まあ、配慮には感謝するけど……」

ひじりはよくこういうしゃべり方をする。最初に強く否定し、最後にボソッと本音を漏らす。

私、知っています。これツンデレっていうやつです。

でもツンが強すぎてあんまりキュンと来ないです。もっと勉強して！　そんなんじゃモテないよ！

「なんか失礼なこと考えた？」

「い、いえ、まさかぁ……」

鋭い！

「お金貰う以上はちゃんと働かないとね。私、もともとハンバーガー屋で働いてて、店長にもよく働くねって褒められてたんだよ」

「ふーん」

「興味なさそう!?」

うちの魔族たち、滅茶苦茶働くけど。対抗できそう？　アザゼルとかいつ休んでるのってくらい働くけど。ベルーガなんて、最近ようやくサボる姿を見せて、俺を安心させてくれている。

「もしかして私が働き者なの信じてないの？」

「いや、そういう訳じゃないんだ」

素直に理由を話しておいた。ミライエがどうやって発展してきたのかを。働き者の部下たちに支えられてきたことを。

「というわけで、働き者は特に珍しくない。むしろ君やれんの？　って感じだ」

「ムカ。なんか言い方ムカついた。絶対に魔法を見つけて見返してやるから」

それがマタンの仕事だからね。といってもやる気を出してくれるのはありがたい。

「期待せず、待っとくよ」

「ちょーむかつくー。殴りたいかも」

やめてほしいかも。異世界勇者のパワーは恐ろしいが、俺にはバリア魔法がある。

怪我するのはそちらだ。有能な部下を怪我させるのは非常に勿体ないので、無益な喧嘩はやめましょう。

「あんまり真剣に考えることはない。うちは優秀なやつが多いから、できないことはできるやつに任せればいい」

「私が無能みたいな言い方じゃん」

そ、そういう風に取られても仕方ないか……。存在がぶっ飛んでいるので、俺としては大人しく、そして楽しく過ごしてくれたらいいよってのを伝えたいのだが、なんとももうまく伝わらない。

伝わらないときは、ストレートにもう一度言うだけだ。

「俺はお前に、ミライエを好きになってほしいんだ。無理に抱えてストレスになるくらいなら、そんなもの放り出してしまえっていうくらいにな」

「……ふーん、優しいじゃん」

だろう？

今度はちゃんと伝わってよかった。口にしないと伝わらないことって多いんだなーと改めて思い知らされる。

気持ちだけでは伝わりませんよ！　と自分にも再度念を押しておく。

「なあ、ひじり。大国へレナを見てきたお前に、ミライエはどう見える？」

「どうって言われても。まだ来たばかりであんまり知らないし……」

それもそうだ。

「よし、じゃあマタンの稼働前にお前を案内しておく。言っておくけどな、エルフ米やショッギョだけじゃない。ミライエはもっと凄いところなんだぞ。後に続け！　俺が直々に紹介してやる」

そういう訳で、突如始まったミライエ紹介ツアー。異世界勇者ひじりに我が国の魅力を伝え、この人材の豊富さを思い知らせるツアーとなっている。なんと今なら国王である俺が案内し、しかも無料！

「シールド様、お供します」

俺の執務室で話を聞いていたベルーガが、お供してくれることとなった。

ベルーガはいつも褒めてくれるので、ツンの強すぎるひじりを上手く中和してくれるありがたい存在なのである。

早速城から出て、いろいろ紹介してやることにした。

「ほら、これがエルフ島まで続く橋だ。そのうちエルフ島も見せてやるから。はい、次～」

「さらっと流さないでくれる!?」

はい？　何か詳しく説明する必要があるようなところあったか？　いや、ないはずだ。

「何よ、このあり得ない規模の橋は!?」

「おいおい、新参者か？」

「新参者よ！」

全く、ミライエの民はこんな橋、既に見慣れているぞ。今更誰も驚かない。

南の島へと続く橋も完成しているし、こんなことで驚かれても……。

「しかもこれ、もしかしてバリア魔法で作ってんの？　馬鹿なんじゃない？　あんた！」

「シールド様は天才です」

ボソッとベルーガがフォローしてくれる。ありがとう、ベルーガ。お前がいることで俺のメンタルが安定するんだ。

やはり付いてきてくれて良かった。

「バリア魔法は応用が利くから、いいだろ別に。頑丈なんだぞ、それ。エルフ島まで続く海は非常に荒れやすいし、特殊な海流もあって行き着くのが大変なんだ。この橋はミライエとエルフ島をつなぐ奇跡の橋だ！」

くぅー、決まった。

バリア魔法は非常にコスパが良いので、制作にそれほど費用はかかっていないが、この橋が齎す利益はとんでもなく大きいので非常に達成感の大きい仕事となっている。思い返しても、自分を誉めてやりたくなる傑作だ。

「そういうことじゃないわよ……。バリア魔法をこんな使い方しようってのが頭おかしいし、普通できないし、やろうとも思わないわよ。あんた本当に人間？　てか、このバリア魔法って本当に魔法なの？」

「魔法だけど。バリア魔法は立派な魔法だし、俺は立派な人間ですけどなにか？」

なにか？

少し歩み寄って圧をかけておいた。

「ま、まあいいか。こんなものもあるのね。へぇー、少し驚いたけど、うんうん、そのうち慣れるか」

そうそう。ミライエに住んだらそのうち慣れるから。

「ひじり様、そこらへんは感覚が鈍ってくるので大丈夫です。最初こそ驚きますが、不思議と驚かなくなるんですよね」

感覚が鈍ってくるとか言われた。ベルーガさん!?

最初はあなたも驚いていたと？

「橋くらいでいちいち時間を使ってらんないぞ。次、次！」

「いや、普通に橋が気になる！　いっちばん気になる！」

「なんでだよ。ただの半透明な橋だよ……。いつでも渡れる」

ひじりは我慢できない様子で、橋に近づく。

少し不安な表情を見せ、こちらを振り向いた。

「ねえ、これ本当にちゃんと踏める？　すり抜けたり、崩れたりしない？」

まったく。俺のバリア魔法をなんだと思っている。

仕方ない。見せてやるか。

全力疾走して、大ジャンプをした。着地先はもちろん。

「きゃっ！」

ひじりの甲高い悲鳴が聞こえたが、そんなのは無視する。

普通にバリア魔法で作られた橋の上に着地し、橋はもちろん何ともない。俺も落ちたりしていない。

指を三本立てて、ひじりに見せてやった。

「三年。俺のバリア魔法の寿命だ。その間は、俺がバリア魔法をしまわない限り、この橋は壊れない」

「絶対に？」

「壊してみろ、お前の聖剣で」

「ぐっ」

はっははは。俺のバリア魔法は壊れないことが先の戦いで証明されている。

聖剣魔法でも壊れないんだ。これはもう壊れないと明言して良さそうだ。

三年以内に壊れたら全額返金サービス実施も考えております。

信頼と実績のバリア魔法、ミライエ産！

「わっわたしも乗ってみたい」

「どうぞ」

気づくとベルーガの手を握っていた。手をしっかりと繋ぎながら、ひじりが少しずつ橋に近づく。

軽く悲鳴を上げて、手も震えている。

ベルーガが優しく手を握ってあげなければ、前に進むのも困難なくらい怖がっていた。

「何をそんなに怖がってんだ」

「だって！　半透明だし！　下海だし！　バリア魔法で橋って概念が意味わかんないし！　私がおかしいのかな、これって」

はて、俺たちはすっかりバリア魔法の便利さに慣れてしまったのでその感覚を忘れてしまった。

時間がかかったけど、きゃーきゃー一人で騒いで、なんとかひじりも橋の上に立った。

なんか楽しそうだな……。

バリア魔法に慣れないほうが、実は楽しかったりするのか？

「……立ってる！　私、立ってる！」

どこかの歩けなかった悲劇の少女みたいなこと言い始めたぞ。

「ねえ、このままエルフ島まで行ってみたい！」

今度は目がキラキラし始めた。忙しいやつだ。

「いいけど、結構遠いぞ。馬車を回してくるから、少し待ってろ」

「うん！」

楽しそうにしやがって。そんな目をされたら、こちらも予定を変えて要望通りにしてやりたくなる。

しばらく馬車の到着を待った。

俺とベルーガは慣れたものだけど、バリア魔法の橋の上を走る馬車の中でも、ひじりは騒いでいた。

「うひゃー。バリア魔法が平らだからほとんど抵抗もなく馬車が走ってる。高級車に乗ってるみたい!!　これ面白い！　バリア魔法最高かも！」

バリア魔法最高!?　だよなー。

「このスーッと進む感じがたまんない！　滑ってる感じ？　なにこれ、癖になりそう！」

随分とガタガタした馬車に乗ってきたんだろうな。

ミライエの馬車はスーッと進みますよ？

エルフ島に着くまで、ひじりは終始上機嫌だった。

バリア魔法の橋をスーッと移動して、俺たちはエルフ島に到着した。

途中、海を渡る巨大な魔物が橋に突進してきたけど、顔面からバリア魔法に衝突して歯が砕け散っていた。

……おいおい、あいつ死んだぜ。

軽く島の構成を紹介してやり、この地を治めているファンサとも一度会わせておいた。

いつもクールなファンサは、鞍馬ひじりを前にしてもクールなままだった。

内面はどうか知らないけれど、異世界勇者を前にして冷静な顔している魔族は初めて見たかもしれない。

あのアザゼルでさえ、鞍馬ひじりを前にすると少し表情を崩す。

ベルーガは女性同士で少し慣れたみたいだが、まだ二人の間には距離があった。

というより、まだひじりをお客様扱いしている感じがする。

二人に身分の差はないはずなのに、ベルーガは終始敬語だった。

その一方でひじりは、初めて見るエルフの生活風景と美しい景色をとても気楽に楽しんでいる。

「エルフの生活ってなんだかいいね。凄く自然に溶け込んでて、見てるだけで安らぐ」

森と共に生きるエルフの生活を、鞍馬ひじりは気に入ったようだ。

ここの生活を壊さないように、彼らの古くからの生き方を尊重していることを伝えた。

集落によって住み方は千差万別だけど、今見ている集落は大きな木の上に作ったツリーハウスに住み、地上から離れて高い場所で暮らしていた。

おそらく世界中のどこでも見たことのない景色を、鞍馬ひじりは終始上を向いて楽しんでいた。

俺もツリーハウスの集落には初めて来た。

少し不便な生活に思えるものの、彼らのゆったりした時間の使い方を見ていると、そんなのどうでもよくなってくる。

大木の上で読書をしているエルフを見かける。木の葉の間からわずかに漏れてくる日差しがまたなんとも心地よい。

俺も老後はここで生活しようかな。そんなことを考えてしまった。

「俺もここが好きなんだ」

たまに用事がなくても来たくなる。ここにはそういった安らぎがある。

「マイナスイオンが出てそう。パワースポットにもなりそう」

知らんけど。それは知らんけど。

「なあ、ひじり」

「ん？」

「エルフ米を少し分けて貰おう。きっと驚くぞ」

ひじりは少し首を傾げた。

やはり理解していないな。そりゃそうだ。知っているはずもない。

彼女はミライエ産のエルフ米しか知らない。同じものでも、このエルフ島で穫れたものは全く違う。エルフが養ってきた豊かな土壌の為せる業である。

「何に驚くの？」

「食べてみたらわかる」

エルフ米を分けてくれるように頼むと、俺の正体がシールド・レイアレスだと判明するや否や、エルフたちが集まってきて感謝を伝えられた。イデアの支配から解き放たれて、今の安らかな生活を送れていることに感謝しているみたい。

「ど、どうも」

あんまり感謝されると、どうも照れくさい。

「へー、あんた凄い人だったんだね」

「そりゃ、国王だしな」

「適当にほっつき歩いてるから、なんか威厳ないのよね」

ひじりにビシッと言われてしまった。

うーん、たしかに！　反論が出てこない。

少しエルフ米を分けてくれるだけで良かったのだが、集落の食事に誘われた。エルフの伝統的な土鍋で炊いたエルフ米と、付け合わせの漬物だけの昼飯だ。エルフのシンプルな食生活がうかがえるが、これだけで十分。いや、これだけで御馳走になり得るから凄いんだ。

久々に食べる純粋なるエルフ米と、それに合う山菜の漬物。口に入れた途端、頭の中でやばい物質が出始める。パン！　パン！　パンパン！

久々に来た！　脳内で何かが弾ける感じ。やばい、これは癖になる。

収穫したての純粋なるエルフ米のうまさや!!

「うんめー!!」

「うわっ。おいしーこれ!!」

そうだろう、そうだろう。

おかずは漬物だけでいいどころか、むしろ漬物だけの方がいい。

その方が存分にエルフ米のうまさを味わえるんだ。

「なんでこんなにも違うの？　同じ品種っぽいのに！」

「エルフの恵みってやつだ。ここの豊かな土壌が、食べ物をより一層うまくする」

「へぇー」

なんだか興味深そうにひじりが聞いていた。少し考えこんでいる。なにかやりたいことでも見つかったみたいに、わくわくした目で俺のことを見ていた。

「このエルフ米、どこかもち米っぽいの。美味しさの優劣を決めるというよりは、ミライエで食べたエルフ米とは別物って考えたほうがよさそう」

聞いてみると、ひじりの世界で食べていたもち米という品種に近いのが今食べているエルフ米らしい。このもちもち感と、深い甘み、そして希少な存在ゆえ交易所では高値で取引されているが、ひじりの言う通りどちらがうまいかを決めるのは難しい。

というより、無意味だ。完全に好みの問題になるだろうし、食べ方もそれぞれ違う。

今食べているエルフ米は加工して食べられることが多く、ミライエのエルフ米はそのまま主食として食べられるのが一般的だ。

「ねえ、私このエルフ島に住みたい」

「はい？」

おいおい、それはどうなんだ？

いや、問題はないけれど。

「もとの世界にいた時も島国だったし、なんだかここは居心地が良いの。うん、なんかパワーを貰えている気がする」

それってさあ、やっぱりここがパワースポットってこと!?

「あんたの権限で私をこの地に住まわせて欲しい。やりたいこと、見つかったから！」

「やりたいことって、お前。帰ることだけがやりたいことだったんじゃ？」

「それはそう。それが一番なのは変わっていない」

なら何が変わったんだ？

まさか、この世界が少し好きになってきたとか？

「だって、帰る方法なんていつ見つかるかわかんないでしょ？　それに給料を貰えるならマタンの仕事もきっちりこなす。お金を貰っている以上、それ以上の利益をあなたにお返ししなきゃ」

歩く災害である異世界勇者が大人しくしてくれれば、こちらはいくらでもお金を出すが、まさかそんなにやる気を出してくれるとは。

ワイ、嬉しいです。

「マタンの仕事って、私のクラフト魔法とも相性が良さそうだし、定期的に成果を届けるから」

「期待している」

「だから、あんたの権限で私をこの地に住まわせて。……あんたの言う通り、ミライエはいいところかも。まだわかんないけど。それに、ここのエルフの生活を尊重しているその統治も、少しいいと思った……」

ぼそぼそと褒められた。もっとはっきりと聞こえやすいように言ってくれればいいのに。

この世界を好きになったどころか、具体的にミライエが好きになってきたのか。たった数日で魅力に気づくとか、お前は天才か？

彼女を受け入れない理由はない。やりたいことを聞いてみると、彼女はとあるものを作りたいらしい。

何を作るのか気になったが、秘密にしておきたいらしく、しばらくは教えてくれなかった。

ここで暮らすためにどの程度のものを用意してあげればいいか困っていると、ようやく白状した。

「醤油を作りたいの。私の家、数百年続く醤油屋さんだったから……」

「てか、お前それ。美味しく海鮮丼食べたいだけだろ」

「なっ!?」

慌てふためくひじり。まるっきり図星じゃねーか！　ずっと醤油はないかと聞いていたから、そのくらいわかる。

「それを言われるから言いたくなかったの！　もーいやあ！　食いしん坊な女だと思われてるじゃん」

顔を隠してももう遅い。とっくにそのイメージはあるぞ。

「ひじり様、落ち着いてください。あなたは元々食いしん坊なイメージがあるので、何も失っておりません」

エルフの森の散歩から帰ってきたベルーガがさっそくフォローに入るが、フォローになってないからね、それ！

「いやあああああ」

寝転がってもん絶しだしたぞ。そんなに嫌か？　そのイメージ。

俺は食いしん坊さん、そんなに嫌いじゃないぞ。

苦しくなるまで食べるのはどうかと思うが、自分の空腹を満たすための食事は尊いものだ。健康的だし、何も恥じることはない。

「ひじり、恥ずかしがることはない。むしろ、そういう人間らしい理由、俺は好きだぞ」

「……シールド様、私も美味しいものが食べたいですし、作りたいです！」

なぜかベルーガが張り合ってきた！

面倒なので一旦聞こえなかったふりをしておこう。

醤油の作り方を簡単に聞いてみた。

結構面白そうな話だった。

彼女は何代も続く醤油屋さんの跡取り娘だったので、流石に知識は深い。人員を回してやれば立派なものを作ってくれそうだった。

「ひじり、人を回してやる。それと、土地もでっかいのが良いだろう」

「そんなにいらないわよ」

「そう言うな。お前みたいにビッグな存在には、ビッグな土地を与えてやろう」

「ビッグ……。顔が大きいって言いたいの？」

言ってないけど!!

実はまだ余っている土地があるんだ。そしてひじりに与えるにはちょうどいい。

そこで醤油でも、マタンの仕事で新しい魔法でも好きに生み出してくれていい。

そこには伝説の魔獣がいるらしいから、異世界勇者に退治して貰うとしよう。一石二鳥どころか、一石五鳥くらいありそうな采配！

「ベルーガ、ひじり、北に向かうぞ」

「はい！」

「……寒そう」

俺たち三人はエルフ島、未開の北の島へと向かう。

以前使用許可を貰っていた北の土地だ。危ない魔獣がいるから放置していたが、ひじりもいることだし、ちょうどいい。

さて、新しい土地はどのくらい使えるのか、楽しみである。

二十話 ―― バリア魔法よりも知恵

北の島は南の島以上に豊かな自然が広がっていた。とりわけ広い草原は見ていて気持ちがよくなる。遠くに見える地平線をしばらく楽しんでいると、春を感じさせる風が少し吹いてくる。草原の風はときたま少し強く吹くが、もちろんバリア魔法で防ぐので問題はない。

「いい土地だな。神獣なんていそうにないが」

そう、危険などなさそうな穏やかな土地だった。

「いいじゃんここ！　気に入ったよ。こんな広い土地を貰えるの？」

「ああ、環境を壊さない程度に自由にして貰って構わないが……」

しかし、気になるのはそこじゃない。使われていない土地だ、盛大に使って貰いたい。

リリアーネたちから聞いた神獣たちがいない。それがどうしても少し気になった。てっきり降り立った瞬間に襲われるものと思っていた。

「ベルーガ、一応警戒しておいてくれ」

ベルーガは魔獣使いだ。警戒や探知はこの場の誰よりも得意。

「「はい」」

声がダブった気がした。

ベルーガの方を見てみると、なんとベルーガが二人いて、隣同士に並んでいた。

自分の目を疑う。一度目をこすって、再度しっかりと見るがやはりベルーガは二人いる。

「べ、ベルーガ!?」

一体、何が起きている。

「あれ、なんかベルーガさんが二人……」

ひじりも間違いなくベルーガが二人見えていた。俺だけ幻覚を見ているわけではないらしい。

「「えっ!?　なんですか、これ!?」」

ベルーガが二人、全く同じ声と動作で、全く同じ反応をする。

おいおい、まさかこれが伝説の神獣の仕業ってわけか？

一向に襲ってこないと思ったら、こんな変則的なことをしてくるとは。試しに二人のベルーガに近づいて肩を触ってみるが、二人とも実体がある。質感まで一緒ときた。これまた不思議なことが。

「まさか、これって例の魔物の仕業？」

ひじりも気づいたらしい。

詳しいことは聞いていないというか、エルフたちも知らないみたいだった。しかし、北の大地には危ない神獣だけがいると知識で知っているくらい。

「だろうな。どっちが本物だ？」

「「シールド様、私です！」」

……全然わからん！

全く同じ反応だし、声も姿も同じなのだ。なんだ、この厄介な展開は。

「ベルーガさんって、あんたがミライエの領主になった初期から仕えてくれてるんでしょ？　流石に見分けつくんじゃない？」

もっと厄介な展開にしないで！　それを言われると苦しい。間違えるはずがないと言いたいのに、本当にわからない。凝視しても、その違いが一切見えてこない。

「「グリフィン、おいで！」」

解決しようとしたのだろう。今度は二人が同時にグリフィンを呼ぶ。そうだ、魔獣なら俺たち人間にはない感覚が備わっているはず。匂いやら、独特の電波みたいなのを感じ取り、本人を見分けるはずだ！

「グルゥ……」

困っておられる……。

グリフィンさん、二人のベルーガを前に困惑して屈み込んでしまった！

主の判断基準、見た目でした！　全然人間と同じなことにがっかりだよ！

「なんなんですか、この生物は！　こうなったら、斬り捨てます」」

水魔法で作り上げた剣を出す。二人とも……。

「魔法まで!?」」

ならば実力で叩きのめすと言わんばかりにベルーガ同士が戦う。何度か激しい剣の応酬があったが、実力も拮抗していた。恐ろしいことだ。あのベルーガとまともにやりあえている事実。なんだ、この生物は。

「どちらが本物かわからない以上、加勢のしようもありません」

ひじりの言う通り。まずはどちらが本物か見分けない限り、戦いようがない。

それにしてもいい選択だ。ひじりに化ければ一瞬で本人に始末されることだろう。俺に化ければバリア魔法の質でこれまたバレる。

ベルーガに化けたのは最高の選択だと言えるだろう。

「加勢の必要はありません。シールド様にお仕えする身ですので、このくらい自分で片をつけます」」

一緒！

なんか二人とも尊い！　私のために争わないで！

「シールド・レイアレス、私にいい案があります」

バチバチと戦っているベルーガたちの傍で、ひじりが妙案を思いついたらしい。

気になったので聞いておいた。

「二人にグリフィンを引っ張らせるのです。表向きは引き寄せた方が勝ちなんですけど、力一杯引っ張ったらグリフィンは痛いでしょう？　本当のベルーガさんなら手を放すはず。それで判別できます」

「んな古典的な……」

「絶対にいけるって！」

「無理だって」

「じゃあ他に方法あんの？」

……ない。二人の決着を待ちたい気持ちもあるが、もしも本物のベルーガが負けたらそれこそ大変だ。

仕方ない。ここは古典を活用しよう。

戦っている二人の間にバリア魔法を張った。二人の攻撃がバリア魔法によって相殺される。

「「シールド様、加勢の必要はありません!!」」

……困るからそれやめて。こっちはどちらが本物かわからないんだ。

綺麗な顔が揃ってこちらを向く。その美しい顔の細部に至るまで完全に再現されている。肌の質感までもだ。

「ちょいちょい。提案があるから戦いをやめて、ちょっと来てくれ」

「「はい、シールド様！」」

もうベルーガ二人で良くない？　なんか素直で健気な部下が一人増えた気分だ。このままもありかも!?

「お前たちに試練を与えることにした」

「「試練？」」

「そうだ。魔獣使いベルーガは、誰よりも魔獣に対する思いが強いはず」

「「当然です!!」」

声が綺麗にハモるので聞いていて心地よい。本当にこのままでいいのでは？

「「はやく続きを！」」

本人が嫌そうなのでやめておこう。

「お前たちにグリフィン引きをやって貰うとしよう。グリフィンくんには申し訳ないが、思いが強いなら、きっとグリフィン引きに勝てるはず」

「「もちろんです。絶対に勝ちます！」」

「グルゥ……」

グリフィンが落ち込んだように喉を鳴らす。

ごめんな。一番迷惑なの、お前だよな。今度美味しいものを用意しておくから勘弁してくれ。無限のように獲れるショッギョはグリフィンの好物でもあるため、俺のポケットマネーで最高級のものを買い与えてお詫びとしよう。それで許しておくれ。

「よし、じゃあ両者しっかりと掴んだな？」

グリフィンのたくましい翼を掴み、用意ができた。できてしまった……。

これ本当にやるの？　提案しておいてなんだが、なんだこれ……。

「じゃ、じゃあいくぞ。始め！」

戸惑いつつも、開始の号令を出す。

二人が力の限り翼を引っ張る。翼ごと引っ張っているので羽毛が乱れることはない。それでも、二人の剛力に引っ張られて、次第にグリフィンが嫌がりだした。

その時だった。

片方のベルーガが手を離す。

「おっ!?」

え、効果あった!?　この古典的なやり方、効果がありました！

「や、やった。シールド様、私勝ちました。ほら、グリフィンを見事手元に！」

その姿形、仕草や声色まで完璧にベルーガそのものだ。

しかし、俺は魔法を発動する。

『バリア』

グリフィン引きに勝ったベルーガとこちらを分かつようにバリア魔法を展開する。

これでもうこちらには近づけない。

「お前が偽物だ」

「なっ!?　私が勝ったんですよ、シールド様」

「ね？　効果あんのよ、このやり方が一番」

誇らしげにひじりが自慢してくる。……まさかこんな古典的なやり方で偽物を暴けるとは。わからないものだな。

「シ、シールドさまあああ!!」

後ろから涙を流したベルーガが抱き着いてきた。

「おっと」

前のめりに倒れそうになるほど強く抱き着かれる。わんわんと泣く姿は、あどけない少女のようだった。俺の服で涙を拭くのは許すが、鼻水は許さない。

「シールド様は神です！　一生お供いたします！　うあああああん！」

相当嬉しかったみたい。こちらまで元気になる喜び方だ。

「……どうしてバレたのでしょう？」

バリア魔法をこつんこつんと叩いて、その硬さを確かめながら偽物のベルーガが尋ねてくる。本物とは正反対に冷静だ。

「どうやらモノマネは上手いが、人の感情は理解しきれていないみたいだな」

大事な人や魔獣を苦しませたくないから手を離したベルーガの気持ちを理解しきれていない。その冷徹さが、この古典的なトラップに引っかかったお前の敗因だ。

「まあ、まだ機会はあります。……たっぷりと時間をかけて悪戯してあげましょう」

そう言い終わると、偽物ベルーガの姿が徐々に大きく膨らんでいった。

風船のように弾けて、中から巨大な猫が出てくる。人を丸呑みできそうなほど巨大な二足歩行の化け猫だ。神獣の正体はこいつだったか。厄介だな。

「なにこれ……」

化け猫の正体を見て、ひじりが絶句していた。ショックを受けるのも無理はない。こんな生物聞いたこともなければ、当然出会ったこともない。

この地に馴染んでいないひじりが大きな衝撃を受けたって、何も不思議ではなかった。

「かわいいいいいい！」

……え、そっち？　目をハートにして、ひじりがバリア魔法に駆け寄っていった。そっち!?

「なにこれえええええ。きゃわわわわ」

きゃわわわわ？　なにその表現。

でもいい感じだから、俺も今後『きゃわわわ』使うね。

「人間。あんまり近づくと殺すよ」

化け猫が流ちょうに人間の言葉を操る。思えば、二足で立っているのも、前足をこちらに差し出して制止を促す仕草もどこか人間っぽい。

「え、なにその動き。きゃわわわわ!!」

もうだめだ。これは何をしても、もうひじりは止まりそうにない。

気づけばバリア魔法の向こうへと渡り、神獣の傍に近寄っていた。危ないと忠告したいが、異世界勇者だし大丈夫か……。

そう思った次の瞬間、化け猫の鋭い爪がモフモフの前足から現れて、ひじりに襲い掛かる。軽くひっかき傷がつくだけでは済みそうにもない。肉を抉り、内臓まで届き得る鋭さと爪のサイズだった。

「ひじり！」

俺のバリア魔法が届く前に、ひじりは余裕でその攻撃を躱していた。それはそう、神獣とやらも化けなければ怖くはない。お前が手を出そうとしたのは、おそらくこの世界で最も強い生物だぞ。

一瞬の動きで背後まで回り込んだひじりは、化け猫のしっぽを踏んづける。

「ゴャ!?」

「こらこら、おいたはダメですよ～」

軽く叱りつける言動は、まるで猫の飼い主のようだった。

しかし、次の瞬間、ひじりが信じられない行動をとる。その剛力で神獣の顔面を殴り飛ばす。

「アベシ！」

吹き飛んだ神獣がバリア魔法に衝突し地面で震えている。大丈夫それ？　ねえ、それ死んでない？　ピクピク痙攣してるんですけど！

「ほーら、起きなさい。もう悪さしちゃだめだからねー」

「……人間ごときが、殺す」

まだ気力はあるみたい。心は折れていない神獣の次の一手の前に、ひじりの鋭いびんたが飛んだ。

パチンという音ではなかった。ドンッと鈍い音が響く。おそらく骨まで届く一撃だった。

脳震盪を起こしているのだろう。神獣がふらふらと頭を揺らして、ぱたりとその場に倒れ込んだ。

今度は痙攣すらない。

大丈夫それ？　ねえ、それ死んでない？　死んでるよね！

「ほら、起きて」

優しい声色と気遣いからは想像もつかない、強引な起こし方をする。バシバシと両頰を叩いて、目覚めさせる。

「ハッ!?」

きっと悪夢を見ていたに違いない。いや、走馬灯を見たのかもしれない。神獣が青ざめた顔でひじりを見つめていた。短い時間で、彼女には勝てないことを悟り、心の底に恐怖を植え付けられている。

大丈夫かこれ、トラウマになってない？　震えあがって、しっぽが体にぴったりと貼り付いているのが見えた。

「ねえ、名前は？」

「……えと」

「ないの？　じゃあヴィヴロスⅢね」

「……えと」

なにその名前!?　くそダサいし、くそ呼びづらい。

どうしてうちの領内にはこうもネーミングセンスがダサいやつばかり集うのか。おそらく拒否権はない。化け猫である神獣の名前は正式にヴィヴロスⅢに決定したようなものだ。

「何食べるの？」

「……人間、エルフ、魔族」

「ぐろいからダメ。もっとかわいいのにして。今後はチョコレートって言いなさい」

「……人間——チョコレート」

……俺は見てはいけないものを見たかもしれない。

最後の抵抗だったのだろう。ひねり出すように自分の好物を正直に繰り返したヴィヴロスⅢだったが、鋭い正拳突きをがら空きの腹に叩き込まれていた。恐ろしい一撃。俺でなきゃ見逃しちゃうね。

圧倒的なパワハラによって支配されていく神獣。ああ、哀れ。しかし、助ける道理も義理もない。すまんな。

「いい子ねー」

自らの手を差し出し、ヴィヴロスⅢの前足を無理やり乗せる。

それは犬にやらせるやつでは？　まあ、よその家のペットに俺が口出してもしかたないか。

ペット!?

俺、すでに神獣をペット認識しているだと!?

「これが異世界勇者の圧倒的支配者としての力か……」

「どこで彼女の力を実感しているんですか」

すっかり元気になってしまったベルーガからツッコミを頂いてしまった。

だって、あいつ俺のバリア魔法を突破できないから。なんか戦う前が一番恐ろしかったよ。今じゃパワハラわがまま女にしか見えない。

「ねえ、シールド！　この子飼ってもいいよね？」

それを俺に聞くのか？

ここはひじりに与える予定の土地だ。好きにして貰って構わない。これだけ広大なんだ。規格外のペットでも、なんら困ることはない。

「ちゃんと飼えるんだろうな。餌とか、散歩とか」

「できるもん！」

どうせ最後は国王の俺に押し付けたりするんじゃないの!?

お母さん？　自分で考えてて、お母さんの味がしてきたので思考を止めた。

「人に危害を加えさせるなよ。それが条件だ」

「もちろん！」

「なら決まりだな」

俺が正式に許可を出してやると、ひじりは嬉しそうにヴィヴロスⅢに抱き着いていた。その巨体を難なく抱き上げて、くるくると振り回す。

巨大なぬいぐるみかと錯覚させられるような光景だ。ひじりとの戦いには勝った俺だが、あんな芸当一生できないだろうな。地上から少し持ち上げるのも無理だし、頑張って持ち上げようとしたら頭の血管がプツンと逝っちゃいそうだ。

「ねえ、シールド。私、ここが本当に好きになってきたよ。来てよかった！」

離れた場所から礼を言われる。

近くで素直に伝えてくれればいいものを。まあいいか。そんな直接的な礼は、来年でも、その先でもいい。

ひじりが草原の風に髪の毛をなびかせて気持ちよさそうに走って行く。

「ヴィヴロスⅢ！　早く！　一緒にきてー！」

目的もなく走り出してるくせに、なにか用事があるみたいにヴィヴロスⅢを呼び寄せていた。全く、苦労かけるが、いいペットでいたらそのうち俺からこの神獣に労いの品でも贈ろうと思う。

「……あの人間め。いつか生きたまま皮を剝ぎ、内臓を取り出し、犯し尽くして、骨の髄までしゃぶり尽くしてやる」

まだ俺たちの傍にいたヴィヴロスⅢが、どす黒い感情を口にしていた。

こっちもこっちだな……。なんか同情する気持ちが消えてしまったよ。

「はーい！　ご主人様!!」

四足歩行に戻ったヴィヴロスⅢがその巨体を豪快に使ってひじりに駆け寄っていく。

見た目は楽しそうなのに、なんだろう。真実を知っている身としては草原を駆け巡る二人が綺麗な映像には見えない。

「シールド様、私たちも行きましょうか」

「おう」

隠れてベルーガの周りにバリア魔法を張っておく。これでヴィヴロスⅢがまた悪さしても判別が可能だ。

ひじりに思いっきり殴って貰えばいい。ベルーガは俺のバリア魔法に守られ、ヴィヴロスⅢはあの強烈な拳を生身に受けるわけだ。

草原を渡り、森にも入る。

この地はやはり豊かな土壌で、森を上手く整理すればしっかりとした畑ができそうだ。

「なあ、ひじり。何か作りたいものでもあるのか？」

「うん。マタンの仕事をしながら、大豆を作りたいの。ここで作った大豆は絶対に美味しいもん！」

「へぇー、また珍しいものを」

どうやら醤油作りに大豆は欠かせないらしい。これだけ豊かな土地だから、せっかくなら究極の大豆を収穫し、究極の醤油に仕上げたいんだと。流石は醤油令嬢のひじり。彼女の世界でどういうことをしていたかは知らないが、かなりのこだわりは感じた。

「さて、エルグランドとミラーをこちらに呼び寄せるか」

「人を回してくれるの？」

「もちろん。それと、この地が安全になったことを伝えてエルフもこの土地に来られるようにしよう。彼らの知識を分けて貰えば、マタンの仕事も捗るだろ？」

「おっ。たすかるー」

簡単にだが話はまとまった。俺に裁量権があるので、このくらいの話し合いで決まるのがなんとも気楽でよい。国王最高だな。

人を回すとして、俺自身もやることがある。エルフ島本島と、北の島をつなぐ橋を作らねば。どうせなら、本島と南の島をつなぐ橋も作っておくか。

もちろん、バリア魔法で！

やはりバリア魔法最高だな。

二十一話 ―― 新居はバリア魔法のあるところを選べ

北の島を耕す日々が始まった。

エルグランド稼働である。

戦争には呼ばなかった。エルグランドは十分強いと聞いていたが、それ以外にも仕事が沢山あるので怪我させるわけにはいかない。彼の土魔法での仕事っぷりを見て、ひじりも大層喜んでいた。

俺は俺で計画通り、エルフ島本島と北の島をつなぐ橋を建設する。もちろんバリア魔法で。

地道にバリア魔法を張っていくだけの簡単なお仕事です。こういう地味な仕事は嫌いじゃない。なんか心が落ち着く。

サクサクサクっと橋を建設していると、ちょうど橋が繋がったころにギガがやってきていた。

「シールド様。軍も無事ミライエに戻りました。それとカラサリスの身柄も確保しましたが、黙ってヘレナに送り返すのが一番だという案が出ていますが、どうしましょう？」

「カラサリスが？　まあそれでいいんじゃないか？」

ヘレナに戻ったらひどい目にあうのだろうな。あいつがどんな破滅を迎えようとも、もう関係のないことだ。部下たちの案に賛同しておいた。少し工夫を添えて。アイデアをギガに伝えて、彼を労った。

「お疲れさん。しばらく休むと良い」

「ありがとうございます。それと傭兵団アトモスの代表が来ております。シールド様に用があるとか」

おおっ、やはり来てくれたか。まああれだけいい条件を提示してやったんだ。来てくれるとは思っていた。

「アトモスという男、かなり強いですね。あれはいい男です」

「ふふっ、お前はいつもそれだな。……あ」

ただの報告要員としてやってきたギガが少しおかしいのだ。やたらに闘志が張っているけれど、なんなのだろうか。話している途中で気づいちゃった。

ギガがこんなにも闘志を張らせてこの地にやってきている理由に。

こいつまさか、本気か？

「シールド様、お休みはどのくらい頂けるのでしょうか？」

休みってか、療養休暇になっちゃうのかな？

「気にしなくていい。存分にやってこい」

「はっ！」

漢《おとこ》だ。こいつ、本物の漢だよ。強いものを見つけたら戦わずにはいられない。一応制御は利くみたいだが、止めてやりたくもない。しっかりと働いた分、報酬を出してやらねば。

その報酬がまさか、異世界勇者との戦闘だとは。

ドラゴンたちでさえ避けるあの異世界勇者に好んで立ち向かうやつって、ギガくらいじゃないだろうか。

「……一応、見届けるか」

橋の建設も一区切りついたし、折角だからその雄姿を目に焼き付けようと思う。

北の島に戻ると、化け猫ヴィヴロスⅢの背中にしがみついてはしゃいでいるひじりの姿があった。化け猫に乗って、エルグランドの土魔法を観察しているらしい。大地が大きく様変わりする光景は見ていて楽しいよね。わかります。

「異世界勇者鞍馬ひじり殿」

気づけば、ギガは既に彼女に歩み寄っていた。

「なに？」

「お初にお目にかかります。魔族のギガと申します。シールド様に仕える軍人です」

「ふーん、戦場で見かけた気がする。地上からすんごい殺気を飛ばしてきてた魔族だ」

「私も地上より、あなたの雄姿を見ておりました」

二人は初対面だが、実は戦場ではかなり接近していた。お互いを遠くに感じ取れるほど強大なパワーを持った者同士だというわけだ。

「武人として、お手合わせ願いたい」

「……死ぬよ？」

「本望なり」

戦いの中で死にたい。いかにも戦闘狂が発しそうな言葉である。

そして、二人の戦いの火ぶたが切られた。十分後、北の広大な草原の上で、生まれたての小鹿のごとくプルプルしながら倒れ込むギガの姿があった。

回復魔法を使えそうな人がいなかったので、回復用のバリア魔法を張っておく。これに包まれていると、癒しの効果があるんだ。これで傷を癒してくれ。

ギガも弱い訳じゃないんだけどな。むしろ、かなり強い。宮廷魔法師一人と渡り合えるレベルだ。しかし、挑む相手が毎度毎度悪いんだ。フェイもひじりも、この世の頂点に立つ生物だぞ。恥じることはない。

いいや、恥じてはいないだろう。むしろ、満足そうな顔して意識を失っていた。顔を腫らして、笑顔で寝そべる大の魔族……。うん、こいつは間違いなく変態だ。マゾ気質があるのかもしれない。

「いててて。強いね、その魔族の人」

ひじりが少し拳を痛めていた。殴るほうも痛いんだぞって誰かが言っていたが、そうらしい。

「ああ、自慢の部下だ」

いざって時に頼れる部下ばかりで非常に助かっている。

「エルグランドも凄いだろ？」

「うん。こんな豪快な魔法は初めて」

そう。戦闘でも使えそうなほどエルグランドの土魔法は凄い。しかし、その力もひじりを前にしては及ばないどころか、傷一つ付けられないかもしれない。

けれど、こうして日常に舞台を移せば、役に立つのは聖剣魔法なんかよりも、土魔法なのだ。

「無能なお前とは違い、エルグランドは有能で助かる」

「は？　殺す」

ひとしきり鞍馬ひじりをからかったところで、この地にもう用はない。後は彼らに任せていいだろう。

「うん、やっぱり凄い土壌だ。凄すぎる。ここでなら、私が望んだ最高の大豆を育て上げられる気がする」

「あんまり夢中になりすぎて、元の世界に戻る魔法のことを忘れるなよ」

「ギクッ」

そんなわかりやすい反応されても……。本当に忘れていたのか。

そりゃ何かを育てたいと思う人間がこのエルフの土地と出会えたら感動するのはわかるけど。帰りたいっていうあの強い気持ちはどこへ。

「認めてあげる。ミライエ、少しだけ面白い。もうちょっとだけいてあげるわよ。せめて最高の醬油が完成するまではね」

「おう、頼んだ」

これ以上からかうのはやめておこう。

ミライエのことが好きならば、それ以上に望むことはない。

「ひじり。……ゆっくりしていけ」

「うん。……そうする」

　さてさて、最後にしっかり者のミラーを呼び寄せて、仕事を任せておく。

「ミラー、エルグランドとひじりの手綱をしっかりと掴んでおくように。お前にしかできないから、頼んだぞ」

「はっ！　シールド様のご期待通り、上手く制御いたします」

「頼もしいな」

　ミラーは馬鹿げた力を持つ連中の制御がうまい。行く先々できっちりと仕事をこなし、エルグランドと成果だけを持ち帰る。

　ふむ、サマルトリアの城に戻ったら、ミラーを騎士にする手続きを始めようと思う。カプレーゼとオリバー、ギガとミラー。新しく騎士候補としてアトモスも加わる。軍も層が厚くなってきて、大変満足である。


　正直、人生で今が一番楽しいかもしれない。

　私はそう思うほど、ミライエとエルフの島が好きになっていた。異世界勇者として召喚されたときはどうなるかと思っていたが、まさかこんな形で報われることになろうとは。思えばずっと帰りたいと思っていた故郷も、それはホームシックに近いものだった。なんか、ミライエでやりがいのあることを見つけた途端、帰るとかどうでもよくなってしまったのだ。これはシールド・レイアレスには言えない秘密だ。伝えたらどんな顔をされるか。

というわけで、今日も朝の目覚めが良い。ペットのヴィヴロスⅢと一緒に迎える朝は最高だ。

「ヴィヴロスⅢ、少し臭いよ。お風呂入ってきて」

「……殺してやろうか、小娘が」

「なに？　何か言った？」

「……入ってきます！」

よろしい。頭を撫でて褒めておいた。偉い、偉い。こんなに賢くて、かわいくて、しかも大きい！　実家では絶対に飼えなかった憧れのペットがいまここに！

ヴィヴロスⅢの存在だけでも、心が満たされる思いだ。

満たされた朝を過ごしていると、エルフの島にできた新築の我が家の玄関から音がした。呼び鈴が鳴り、来客を告げてくれた。

珍しい。こんな場所に来るなんて。とは思ったが、十中八九シールドの部下だろうと予想はつく。近くに住居を構えて住んでいて、困ったときに助けてくれている魔族の方がいるけれど、彼らが朝から来ることはあまりない。誰だろう？　そう考えて扉を開けると、そこには目を疑うほど美しいポニーテールの女性がいた。

「……もしかしてエルフの方ですか？」

初めて見るけど、モデルさんのように綺麗で、透明感のあるその肌から、どこかエルフの方ってこんな感じ、なのかなって思えたからだ。

「はい！　エルフのハリエットと申します。久々にエルフの島に戻ってきまして。シールド様にひじり様が何かお困りになっていないか見てきて欲しいと頼まれました」

「あら。これはご丁寧に」

「いえいえ。シールド様には大きな借りがありますので」

礼儀正しい彼女を、私は気持ちよく迎えることができた。席に着いた彼女に、エルフのお茶を出す。

「木の香りがするいいログハウスですね」

「ええ、全て天然の木から作って貰いました。寝心地も、住み心地も最高です。エルフの島は最高の環境ですね」

「気に入って頂けたようで嬉しいです。お茶いただきますね」

どうぞ、どうぞと勧めて、少しゆったりした時間を過ごした。

「ところで、何かお手伝いできることは？　私はエルフの島のことならほとんど知っていますので、なんなりと」

「うーん、本当に何も困ってないんだよね」

ご飯は美味しいし、環境もいい。仕事の成果はまだ出てないけど、めどは立っている。しかも趣味の時間も取れていて、本当に充実している。シールドに直接感謝するのはなんか癪だけど、でも本当に心の中では感謝している程に満足していた。幸せってこういうことかも、って思ってるくらいには。

「んー、どうやらお掃除は苦手みたい？　良ければお手伝いしましょう」

ハリエットはどうやら、台所に積み上げられた皿を見てそう思ったらしい。あれは……。

実はずぼらで、食器洗いをさぼっている訳ではない。恥ずかしいけれど、正直に言ってしまうことにした。

「実はため込んだわけじゃないんです」

「と言いますと？」

「今朝食べた分です」

もちろんヴィヴロスⅢの分も含む！　これは大事なことなので、絶対に必要な情報だ。

「あれだけの量を一食で⁉」

「あっ、はい……」

お恥ずかしいです。もともと大食いではあったんだけど、こっちの世界に来てから驚くほど食事が必要になっている。ヘレナ国では異世界勇者はそういうものだと聞いていたのだけれど、年頃の少女としては非常に恥ずかしい。ええ、恥ずかしいです。

大量の食料を送ってくれるミライエの魔族たちだけれど、その量には彼らも驚いていた。シールドにも定期報告が行っているみたいで、彼から直接手紙も来ている。

『食料を横流ししているのか？　金に困っているなら直接金を送るが、それにしても何に金が必要なんだ？　相談してくれれば解決できると思うが』

と書かれる始末。あー、恥ずかしい。食料を横流ししていると思われている程食べているのがなんとも恥ずかしい。ちなみに、ヴィヴロスⅢのせいにしておきました。ごめん！

「まあ、なんて素敵なことでしょう！」

両手を合わせて、ハリエットは感心した様子で喜んでいた。

「たくさん食べられるのは体が健康な証です。良ければ食事のデザートをお作りしましょう。こう見えて料理は得意なのです」

「……よろしくお願いいたします」

はい。実はデザート欲しかったんです。まだ食べられちゃうんです。不思議なくらい入るんです！

「では待っててくださいね！」

ハリエットさんがとてもいい人で助かった。ゲラゲラ笑われてもおかしくないと思っていただけにラッキーである。

そして彼女が作ったデザートであるパンケーキは、一体どう作ったのかってくらいふわふわトロトロで。甘みも絶妙で、気づいたら全てなくなっていた。……なに、このうまさ！

「気に入って頂けたようですね！」

「うん。最高でした。レシピ、頂きます！」

素晴らしい来客だ。また生活が豊かになる気がした。皿洗いまで手伝ってくれて、その際にエルフの知恵も教えて貰った。魔法で特殊な洗剤を生み出すことができて、その洗剤は肌荒れしづらいものだったのだ。私のクラフト魔法さえあれば、すぐに再現できた。

このとき、気づいた。私のクラフト魔法は、こういうものに応用したいなと。

ミライエにも、エルフの方や魔族の方にも良くして貰っている。私は何も返せていない。自分が凄いと思うものを作ろうとしていたし、シールドには自由にしていいと言われていた。けれど、それは今になって少し違う気がしていた。

まずは身近なお世話になっている魔族の方たちに話を聞いてみようと思った。彼らが何を求め、何が不足しているのか。きっと小さな問題はそこら中にあるはずだ。そういう小さな不満や不便を私のクラフト魔法で穴埋めできるのではないか。そんな単純だが大事なことに、ハリエットさんが気づかせてくれたのだ。

「今日は本当に来てくれて嬉しかったです」

「空いている住居にしばらく滞在していますので、いつでもお声がけ下さい。すぐに駆け付けますので！」

「それはシールドの命令だから？」

「それはもちろん大前提です。ですが、ほんの午前中だけでしたが、ひじり様とは友人としてもやっていけそうな気がしています」

「え」

正直、とても嬉しかった。わっと、勢いのまま抱き着いてしまいたいほどに。けれど、まだそんな関係でもないし。

とりあえず、私はこの嬉しい気持ちをどうにか伝えたくて、趣味を彼女に見せてあげることにした。

「うわー、とても上手ですね」

紙に描かれた風景や人物画に、ハリエットさんは喜んでくれた。私の趣味はこれだ。昔から絵が好きで、将来の夢はイラストレーターだった。けれど、今は異世界勇者なんてものをやっています。違う世界に来て、違う文化や、全く違う生物たちとも触れあってきた。けれど、絵を描くことだけはどこにいたって楽しいのだ。この世界に来て描いた絵の全てを見て貰った。ハリエットさんは、聞き上手で、話していてとても楽しい。

「あら？　これは……」

「あっ」

まずい。これは駄目！　急いで絵を隠したが、もう見られてしまったらしい。

「アザゼル様と、ギガ様……でしょうか？　二人が抱き合っていましたね」

……全部きっちり正確に見られてる！

そう。私のもう一つの趣味。それはＢＬです。アザゼルさんは文句なしのナイスイケメン。そして先日ぶっ飛ばしたギガさんも、あれはあれでいい。ちなみにアザゼルさんが左で、ギガさんが右だ。きゃ――!!

誰にも秘密だったのに、まさかこんなところでバレてしまうなんて。シールドに報告されたら恥ずかしくて死んでしまいそうだ。次に会うとき、どんな顔をすればいいのか。アザゼルさんやギガさんに知られた日には、死んでもいいくらい恥ずかしい。

「一瞬でしたが、なんだか良からぬ気持になりましたが、同時に素敵な気持ちにもなりました」

!?

刹那、私は気づいてしまった。やはり私とハリエットさんは、親友になるべき運命なのかもと。

「よかったら、もう一度見てみます？　ボーイズラブっていうジャンルなんですけれど」

「ボ、ボーイズラブ！　だ、ダメです！　なんかそれを知ってしまったら、ダークエルフへの道を歩んでしまいそうです！」

「そんなに危ないものじゃないですから！　ただ、禁断の娯楽ってやつですよ」

ほほほほほ。あなたもこっちに来なさい。そっとページを開いて見せる。

目を覆いながらも、指の隙間からちらちらちらと覗き見るハリエットさん。これは勝ちです。彼女も今日から共犯の身です。

「アザゼルさんが攻めで、ギガさんが受けです」

「攻め!?　受け!?　それはえーとつまり。え!?　受け!?」

困惑するのも無理ない。でもすぐにわかるから。きっとすぐに。

「次回作は、オリバーさんとダイゴくんです。ショタっ子にもチャレンジしてみようと思っています」

「ショタっ子!?　……いいと思います」

うおおおおおおお。人生初の親友を獲得した気がして、テンションがうなぎ登りになるのだった。


ヘレナ国に送り返されたカラサリスを待っていたのは、当然の報いであった。疲れ果てたヘレナ国王レイモンドが、不機嫌を隠すこともなくカラサリスを睨みつける。

「貴様のせいだ！　何もかも貴様の！　貴様の……うっ」

激しくせき込み、顔を真っ赤にする。その姿はまさに病床の老人そのものだった。ヘレナ国からバリアが消えて以降、何もかもがうまく行かなくなり、心労も祟《たた》ってレイモンドの体調は日に日に悪くなっていく一方である。

ハンカチを貰い、口を覆う。そこには赤い吐血も見られた。

これが初めてではない。

「……この身ももはや長くはないか。……ああ、シールドよ。なぜ気づけなかったのだ。なぜあの男の魔法がこの国を支えていたという単純なことに……」

「まだ間に合います。どうか、今一度私に再起の機会を」

カラサリスは、両手を拘束され、跪いて王の話を静かに聞いていたが、最後の望みとばかりに懇願する。相手の心を読むのが得意な男だ。王が今、また何かにすがりたい気持ちでいるのを見抜いていた。

だが、今度ばかりは上手くいかなかった。天も人も、もうカラサリスに手を差し伸べるつもりはないらしい。

「何度目だ。何度貴様の言うことを聞いて、余は間違った選択をしたと思うのだ！　カラサリス、全ては貴様の私欲から始まったことだ！　この愚か者の口を今すぐ閉じろ！」

押さえつけられて、カラサリスは今度こそ口も開けられない状態にまでなった。いよいよ終わりである。自らの出世のため、シールドを陥れたことが、こんな大ごとになろうとは。振り返るのは、やはり繁栄していたあの日々。全てがうまく行き、慢心し、欲をかいてしまった。なぜあんなことを。

「ああ、シールドよ。どうにかしてシールドを呼び戻せ。何でもいい。金でも、名誉でも……。公爵の位を用意せよ。ごっ……ごほっ。とにかく、絶対にシールドを呼び戻せ」

王の懇願にも似た声が王の間に響く。

その目には過去のシールドの姿が映っている。シールドはもう戻らない。その現実を直視できずに、希望にばかり縋っている。

その傍らでは、カラサリスが連行されていく。もう表舞台に出ることはない。彼の欲に塗れた人生は、ここで幕を閉じることとなる。

しかし、意外にもその名は後世に残ることとなった。もちろん汚名ではあるのだが。カラサリスを主人公とした絵本がヘレナ国でこの年出版されることになる。バリア魔法を失う元凶となった人物を面白おかしく描いた物語だ。シールドを追放し、その報いを受けるところまで忠実に再現されており、それでいてコミカルで読み応えのある内容だ。子供の心に刺さるものがあったのだろう。いずれ、この絵本は大陸に渡り、更に部数を増やすのだが、カラサリスがその後どうなったかを知る者は少ない。ヘレナ国もこれから長い、先の見えないトンネルに入っていく。全ては、あの日バリア魔法を失ったがために。

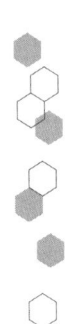

久々に戻ったサマルトリアでは、アザゼルが忙しく動き回っていた。
「シールド様、傭兵団アトモスを全て受け入れ、軍に入れております」
「助かる。そうしようと思ってたんだ。彼らから不満が出ないように、軍と調整してやってくれ」
「はい。それと、アトモスの妹の件ですが」

妹……。

思い出した。アトモスを勧誘する際に使った妹の呪いの件だ。このミライエなら治療方法が見つかるかもしれないと餌にしたんだった。

「治療方法が見つかりました。魔族で知っている者がいましたので、近日中に手配いたします」

はやっ！　そりゃ数年したら見つかる可能性あるよねー、とか思っていた。見つからなくても、俺のバリア魔法でアトモスの妹は楽になっているから恩を売れたと思っていたのに。

はやっ！　見つかるのはやっ！

ここにも優秀すぎる部下がいました。

「非常に助かる。アトモスも喜ぶだろう」

これでまんまと最強の傭兵団も我が国の正規軍加入だ。強すぎるミライエ、また強くなる。

「そしてもう一件。召喚ギフトでこちらの世界に呼ばれた異世界勇者ですが、それもなんとかなるかもしれません」

はやっ！　こっちもはやっ！

そりゃ数年したら見つかる可能性あるよねー、とか思っていた。見つからなくても、ミライエで幸せに生きてくれたらと思っていたのに。

はやっ！　見つかるのはやっ！

「その言い方だと確証はまだないらしいな」

「はい、しかし、可能性があるのも確か」

「なるほど」

ひじりは今大豆作りに夢中だ。中途半端な希望は持たせない方がいい。話が確実なものだとわかってから、ようやく選択肢を提示するべきだ。あれだけ馬鹿げた力を持った存在は、慎重に扱わねば。

「アザゼル、この話は俺とお前だけに留める。当分はな」

「はい。もちろんでございます」

またミライエが慌ただしくなりそうだ。城から見えるミライエの街は、人々が忙しく動き回っている。何もなかった頃を思い出せない程、今は活気に満ちた街になっている。

それを眺めつつ、俺は非常に心地良い気分に包まれた。

まだまだ問題は多いが、今日は天気が良い。

テラスで日を浴びながら、ゆっくり読書でもしていようかな。

バリア魔法に引く幕はないが

幕間

閑話一――セカイとフェイとあの血筋

後に神々の戦争と呼ばれる、人とドラゴンの戦い。

ここはドラゴン陣営のど真ん中。

大陸ど真ん中に構えた本陣では、フェイとアザゼルが作戦会議を開いていた。

今後の方針を決める大事な話し合いだ。事態は一刻の猶予もない。なぜならば、あれが召喚されたからだ。

「何かよからぬ者が近づいておるな」

「もしや異世界勇者が？　前線は突破されていないはず。……空間を飛ぶ魔法ですか？」

アザゼルの懸念に、フェイが首を横に振る。

そうではないと。なんなら異世界勇者の方がまだよかったかもしれないとさえ思える。

神々の戦争が始まって三十年。圧倒的に優勢だったドラゴン陣営だが、事態は動き始めた。

特殊なギフト持ちがこの世界に異世界勇者を召喚したのだ。その存在が世界に降り立った時、フェイは感じた。己以上の存在かもしれないと。すぐに使い物になるとは思えない。しかし、人間たちは異世界勇者を鍛え上げて、対抗戦力とするだろう。

その時はそう遠くないと踏んでいた。

「これは……あやつじゃな」

フェイが感じ取った存在。それはかつて旧知の仲であったドラゴンである。

本陣に強烈な風が吹き荒れる。空からドラゴンの咆哮が鳴り響き、天を漂う雲たちが紫色に染まった。

フェイのいる天幕の頭上から轟音が鳴り響き、薄い屋根を突き破って一人の妖艶な女が舞い降りた。

「ぐっ。何者ですか？」

アザゼルでも威圧される程の魔力の持ち主。人間ではないことは明白だが、どこかドラゴンとも違う感じがした。

「ワシが誰か問うか？　我が名はヨルムンガンド。世界蛇である」

「はー。どうせこいつだと思ったわ」

ガッカリするというよりは、明らかに面倒くさい雰囲気を醸し出すフェイだった。その様子を見て、アザゼルは一旦敵ではないという判断を下す。

「フェイ。久しいのう。何やら世界に喧嘩を売っておるらしいが、なぜそんな面白そうなことをワシに黙っておる」

「お主を呼ぶと必要以上に破壊活動をするからじゃ。別に世界をぶっ壊したいわけじゃない」

「何を言うておる。矮小な人間なぞ潰してしまえ。強くない存在に価値などない」

誰よりも悪役に似合いそうなセリフを吐くヨルムンガンドだった。

この時代、ドラゴンと言えばフェイよりもヨルムンガンドの方が人々の間では有名だった。それは、百年ほど前に盛大に破壊活動をしていたからだ。本人曰く、修行の成果を発揮したくて、強そうな存在を見つけると適当に暴れていたらしい。

その好戦的な性格と、図々しい態度故に、フェイはこのドラゴンが苦手である。今回も戦いの噂を聞いて、一枚嚙んでやろうという訳だ。

「ドラゴンの中でもこやつは変態で知られておる。あんまり深く関わることはない」

これはアザゼルへの忠告である。圧倒的な存在だからといって敬意を払う必要はないということだ。他にも協力するドラゴンはいる。アザゼルはそのドラゴンたちに敬意を払っている。今回は例外、それだけ伝えておいた。

「そう言うな。黄金竜ともあろうものが、ケチケチするな。ワシも戦いに交ぜろ」

「言うておくが、別に楽しいもんじゃない。それに、今は少しまずい状況にある」

「お？　何かあるのか？」

「異世界勇者が召喚された。大昔にもいたじゃろ。あの時はドラゴンが半減したらしいぞ」

「おおっ！」

少し脅してやろうというフェイの思惑は、裏目に出た。

ヨルムンガンドは目を輝かせて、話の続きを促す。

「どのくらい強いのだ？　ワシよりも強いのか？　フェイ、お前よりもか？」

「……死んでも知らんぞ」

「死など恐れはしない。退屈の方がずっと恐ろしいわ！」

変なのを巻き込んだと、やはり面倒くさそうにするフェイだった。

どうするかと悩む。

未知数の異世界勇者とこの戦闘狂をぶつけてみるのもいいかもしれない。ヨルムンガンドが勝てばそれでよし。負けても特に損害はない。

しばらくこの面倒な存在を抱え込めば、悪くない結果になるかもしれないとも思えた。

しかし、ここでまた予想外のことが起こる。

「報告いたします」

魔族の部下が室内に入ってきて、緊急の知らせを届ける。どうやら、この本陣に人間が入り込んだらしい。

本日二度目の珍客である。前線は破られていないというのに、今度のはどうやって来たのか。

「現在、ベルーガ様が追跡していますが、珍しい魔法を使うようで」

「まあベルーガに任せればなんとかなろう。どうやって入ってきたかは、捕らえて聞けばいい」

それで事態は収束するはずだった。ただし、この場にはヨルムンガンドもいた。このドラゴンは、面白そうな話というか、強そうな相手がいるとすぐに興味を持ってしまう悪い癖がある。

「その人間面白そうな匂いがする。ワシも追う」

異世界勇者の話はもうすっかり頭から離れたらしい。天幕をまた突き破って、ヨルムンガンドは飛び立つ。

「やれやれ。騒がしいやつじゃ」

空からドラゴンの視力と魔力探知を駆使し、例の人間を探る。ベルーガという魔族が追っていると聞いた。おそらく強い魔族の魔力を追えば、それにたどり着ける。

ヨルムンガンドの勘は正しかった。追った魔力の先に、ベルーガと一人の人間の娘を見つける。

二人は既に戦いを始めており、人間の方は逃げに徹していた。

迫りくるベルーガの水魔法の剣。人間の娘が剣を交えながら、会話を試みる。

「全く。あんた強いね」

「大人しく捕まりなさい」

「やなこった」

べーと舌を出して、ベルーガの剣を押し返す。

剣を垂直に蹴り上げて、手から剣が離れたのを見て、少女はまた逃げ始めた。年の頃、十五歳程度の少女だった。持ち前の体力とすばしっこさで、全力でベルーガから距離をとる。

「待ちなさい！」

「そう言われて待つバカはいないよ！」

二人のやり取りをしばらく見守る。

やはり面白そうな人間だと判断し、上空から異次元の速度で舞い降りて、二人の間に割って入るヨルムンガンド。

「ワシも交ぜぬか」

「……なっ！」

「うわー。まーたすんごいのが」

驚くベルーガと、驚きつつも気の抜けた様子の人間。気だるげな表情は、この地までたどり着いた猛者とは思えない程呑気なものだった。

「フェイが言っていたベルーガとはお主か？」

「……はい。あなたは？」

「ヨルムンガンド。世界蛇である。面白そうな人間を見つけたため、食いに来た」

「フェイ様に届けて、情報を搾り取る必要があります。できればお譲り下さい」

「断る」

ドラゴン、それもフェイに並ぶほどの魔力を感じる相手だ。ベルーガでも強くは出られない。下手をすれば、命を絶たれることすらある。使命を全うするまで死ぬつもりはないベルーガは、こんなところでヨルムンガンドと争う訳にはいかなかった。

「人間の娘。どうやってここまでやってきた」

この質問に、少女はしばらく黙って考えた。そして出した結論は、素直に答えることである。魔族の追手なら振り切れる自信があったが、これは流石に桁が違う。傍に立っているだけで気を失いそうな圧倒的な存在だ。逃げ切れる自信もとっくになくなっていた。

「魔法だよ。といっても、私のじゃないんだけどね」

「詳しく話せ」

「うちのくそおやじがね。あんたらの総大将と遭遇したことがあって、その時に追跡魔法を仕込んでいたらしい。将来金になりそうな匂いがしたんだと。それを辿って、ここに来た。あんたらの位置情報を売れば、私もくそおやじも大金をゲットって寸法さ」

「命知らずな」

「うちのおやじが金に困ってて仕方なかったんだよ。結構大変だったんだから」

事情を全て聞き、少し可笑しくなったヨルムンガンドはゲラゲラと笑い始めた。

「人間の癖に面白い追跡魔法を使う。なんと二十年間も魔力残滓を残すとは。それにあの黄金竜が気づかないとはな。これは傑作」

「うちのおやじ、そういう魔法が得意なんだよ。碌に働かないくせに、変わった魔法ばっかり知っててさ。うちもその影響でステルス魔法なんて使えるわけ。で、こんな危なっかしい場所まで来られたのよ」

　やれやれと言わんばかりに、少女は身の上話まで披露する。その魂胆は、次の言葉に繋がる。

「苦労してるってわけ。だから、魔族のお姉さんも、いかにもやばそうなヨルムンガンドさんも、私を見逃してくんない？」

「ダメです」

　即行で断るベルーガ。彼女は何がなんでもこの少女をフェイの元に連れて行く気だった。追跡魔法がまだ効果を発揮しているなら、由々しき事態だ。この少女が軍に通じていれば、それこそ致命的な情報になりかねない。この少女には本陣の内部まで見られている。ここに構えていることを実際に知ったとなれば、価値ある情報になってしまう。異世界勇者が召喚された今、この少女の情報はベルーガたちを潰す決定打になりかねない。

「ワシからもダメだと言っておく。そして、この娘はワシが引き取ることにする」

「は？」

「ヨルムンガンド様。それは一体……」

　またくつくつと愉快そうに笑い、ヨルムンガンドはその意図を話す。

「人間はすぐに死ぬが故に、時に強い光を放つ。この小娘にはそれを感じた。ワシが自ら育て上げ、そして戦い、殺し、食う！」

「ひえっ」

ぞっとして、全身に鳥肌が立つ少女。

「文句は言わせん。行くぞ、小娘」

「ええー。困るんですけどー。くそおやじに情報届けないといけない……いやまあいいか」

「はっはははは！　そうじゃ。人生なんてのは流れに任せろ。小娘、名を何と言う？　しばらく修行の日々が続く。一度だけ聞いておいてやろう」

「うちはトキワ・レイアレス。ろくでもない一家の末娘だよ」

「レイアレス？」

その家名に反応したのはベルーガだった。たしか、戦いが始まったころにフェイとアザゼルがそんな名前を口にしていたのを思い出す。なにやら、変態がいたとかどうとか。

「知ってるの？　もしかしてうちの親父が会った魔族ってあんた？」

「いいえ。たしか、ジューン・レイアレスでしたか？　変わった人間がいると聞いたことがあります」

「あ、それうちのおやじだわ。敵の大将に名前覚えられてて草。死んだな、あのくそおやじ」

「あなたも相当まずそうな立場ですが」

「それもそっか。うちの親父に会うことあったら言っといて。うちはドラゴンのとこで食べられるために育てられていますって」

「……え、ええ」

それはそうだが、本人が飄々としているので、なんか軽い小旅行みたいな気がする。

もう話すことはないかと確認したヨルムンガンドは、頷いたトキワ・レイアレスを掴み、空に舞い上がった。

「わっはははは。ワシは世界最強の世界蛇。これよりしばし修行の日々に入る！　黄金竜のやつに伝えておけ！」

暴風を起こし地上のベルーガを砂埃の中に閉じ込めて、ヨルムンガンドは飛び立った。世界で初めて、ドラゴンの修行を受けることとなったトキワ・レイアレスは、ドラゴン族の中で少しだけ名を知られることになる。異世界勇者のことをすっかり忘れて、彼女たちは飛び去った。その後、彼女がどうなったかを知るのはヨルムンガンドだけとなる。

閑話二――温泉にて

「ふぃー。最高じゃの」

「最高、最高だのう」

「最高です」

戦地から離れた温泉に、三匹のドラゴンが気持ちよさそうに浸かっていた。世にも珍しい、最強レベルのドラゴンが集い、裸の付き合いをしている。

一見美しい彼女たちだが、その真の姿は大陸を真っ二つにできる力を持つドラゴンだ。歴史を辿れば神と呼ばれていた時代もある。

魔族の監視があるとはいえ、間違ってもこの風呂を覗く者はいないだろう。命を懸けてまで覗きをしたいか、ということである。覗きがいようといまいと、隠すつもりもないので、その素肌を全開にして風呂を楽しむ。見た目だけは美しいので、もしも見ることができれば、天国のような光景だろう。裸の美女が、三名もいるのだから。

「それにしても、あのバリア魔法使いはなんだろうのう。わからぬ。わからぬよ」

「バリア馬鹿を理解しようとしても無駄じゃ。あれはわからん。本当にわからん！」

最強のドラゴンが揃っても、シールドのバリア魔法の硬さは一切理解できないらしい。本人もわかっていないので、仕方ない部分もある。

長く生きてきたドラゴンたちでも、あんな魔法には遭遇したことがなかった。聞いたこともなければ、似たものもなかった。

敢えて言うならば、異世界勇者のバカげた力に似ているというくらいである。もちろん別物ではあるが。

「首の痛みが取れたということは、聖剣が折れたということか。やれやれ。あれはもう二度とごめん被る」

「聖剣でもバリア魔法を壊せぬとは。聞いた話じゃ傷一つついてないらしい」

「傷一つなし？」

その異常な結末に、三匹のドラゴンはまた首をかしげる。

一体、あれはなんなのかと余計にわからなくなってしまうのだ。

「ふぃー、まあ考えたところでわからぬか。少し体を冷ますか」

風呂大好きなセカイは、とにかく長く入ることを心がけている。体があったまりすぎると、冷まして、またお湯に浸かるのだ。

露天風呂に設置された椅子に、裸体でどかりと座り込む。足を大きく広げて、まるで疲れたおっさんのように背もたれに寄り掛かる。傍から見るとただの痴女なのだが、ここは温泉内なのでうるさく言う者もいない。

異世界勇者との戦いで実際に疲れているのもあり、セカイは余計にぐったりしていた。

「そういえば、昔セカイが変な人間を育てていませんでしたか？」

話題を変えたのはコンブちゃんだった。つながりのなさそうな話題だが、コンブちゃんの中には少し引っかかるものがあるらしい。

「んや？　そんなことはないぞ」

否定するセカイ。そんな者は知らないと首を横に振る。

「いいや、我も知っておるぞ。お主変な人間を育てておったろう」

それを更に否定するフェイだった。フェイの中にもたしかにコンブちゃんと同じ記憶があるのだ。

「そうだったか？　はて、全く思い出せん」

「そうそう。最強の人間を育て上げ、自らと戦わせるとか変なことを言っていましたね」

「そうじゃった。人間が何を食べるかわからないから、ドラゴンが食べる魔物の核を食べさせたとか言っておったの」

二人が白い目でセカイを見る。ドラゴンは長く生きるため、変わった趣味の連中が多い。その中でもやはり、セカイは更に異質な存在だった。

「うーむ。思い出せんのぉ。なんか強い人間がいた気もするが、ワシが生きておるということは勝ったんじゃろう」

「やれやれじゃ」

呆れて、それ以上言葉が出てこない。お湯に顔を沈めて、息を吐きだす。ぷくぷくと泡が出てきて、その音と振動を少し味わう。温泉ならではの楽しみ方だ。

「もしかしたらその人間と関係あったりして、とか思いましたが、本人が思い出せないんじゃどうしようもありませんね」

コンブちゃんの閃きは、実は核心に迫っていたのだが、忘れっぽいセカイにこれ以上何を聞いても無駄である。本人は本当に何も覚えていないのだから。

「そういえば、昔から変わった魔法を使う一族がいたのぉ。歴史の分岐点で何度か遭遇したことがあるが、深く関わったことはない」

フェイも少し記憶を辿る。長く生きてきた中で、面白い人間と遭遇したことが何度かある。名前も聞いたことがあるが、さすがに数百年も経つと思い出せない。

「もしやあの一族がシールドの祖先だったりしてのお。変態一族から出た傑物か。なんか妙に納得いくかもしれぬ」

「フェイ様の勘は良く当たりますからね。その線が一番濃いかもしれません」

全て憶測であって、発展する話題ではない。なぜならば、誰もそれ以上のことを覚えていないからだ。生物というのは、生き延びるために物事を記憶するのだ。このドラゴン三匹は、生き延びるためにはただ存在すればいいという強者だったので、覚えるということが極端に苦手である。

かつて関わった一族のことを少し覚えているだけでも奇跡と言えた。

「体も冷えてきたし、もう一回入るとしよう。フェイ、少し寄れ。ワシが真ん中に浸かる」

「うるさいババアじゃ。ほれ、真ん中くらいくれてやる」

「いい湯ですねー。お湯が濁ってなければもっと最高でした」

「この濁りがいいんじゃろうが」

「それはそうじゃ」

三匹のドラゴンは、顔をお湯に沈め、息を吹き出して水面をブクブクと泡立てる。異世界勇者との戦いが終わり、平和を享受するドラゴンたちであった。

{ 終　章 }

バリア魔法が閉じるとき

「すっかり爺になったのぉ。これじゃから人間はつまらん。すぐに死んでしまう。お主ももう数日と持つまい」

「……その通りだな。まったく、楽しい、百年だった」

消え入りそうな声で、ベッドに寝ている老人が嬉しそうに言ってのけた。

「みんなは、いるのか？　声が聞きたい」

「耄碌したのぉ。耳も遠くなったか。全員ここにおるわい。うじうじと泣きおって。仕事をサボって詰め掛けておるわ、狭苦しい程にな」

シールドが眠る寝室に、所狭しと、帝国を築き上げてきた英傑たちが集う。

シールドと同じようにすっかり老いてしまった者。

全盛期と変わらない精悍な姿をした者。

フェイのように少女のまま一切姿が変わらない特殊な者もいる。

そう、ミライエにはあれから更に多くの種族が集い、巨大な国家を築き上げ、繁栄の百年を過ごしたのだった。

歴史書に『バリア魔法ありし百年』と記される程の異色の時代だった。

人々に今以上の時代はないと思わせるほどの大繁栄。

平和そのものがこの地にはあった。

ベッドの上では、その巨大な王国を築き上げたシールドが静かに横たわる。

人間は、老いには勝てない。

それは最強の座を手にしたシールドも同じだった。

「約束を覚えておるか？」

「ああ、ずっと、覚えているさ。……塩、振っとく？」

「つまらん冗談を言うな。丸呑みに決まっとるじゃろう」

「……いつも、ゆっくり、よく噛んで食べろと、うるさく言ってきたが……丸呑み、助かる」

「あほう。食べられるのに感謝するやつがあるか」

「ふっ……そうだな。もう少し、話していたい。これまで、たくさん話してきたのに、まだまだ、話し足りないな」

「そういうものなのか。我にはわからん」

「そうだろうな。フェイ、お前には、随分と、迷惑をかけられた。けれど、楽しかった」

「バリア馬鹿め。楽しいならもっと生きろ」

「ふははっ、無茶を、言うな」

二人に涙はない。

いつも通り、変わらない、何十年もやり取りしてきたまま、二人の会話は続く。

「お前と出会った、頃は、大変だった。国を追われ、路銀に困り、数日飯を我慢した。そんな日が続いた」

「あれは我のせいじゃない。物価が高すぎるのじゃ。今ほど楽に食料が手に入れば、あんなことにはならんかった」

「ははっ。それもそうだ。お前との、大げんかも、随分と大変だった。何度殺されかけたか、数え、きれない」

「結局全部に勝っておいて、それはないじゃろう」

「ははっ。こっちは、命がけだ。そりゃ、勝たなきゃな」

「硬すぎるんじゃ、お主のバリア魔法は。結局訳がわからんままじゃったな。まあ面倒だから、今後も調べないが」

「フェイらしくて、いいな」

「お前も大概じゃろう」

「そうだな。フェイ、今、国ええ感じやねん」

「誰のモノマネじゃ、それ」

「できれば、この大国の統治は、お前に任せたい。力ある者が、治めれば、この繁栄は、まだ続くかもな」

「面倒じゃ。我がそんなことをするとでも？」

「ははっ。そうだな。柄じゃないな」

「お前とベルーガの孫に良いのがおる。オリヴィエとの息子に老獪《ろうかい》なのもいるじゃろ。いや、メレルとの孫も強くて良い。ガブリエルとアメリアとの孫は、あれらは研究者に向いてるかもな」

「支えてやってくれ」

「全く。なんだかんだで子孫を多く作りおって。まあ、あやつじゃろうな。次の統治者に相応しいのは」

「ほう、気になるが、お前が認めた程の器だ、きっと這い上がってくるんだろうな」

「知らん。けれど、面白い輝きを持っておる。お主とはまた違った才能じゃな」

「楽しみだ。なんて、楽しい人生なんだ。できれば、もう少しだけ……」

明らかに体力が落ち、今にもまた寝てしまいそうなシールドだったが、話したい欲が勝り、なんとか話題をひねり出そうとする。

「あれなんて、最高だったよな……」

しかし、ここで限界が来る。シールドはまた静かに眠った。

大陸一の名医と回復魔法使いが駆け寄り、診察する。

室内が騒然とし始めた。

「眠っただけです。しかし、やはりそう長くはないかと」

「良い。もう下がれ。後は近しい者だけで、このバリア馬鹿を送るとしよう」

死の概念など持ち合わせていないドラゴンのフェイだったが、数年前から人の死について、書物を読み漁っている。

理解できないままでは、何か後悔しそうな気がしたからだ。

数千年生きるドラゴンにとって、一日の長さなどほんの一瞬なのだが、ここ数年はその一日一日が尊い。

時間が過ぎるのが、勿体ないような気さえしている。

思考が鈍るからと、酒も完全に絶った。

人とは何か、なぜ死ぬのか。死んだあとはどこに行くのか、答えの出ない問いを考える日々。

「アザゼル、お主もいずれは死ぬのか?」

共に寝室にいる側近、アザゼルに問いかけた。

英傑の中には、当然この男がいた。

シールドの右腕として、繁栄の百年を支え続けた男が。

「そうでしょうね。きっと私もいずれはいなくなります」

「……そうか。我は少し散歩をしてくる。バリア馬鹿のことは頼んだ。それとベルーガ、そろそろ泣くのをやめぬか。お主の体に障る」

「……はい。お気遣いいただきありがとうございます、フェイ様」

「良い。では行ってくる」

フェイはあてもなく歩いた。

なんとなく歩いた先には、巨大なビルがあった。

ここは魔道具研究所。

世界中の天才が集まる機関の所長となったダイゴが、ここの責任者だった。

最上階まで上がったフェイは、そこで研究に没頭するダイゴを見つける。

今でも子供のように接するが、ダイゴは立派な成人になっていた。

体が成長し、顔つきも精悍である。少し痩せているのは、生活が不規則だからだろう。

「ダイゴ、数日寝ていないみたいじゃな」

「フェイ様!?　あははは、どうも研究に熱中しっぱなしで」

「現実逃避しているように見えるがのぉ」

「……そうかもしれません」

「バリア馬鹿がいなくなるだけのことじゃ。百年前、やつはおらんかった。少なくとも、我らは知らなかった」

「……そうですね。けれど、シールド様がいなくなることを考えると……耐え難い。僕は、あの方なしの世界を想像できない。……ダメかもしれない」

「馬鹿を言え。我らはまだまだ長く生きるんじゃぞ。しっかりせぬか」

「……はい」

「顔を見に来ただけじゃ。ちゃんと寝るんじゃぞ。バリア馬鹿の最期に寝坊なんて、お主が一番後悔しそうなことじゃ」

「……お気遣いありがとうございます、フェイ様。では、僕は寝てきます。たしかに、強くならなくちゃ」

「それでよい」

研究所も出る。

フェイはまたあてもなく歩く。

大国となった世界の中心地ミライエで、フェイの存在を知らない者はいない。

街を歩くフェイはその美しさも相まって、非常に目立つ。

けれど、誰も気軽に声をかけようとはしなかった。

その表情に、悲しみが見えたからかもしれない。

「逝ったか」

「はい……良かったのですか？　最後に立ち会わなくて。それに体も食さなくて」

「別に死んでからでも良いのじゃ。それに一秒でも長く話をさせないと、ベルーガたちがかわいそうじゃろう」

「フェイ様の配慮に感謝致します。では後日、シールド様のお体をフェイ様に届けます」

「……ったく。別に今更もうよかったんじゃが、あやつの遺言じゃ。食べてやるとしよう」

そう、シールドが永遠の眠りにつく前、シールド本人が頼んできたのだ。

『フェイ、約束通りしっかりと俺のことを食べてくれ。土に還るよりも、焼かれて灰になるよりも、どうもお前の腹の中の方が安心できる気がする。でも塩はなしで頼む』

その言葉が、フェイが聞いた最後の言葉となった。

残りは、他の者に時間を分けてやりたかったので、席を外したのだ。

故に、本当の最期は見ていない。

別れはもう済ませたからと。

そして数日後、約束を守った黄金のドラゴンは、シールドを丸呑みにした。

約束通り、塩は振らずに。

『バリア』

シールドが唯一使えた魔法を展開する。

フェイがそのバリア魔法を見て、笑った。

小さな笑いが、次第に大きな笑いになった。腹を押さえ、それは愉快そうに豪快に笑う。

「アザゼル、全力でこのバリア魔法を殴りつけろ。いいか？　全力じゃぞ」

「はっ」

命じられたアザゼルが、拳に魔力を溜めてバリア魔法を殴りつける。

ガラスが割れるような音が響き、拳がバリア魔法を貫いた。いとも簡単に。まるでそこらにある初級魔法のバリア魔法と同じように。

割れてしまったバリア魔法は、そこで消え失せる。

「これは……？」

「ふはははははは。どうせ、こんなオチじゃろうと思っておったわ」

「ただのバリア魔法」

「その通りじゃ。どうやら、シールドのバリア魔法は我の能力でも引き継ぐことができないらしい。あのバリア魔法は、まさにシールドにしか使えぬ、神のような力じゃったのじゃ」

「……フェイ様はもしや、以前からこの展開を予想されていた？」

「当然じゃ。あやつの魔法はあまりに異質じゃったからな」

「ではどうして、最後までシールド様の元に？　フェイ様は、シールド様のバリア魔法を引き継ぐために傍にいたのでは……」

「……アザゼル、ベルーガ、ダイゴ、魔族ども、エルフども、死んでいった者ども、お主らと同じじゃ。ここが楽しいからいただけじゃ。皆まで言わせるな」

「……楽しい百年でした。我々は、これからどこへ向かえばよいのでしょうか?」

「弱音を言うな。縋る相手がいなくなっただけじゃ。たった百年で腐った訳でもあるまい。シールドが残してくれものを、守る。それだけでも十分すぎるじゃろう」

「ええ、その通りですね。お供いたします。フェイ様」

「ったく、面倒じゃが、やはり我がやるほかあるまいよのぉ」

一つの時代が終わり。また新しい時代が始まる。

守護魔法使いシールド・レイアレスの時代がここで幕を閉じる。

ミライエの空に涼しく、新しい風が吹き始める。

雲が流れ、人が行き交う。

その空にはもう、かつてあったバリア魔法は存在しない。

けれど、人々は逞しく生きていく。

新しい王と共に。

黄金のドラゴンによる統治が、これから始まろうとしていた。

あとがき

お久しぶりです。ＣＫです。本書を手に取り、読んで下さり誠にありがとうございます。毎度毎度感謝の気持ちで満たされています。

さて、寒い冬を越え、ようやく衣替えができそうな季節になってきました。小説なんて書いてるやつはみんなファッションに興味がなく、年中スウェットでほっつき歩いてんだろう。というのが世間様のイメージだと思いますが、私は亜種なので結構ファッション好きだったりします。各ブランドから発売される春夏コレクションを一通り見て回り、買いたいものを決め、手の届きそうなものを数点選んで慎ましく買っております。その服をようやく着られると思うと気分が晴れますね。

それにしても、便利な時代になったなと思います。ネットで何でも見ることができ、何でも買うことができる。キラキラ光るトランペットを窓越しに眺めても店主に咎められることもない時代です。気づけば本も、もう書店で買うということがほとんどなくなりました。九割が電子書籍なので必然的にネットでの購入になるし、書籍もオンラインで注文しちゃいますよね。本棚に入りきらず平積みにすることもなく、部屋が綺麗になるのは助かるのですが、同時にどこか寂しさも感じます。

余談はこのくらいにしておいて、あとがき本編にて私が最近ハマっているサプリメント紹介に参りましょう！　ビタミンＤ、整腸剤は既に殿堂入りしていますが、最近ここに肩を並べてきたのが『グァーガム分解物』です。こーれ、良いです。滅茶苦茶良いです。名前はかなりやばそうなんですが、体には普通にいい感じです。ごつい名前ですけど、実はただの食物繊維だったりします。食物繊維といえば、難消化性デキストリンなんてよく聞いたりしませんか？　あれと非常に似たものですね。こうやって名前を並べてみると、食物繊維って結構やばめの名前ですね。これほんまに体に入れて大丈夫か？

名前で少々不安にはなってしまいましたが、本当にお勧めします。現代人は食物繊維が足りていないとよく耳にしますが、実際に飲んでみるとその通りだなと実感します。もう、腸が快適、快適。腸「もっと食物繊維取り入れろ」って語り掛けてきますね。脳「チョコレート欲しい」。脳ちゃんの言うことは無視しましょう。腸君の声に耳を傾けて！　難消化性デキストリンとの違いはなんなんだって話は、簡単に言うとグァーガムの方がより腸内細菌のエサになります。善玉菌がお腹を空かせているので、食物繊維をとって肥えさせてあげましょう。善玉菌「食物繊維くれないので仕事しませーん」というブラックな職場を用意しないように注意しましょう。腸内環境の労基署である病院のお世話にならないように！

健康の話をするとついつい早口になってしまうのですが、最後に運動の重要性だけ言って終わりにします。運動、本当に大事。少しハードな運動をした次の日の体調の良さといったら、もう！　ムキムキになる必要はありませんが、現代人、運動せよ！

以上、いつも通りのサプリメント談義なあとがきになっちゃいました。今回も最後まで読んで頂きありがとうございました。三巻で完結となりましたが、この作品の世界観を好きになってくれたら嬉しく思います。これからも新しい作品を書いていくつもりなので、またどこかでご縁がありましたらよろしくお願いいたします。

本巻もイラストを
描かせていただき
ありがとうございます！
トモゼロです。
イラストの方でも
楽しんで頂ければ幸いです。
脳内ミライエ住人なので
完結は寂しく思いますが
素敵な作品の一部になれて
大変光栄でした！
シールドの首の飾りは
懐中時計の
アルバートチェーンですが
ネックレスにしても
似合いそうです。
これからもＣＫ先生の
作品を楽しみにしております。
『グァーガム分解物』飲みます。

才能がないと言われ、
磨き上げた最底辺スキルの
防御技【パリイ】で
無自覚最強は
危機に陥った王国を救えるか!?

EARTH STAR NOVEL

国に最強のバリアを張ったら平和になりすぎて追放されました。③

バリア魔法で始める魔族領主

発行 ―――― 2024年4月17日　初版第1刷発行

著者 ―――― CK

イラストレーター ―――― トモゼロ

装丁デザイン ―――― 石田 隆（ムシカゴグラフィクス）

発行者 ―――― 幕内和博

編集 ―――― 島玲緒

発行所 ―――― 株式会社アース・スター エンターテイメント
〒141-0021　東京都品川区上大崎 3-1-1
目黒セントラルスクエア　7F
TEL：03-5561-7630
FAX：03-5561-7632

印刷・製本 ―――― 図書印刷株式会社

ISBN 978-4-8030-1937-7